純文学解説嫌ひについて

わまきちあき

今の世に純文学を完全にしよ[illegible]て思ふのは同書であるところ、[illegible]ばつ純文学解説と書かれたの[illegible]きに、私はあし　やつぱり名来さん[illegible]ろのだと思つた。聰明な久来[illegible]文学は早くも見切りをつけて通俗物に申され、今のや

五枚

富山文学論集　群れ立つ峰々

金子幸代名誉教授と共に歩んだ軌跡

黒崎真美・今村郁夫 編

鷗 出 版

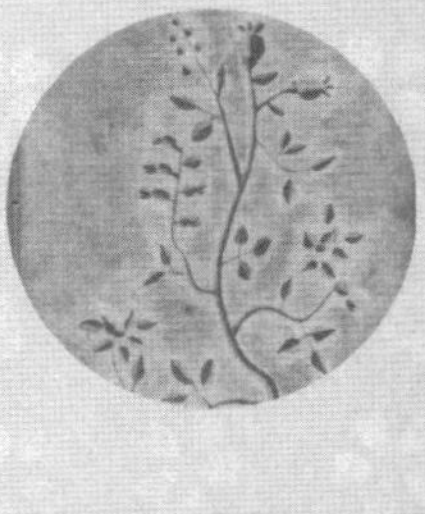

富山文学論集　群れ立つ峰々

金子幸代名誉教授と共に歩んだ軌跡

カバー・見返し・扉写真提供＝山本正敏

まえがき――富山文学の検証と普及

二〇〇七年の春、午後九時を過ぎたころに居間の静寂を破る電子音が響いた。小学生の子どもたちを休ませてようやく手に入れた私一人の自由な時間にかかってきた、富山大学教授の金子さんからの電話だった。名前は知っていても面識のない金子さんから電話とは、いったい何事だろう――「富山で開催する日本社会文学会の秋季大会を手伝ってほしい」ということだった。ここから私の〝挑戦〟が始まった。育児に追われ、すっかり日常に埋もれてしまっていた私を、金子さんが発掘し、文学研究の場に連れ戻してくれた瞬間である。

日本社会文学会二〇〇七年度全国大会は、富山大学に於いて十一月十日から十二日の三日間の日程で、「文学に見る環日本海」をテーマに、研究発表や基調講演、中国・韓国・台湾・ロシアの視軸から国際シンポジウムを行った。三日目の現地調査では、富山大学のヘルン文庫を見学後、岩瀬から日本海沿いを水橋・滑川・魚津・泊へと北上した。「富山にかかわりのある近代史の大事件」（金子幸代「『群峰』記念号に寄せて」『群峰』第一〇号　二〇一九・四）である横浜（泊）事件や米騒動の実地調査として、泊の料理旅館紋左、魚津の横山源之助の碑、米騒動発祥の地の米倉を見学した。

料理旅館紋左は、細川嘉六が親しい知人を郷里の料亭に招いて親睦会を開いた所だ。そこで撮影した写真が治安維持法違反の証拠とされ、細川嘉六らが検挙され、横浜事件の契機となった。細川嘉六らが使ったという部屋を見学し、昼食に郷土料理のあら汁を食べた。魚津は横山源之助の出身地ということで新金屋公園に建つ二基の石碑（現在、この二基の石碑のうち顕彰碑は横山源之助の出生地に近い大町海岸公園に移設されている）と、米騒動が起きた魚津の海岸沿いにある旧十二銀行の米倉を見学した。

大会に先駆けて実行委員長だった金子幸代さんは、『社会文学通信』第八二号（二〇〇七・一〇）に、「作家がどのように「環日本海」をとらえ、表現したのか」を検証し、「横浜事件の発端となった泊の旅館や大正デモクラシーの象徴でもある米騒動の魚津」（同）の実地調査をおこなうと予告文を記している。また、富山を「市内から立山を仰ぎみることができ、日本一深い富山湾にも面し、山と海の食材が豊富で、売薬文化などが育んだ進取の気性に富んだ独自の文化圏」（同前）と捉え、富山開催が「新たな文化認識、「地域」や「歴史」概念、「文学」の再検討をする契機」（同前）になるよう企画していたことが記される。社会とのかかわりを見据えた文学の検証が、森鷗外研究はもちろん、『青鞜』や『女子文壇』、小寺菊子の調査研究に結実したものと推察される。

この日本社会文学会富山大会をきっかけにして、二〇〇九年九月に〝富山文学の会〟が発足した。わずか数名から始まった富山の文学研究は、徐々に人数を増やし、研究の幅を広げ、深化している。

二〇一二年には待望の〝高志の国文学館〟が開館した。二〇一三年には富山文学の会の創設メンバーの一人、丸山珪一さんを中心に堀田善衞の会が創設され、機関紙『海龍』を発行して堀田善衞研究が進められている。魚津市立図書館では二〇一五年から横山源之助をテーマに講演会を毎年開催している。翁久允や小泉八雲の研究も盛んに行われている。富山文学の会の設立当初、「うもれている富山の魅力ある文学を発掘調査研究し、ふるさと文学の魅力を紹介する」（『富山文学の会　ふるさと文学を語るシンポジウム　報告書』二〇一〇・三）とした金子幸代さんの目的は、順調に達成に向かっているのではないだろうか。

かつて「富山は文学不毛の地」と幾度となく耳にしていたが、それは間違った認識だ。出身作家はもちろんゆかりのある作家・作品は決して少なくはなく、知られていなかっただけだった。これまで富山文学の会で取り上げた研究テーマには、瀧口修造・横山源之助・小寺菊子・堀田善衞・三島霜川・田中冬二・高島高・角川源義・源氏鶏太・翁久允・須山ユキヱ・藻谷銀河・山内マリコ・林忠正・千石喜久・富本一枝（尾竹紅吉）ら富山出身の作家たち、小泉八雲・江戸川乱歩「押絵と旅する男」・幸田文「木」「崩れ」・室生犀星「古城下町へ」・泉鏡花「蓑谷」「蛇喰ひ」・吉村昭「高熱隧道」などゆかりの作家作品がある。他にも富山には雑誌『日本海詩人』や『高志人』など、まだまだ研究が十分に進んでいないものや埋れている文学がたくさんある。これらの研究をさらに深め、富山が豊かな文学を育んだ地であることを検証していくことが、これからの課題である。そして、この論集を手に取ってくださった方が一人でも多く富山文学に関心を示し、富山文学を検証するきっかけとなったならばこの上ない喜びである。

今回、論文集を編むにあたって金子幸代さんの御夫君からお話をうかがった。妻君について語る愛情深いお話に感動し、仲睦まじいご夫婦だったことをあらためて感じた。その中で、金子幸代さんは女性研究者として順風満帆に歩んでこられたと思っていたが、実は葛藤を抱えながら研究をされていたことを知った。だからこそ私の憂いを受けとめ、ともに研究をする場を作ってくださったのだと思う。今、私が研究者の一人としてあるのは、金子幸代さんとの親交が大きい。あらためて金子幸代さんへの感謝を込めてこの論集を捧げたい。

このような機会を与えてくださった平山令二さんのご高配に心から感謝申しあげる。

黒﨑 真美

二〇二四年八月

目次

研究者論文

II　富山文学論

I 小寺菊子論

金子幸代論文

小寺菊子と「女子文壇」「青踏」——埋もれた女性職業作家の復権に向けて

一　小寺菊子研究の現在

小寺（尾島）菊子（富山市旅籠町生まれ　一八七九年（明治一二）八・七〜一九五六年（昭和三一）一一・二六）は、少女小説、随筆、小説、評論などを雑誌や新聞に執筆し、明治・大正・昭和にわたり活躍した女性職業作家として草分け的存在である。

一九〇五年（明治三八）「少女界」一〇月号に『秋の休日』を投稿し、喜久子の署名で御伽噺欄に掲載されたのを皮切りに、[1]「少女の友」「少女画報」などに作品を次々に発表し、少女小説の書き手として頭角を現した。同郷の三島霜川（高岡市出身）の紹介により徳田秋声に師事し、小説に本格的に取り組むようになり、一九〇八年（明治四一）三月に発表した本格小説『妹の縁』（「趣味」）は、『閨秀小説十二編』（博文館、一九一二・三）に収録されている。

一九一四年（大正三）には秋声の媒酌により画家の小寺健吉と結婚。結婚後も文筆活動を続け、田村俊子、岡田八千代と並び「大正の三閨秀」と称された。他方、津田清楓夫人と共に与謝野晶子らに声をかけて女性画家を結集する朱葉会を一九一八年（大正七）に創設し、幹事として女性画家の発展のために尽力したことも特筆される。(2)さらに一九三六年（昭和一一）に発足した「女流文学者会」の世話人も務めるなど女性作家として長きにわたり活躍した。ところが、『現代女性文学辞典』（東京堂出版）や『日本近代文学大事典』（講談社）などの事典においても氏名の読みや出生年の間違いがあるなど研究は立ち遅れていた。(3)

筆者は、郷土史家で小寺菊子の作品収集の途半ばで二〇〇三年六月に亡くなられた岡本悦子氏(4)のご遺族から菊子の資料を託され、その整理と文学活動の全体像の把握を行うためにさらに収集を続けている。これまでの調査で、一五冊の単行本の他、新聞、雑誌などに発表された作品総数が四〇〇編以上にものぼることがわかった。

少女小説については、佐藤通雅が『日本児童文学の成立・序説』（大和書房、一九八五・一一）において「文筆力は晶子よりはるかに上であり、そのリアルな描出は当時の水準を明らかに抜くものであった」と高く評価している。しかし、「『少女界』に発表以来の五年間――晶子が児童文学の分野に登場するのは四十一年のことだから、それよりも二年早く、しかもかなりの作品を書いていたことがわかる。残念ながら現在、およびただしい少女小説の全貌を知ることはできない」と述べているように、全体像が明らかになっていないのが現状である。(5)

近年では久米依子が「構成される『少女』――明治期『少女小説』のジャンル形成」（『日本近代文学』二〇〇三・五）において、菊子の少女小説を取り上げ、「類似作の中で一頭地を抜く存在」だが、「次第に少女が身動きのとれない事態に囚われる話が増えている。同時に尾島は成人向けの小説でも、働く女性がとめどない不幸に陥り嘆くさまを執拗に描いた」「自力で解決できない悲劇の反復は物語自体の閉塞感を強める」と類型化された傾向を指摘している。

しかしながら、菊子が「新しい少年少女文学について」(「読売新聞」一九一四・四・四)において「可哀想一方の少女」を主人公として描くのではなく、「もつとく信実に、もつとく深く少年少女の心理を観察して、飽くまでも真面目に忠実に、このうるはしい愛らしい芸術をつくりあげたいと思つてゐる」と述べているように、一九一四年(大正三)を境に、それまでの類型化した少女小説の枠を塗り替える『綾子』(「少女画報」一九一四・一〜七)を発表する。[6]『綾子』には、少女時代を過ごした富山の風土が色濃く反映され、家族の軋轢や因習からの脱出を企て抵抗する少女をヒロインに据え、従来の少女小説と一線を画す現実的な悩みに向き合う新たな少女小説の地平を切り開いている。吉屋信子の先鞭をつけた意義は極めて大きなものがある。

また、「青踏」(一九一一・九創刊)との関わりにおいてもその出発期から参加して意欲的な小説を発表し、「青踏」と最も関係の深い明治期を代表する女性投稿雑誌「女子文壇」(一九〇五・一創刊)にも作品が掲載されるなど、女性の自我覚醒を促す女性雑誌での活躍も目覚ましく、再評価されてしかるべき女性作家である。埋もれた職業作家・小寺菊子の復権をはかるために、次章でこれまでの菊子研究や同時代作家の評価軸の問題に目を向けてみたい。

二　菊子の評価軸

「大正の三閨秀」としての菊子の盛名は、「文章世界」（一九一五・四）の「現代文士録」の「尾島菊子」の項目があることや、一九二六年（大正一五）六月に出版された「著作年表・尾島菊子」（高木文編『続・明治全小説戯曲大観』聚芳閣刊）などがすでにあることからも跡づけられる。

最初に「小寺菊子評伝」（「明日香路」一九五七・一〜三）を著した塩田良平は、「小寺菊子」（『明治女流作家論』一九六五・六所収）において次のように述べている。

　菊子の作品には、いい意味でもわるい意味でも、生活的に苦労した独身の中年女性のやうな、生理的とも見られる一種の潔癖感があり『古疵』（大正三・一二）のやうに、物事にやつきとなる主人公が描かれるが、さういふ自意識のために、女性の作品に特有な潤ひといふものにかけてゐる場合が多い。

生活苦の中で幅が広げられず、「女性の作品に特有な潤ひといふものにかけてゐる場合が多い」という塩田の批評は、まさにジェンダーにからめとられた負の刻印として、その後の菊子論や事典などでの評価を決定づけるものとなる。ところが、それは同時代の菊子を見る目の問題でもあった。

では、同時代の作家たちはどのように菊子の作品を見ていただろうか。それを端的に示す例として、一九二五年（大正一四）七月に廣文社より刊行された菊子の創作集『美しき人生』の序文をとりあげたい。

師の秋声をはじめとし、上司小剣、近松秋江、平塚らいてう、岡本かの子の五人の序文が寄せられている。

秋江の「『美しき人生』に序す」は、それまでの二〇年にわたる菊子の小説家としての精進にふれ、「女史の性格に深刻味のないことは、やがて芸術の上にも深い陰影のない物足りなさとなつてゐるやうに思へるが、同時にそれがいつも女らしい率直さと甘さとを以つて、読者を微笑させずにはおかない。女史の処女時代が、可なり辛酸な境遇にすごされたに拘はらず、女史はいつでも楽天的であつた。芸術もまたその通りで、可なり暗黒な人生を描くに当つても、いつも温和な光と微笑とを失はないところが、やがて女史の気質の善良なことを証拠立てゝゐる」として、作品が無媒介に作家の性格と結びつけられ性格論に還元されている[7]。

同じように近松秋江も、「その批評眼は可なり鋭利であつて、決して旧套に囚はれてゐない。とにかく今日の一般婦人に比較して、新しき女性であることは争はれない。しかも善き意味の新しき女である。そして、それが、菊子夫人の場合に於て《ママ》は、初から跳ね上りでなく、徐ろに自己を修養して其処に到つたのであるから、妙な刺戟を対者に与へない」として、菊子を性格のよい「新しい女」と規定した。

平塚らいてうの序文も、一九一一年（明治四四）の秋、「青踏」創刊の集りが駒込林町の物集和子邸で開かれた時、菊子と田村俊子と初めて対面した際にらいてうが感じた「冷たい意地の悪いおばさん達」という悪印象から書き始められ、一五年の歳月を経て、「いつでも話しかければ気安く答へて下さるお友達といふ気がして」きた、とやはり菊子の性格論になっている。

岡本かの子の「菊子略描」は、女性文芸雑誌「ビアトリス」で催された樋口一葉ら女性作家追悼会の来賓者として参加した「三閨秀」の岡田八千代、田村俊子、小寺菊子との出会いから書き起こされ、その後の「十日会」での菊子の薄化粧の優艶さや「北国の産である氏が何処ともなく持つ陰影」についてなど、菊子と最も親交の深かったかの子だけに、その姿が彷彿とする描写がなされている。だが、「氏は、好いおばさんである。種々の狡い器用な人間のレベルから見れば、一種のおかし味を持つたほどのお人好しなおばさんである。根強い狡獪な処など氏は決して持たぬ。しかし氏は一方に別様な根強さを持つ、たとえ、その時々の自分の切れ切れな気分にでも、氏は独りで追及性を遺憾なく発揮する」とも述べられ、「お人好しなおばさん」と作品評価よりも性格論になっている。

そうした中で上司小剣の「小寺さんに」は、「大杉と小寺さんと、それから尾嶋《ママ》さんと、この三人が、大久保に住む私の友人なり知人でした。何んだか大久保の三傑といふやうな気がしてゐました」と記され、菊子がアナーキスト大杉栄らと親交があったことを示し、少女小説家として知られる菊子の他の一面について述べられている。

『尾島菊子』とした檜の板は多分菊子さんが書いたもので、先方にあつたのを、お箸よりほかに堅いものを打つたことのない美人に金槌を使はせるのは痛はしいからといふ同情で、ツワァルに向つてゐた手をとめて、金槌片手に出かけて行つた小寺君の風貌を、其の時の大杉の談話は頗る面白く描き出しました。

私たちの間には可なり有名だつた其の標札事件の起つてから間もなく、尾島菊子が小寺菊子になつたわけです。いつまでも尾島でゐないところに、あなたの素なほさが見えます。何んでもそれから間もなく、あなたがたの家の新築が始まつたやうに、これも大杉から聞きました。

尾島菊子が画家の小寺健吉と結婚し、大久保百人町三二七番地に新築する経緯も大杉によって上司小剣にもたらされるなど、菊子夫妻と大杉らとは日常的な交流が結ばれていたことを示すエピソードである。

そもそもアナーキストや社会主義者との関わりは菊子上京時に始まる。四回にわたり「東京朝日新聞」（一九三二・一一・一三〜一一・一六）に連載された「社会党生まれし頃——樽井藤吉の思ひ出」では、富山から上京した菊子が叔母のふさ夫妻と暮らした四年間の生活が綴られている。ふさの夫、樽井藤吉は、大井憲太郎、景山英子とともに東洋社会党を結成し、衆議院議員にもなった人物であるが、台所は苦しく、菊子の学費までも生活費として消えてしまう有様だった。ふさが若い愛人と家出し、樽井家を出た菊子は、次弟英秀の死後、母と弟妹を呼び寄せ、家族四人の生活が始まる。(8) 家長として家を支えるために菊子が経験した職業は、事務員や東京工業学校（現東京工業大学）のタイピスト、代用教員、女性誌の記者というように多岐にわたり、「青踏」の女性たちの多くがらいてうを初め職業に就かなかったのに比し、対照的である。

これまでの菊子研究では、父の事業失敗などの生い立ちの不幸に目が向けられ、作品の暗さが強調されてきたが、生活に苦しむ女性を描くにしても、菊子の目には、その豊富な職業経験にもとづく確かな現実認識に裏付けられた社会的視点がある。加えて「女子文壇」や「青踏」を初め掲載された女性誌だけでも四二誌にも及び、菊子の幅広い文学活動は、これまでの性格論や生活苦ゆえの暗さという単純な位置付けでは捉えきれないものがある。

三 「女子文壇」への登場

菊子が「女子文壇」や「青踏」に作品を発表した時期は、一九〇九年(明治四二)から一九一二年(大正元)までの四年間である。この期間は、一九〇九年五月に『少女小説 御殿桜』、翌一九一〇年(明治四三)四月に『文子の涙』が「少女の友」の発行元である金港堂から出版され、少女小説家としての地位を確立しただけでなく、同年二月、『飢ゑたる女』を「読売新聞」に発表し、一二月、「中央公論」女流作家特集号には『赤坂』が掲載されるなど、本格的な小説の領域に踏み出した時期にあたる。

すなわち、一九一一年(明治四四)三月に大阪朝日新聞社の一万号記念懸賞小説に応募し、田村俊子の『あきらめ』についで菊子の『父の罪』は次席となるが、幸田露伴が最高点をつけ、「大阪朝日新聞」に連載されている。「菊子女史は女流作家として東都文壇に盛名ある人なり」、「最も生命ある小説として認められ幸田露伴氏の如きは此の編に最高点を付したるが僅かの差に由りて選に漏れたるを遺憾とし、作家へ交渉して特に掲載する事としぬ」(「大阪朝日新聞」、一九一一・三・二一)と紹介されているように、菊子の小説家としての名が関西にも聞こえ、新聞連載により確固としたものになっていった。

これより早く二年前の一九〇九年五月「女子文壇」には、小説『新装』が掲載されている。「女子文壇」は三号から河井酔茗が編集主任に加わり、一九〇九年からは紙面を大幅に増やし、文学による「女子の覚醒」を目指すようになった。特集も「若き婦人」や「現代婦人」など新しい女性像を追及するものや「新作家」「婦人文芸」「新しい文芸」などの文芸特集や「都会の婦人」と「地方の婦人」などの女性たちの生きる地域に焦点をあてた特集号が組まれるなど、女性たちの情報交換の「場」として機能していた。[9]

『新装』が掲載された号は「新作家」特集号であり、投稿の一等には生田花世の美文が選ばれている。菊子の『新装』は投稿者とは別扱いの「付録」欄にあり、目次の活字も大きく目立つ存在である。この作品は、後先考えずにボーナスを夫のネクタイピンや妻の指輪にあててしまった若夫婦をユーモラスに描いている。これを皮切りに、八月号に菊子は男性執筆陣にまじってエッセイ「弱い者いぢめ」を発表した。

自然主義の作家たちの目が女性作家に厳しかったことは、菊子の回想記の中からも知ることができるが[10]、「弱い者いぢめ」は、斎藤緑雨の「女子は犬にも若かざる者なり」、国木田独歩の「女子禽獣論」といった女性蔑視の男性作家の発言を例に引き、神田の和強楽堂で行われた「猿よりも劣等なものである」と断じる女子教育家の「女優論」の講演に対する抗議を述べた内容である。「弱者につけこんで、女子を嘲笑の的にせられるのは心外」であると一矢報いた。周縁に追いやられていた女子作家の反撃の一文である。

以上のように、女性作家が世に出にくい時代にしかも職業作家として家計をささえた菊子は、生活苦の中から作家を目指した第二の一葉ともいえよう。しかし、「文学界」サロンの寵児であった一葉に比し、菊子にはそのようなサロンは存在しなかった。

「女子文壇」一一月号臨時増刊号（一九〇九・一一）にあたる「家庭日記」特集号付録欄の「最近の日記」では、与謝野晶子、長谷川時雨ら八名の女性大家のひとりとして菊子の日記が掲載されている。小説家としての評価が高まっていたことが「女子文壇」の扱いからも明らかである。菊子の日記は九月七日から二六日付のもので、「婦人界」の仕事で三井慈善病院に取材した時のことや日々の読書や秋声らとの交流が綴られており、菊子の日常だけでなく秋声の生活ぶりも知ることができる。さらにジャーナリズムの女性作家に対する冷たい評価に苦渋する菊子の心境も吐露されている。

翌一九一〇年（明治四三）六月号の随筆「東京の女が著しく眼に着く点」は、地方から上京した菊子ならではの観察眼が光る。六月号には羽仁もと子の「若き婦人の根本修養」の連載や「都会と地方の優劣」を与謝野晶子が執筆し、女性作家としては菊子ひとりが掲載されている。

九月号には「崖崩れで九死の中に一生を得たる当時の惨状」が掲載されている。[11] 一九一〇年八月の大暴風雨により崖が崩れて菊子の赤坂の住まいが土砂に押しつぶされた時の体験である。崖崩れにあった菊子の住まいはこれまで樋口一葉が住んだ家とされていたが、それは誤り[12]であり、菊子が住んでいたのは愛宕山裏の和合院の境内にあった。一家四人、命からがら家から脱出した時の一部始終が臨場感あふれる語り口によって綴られている。

また一九一一年（明治四四）五月号の「我が好む演劇と音楽」では、西洋近代劇をあまり好まないとし、むしろ社会劇とは異質な近世の近松作『心中天の網島』、史劇では『義経千本桜』があげられている。義太夫、長唄、琴や清元、常磐津、小唄も好きで洋装よりも着物を好んだ菊子の古風な嗜好がよく現れている。「我が好む演劇と音楽」は文学者へのアンケートであり、高村光太郎、北原白秋ら男性文学者四五人に混じって女性作家では菊子と田村俊子、三宅花圃の三人だけが掲載されている。

このように「弱い者いぢめ」をはじめとする文章からは、作家として歩み出した時期の菊子にとって「女子文壇」が自身の考えや意見を率直に述べることができる「場」となっていたことがわかる。

一方、女性自身による文芸革新を目指した「青踏」には、第一巻二号に『ある夜』（一九一一・一〇）を、第一巻四号に『夜汽車』（一九一一・一二）を発表している。また第二巻四号に『老』（一九一二・四）、第二巻一〇号に『旅に行く』（一九一二・一〇）の合計四篇の小説を発表している。『老』は後に『青踏小説集』に収録されることになる。菊子が「青踏」創刊当初からすでに中堅の女性作家として参加していたことは、前述の『美しき人生』における平塚らいてうの序文からもわかるが、中でも『老』は家族からも煙たがられる孤独な老農夫の意地と寂寥を描いた佳品となっている。

菊子が最初に「青踏」に寄稿した『ある夜』については、岡野幸江[13]が「家父長の代行者」としての「母への嫌悪」が色濃く、「『結婚』や『家族』の実態をリアルに写し取っている」と評価したのに対し、小林裕子[14]は「恋愛幻想が強烈」と対照的な見解を示している。

『ある夜』においては、父親不在の家庭で母が結婚を強いるグレートマザー[15]として娘を縛る存在となっている。『旅に行く』でも「あゝ親！　親とは子の前に親の名を利用して慈悲を愛情を売物とするものであるまいか？」とあるように、絶対的奉仕ともいうべき孝行を要求する親への反抗がテーマとなっている。『ある夜』では「つぎ子は夕方飄然と家を出た」と書き出されているが、『旅に行く』でも何のあてもなく、「飄然として家を出て行く」とあるように、家の呪縛から解放されるための「家からの逃走」が描かれる。「家からの逃走」は、ヒロインを縛る母を象徴とする「家制度」への抵抗となっている。

『ある夜』では、訪ねて来た友人のきみ子には仕事よりも再婚を勧めたつぎ子だが、最後には「ひとりに限る。仮令心を一つにした恋人があらうが、夫があらうが、結局自分は遂に自分でひとりのものである」という自立の肯定に至る。真の孤独を得る「寂寞」は負の概念ではなく、むしろプラスの意味をもっている。年下の恋人と別れ、結婚をする親友は「女の踏むべき道」に戻ることを意味する元子という名前になっているのに対し、つぎ子というヒロインの名前はまさに次世代を担う女性を表している。

なお、『ある夜』において家を出たつぎ子があてどなく電車に乗ろうと停留所に向かうのは、旅立ちの予兆となっている。『夜汽車』『旅に行く』のヒロインも列車での旅に出るという共通点がある。三作品とも夜の時間の女性を取り上げている。夜は日常世界からの解放も意味している。

鉄道という移動手段の確立はこれまでにない生活空間の拡大をもたらした。[16] 切り離されていた都会と地方の意識上の距離も縮め、鉄道旅行はブームとなり、鉄道旅行の紀行文[17]も出版されるようになるのだが、菊子の小説は鉄道旅行を扱ったものとしては早い時期のものである。車両には見知らぬ人同士が乗りあうことになり、男女が一時的に同席することにもなる。『夜汽車』は鉄道旅行で偶然隣り合わせた男女の身体的接触に目をむけ、受け身に見えていたひとり旅の若い女性が立ち去ろうとする男性に最後に侮蔑の一瞥を投げかけることによって精神的に優位に立つ。

『旅に行く』では頑迷な親の束縛から逃れる旅に出る。すなはち、旅とは家父長制の下にある「家」の抑圧から逃れる避難所になっているのである。異空間に身を置くことは、柵から脱け出し、思考の自由を得ることにもつながる。これまで菊子の作品では問題追究の不徹底さが「現実主義的性格のため[18]」といった性格論に還元される論が多かったが、むしろ矛盾もはらむヒロインの言動は、現実の女性の心のゆらぎの描出であり、社会的抑圧に反抗しもがく姿であると言うこともできるだろう。

菊子はその後、前述のように、新たな少女小説の出発点となる『綾子』(「少女画報」一九一四・一〜七)を発表する。さらにその活躍は女性雑誌、少女雑誌にとどまらず一般の文芸雑誌にも及んでいる。一九一四年(大正三)二月に『郷愁』を「新潮」に発表。一九一五年(大正四)四月、『河原の対面』を「文章世界」に、『黒き影』を「早稲田文学」に発表するなど本格的な作家活動期を迎える。少女雑誌や女性雑誌、あるいは一般文芸雑誌という雑誌の性格の違いにあわせ作品を書き分けており、多様な雑誌に書くことは菊子自身の作品領域を確実に広げるものとなった。菊子の小説家としての歩みは各雑誌創刊の時期とも重なり、文学史研究の上からも意義がある。

富山から環「日本海」文学を考える時、「地域」に止まらず「地域」と東京を往還し、越境する女性職業作家として菊子の文学は今後ますます重要な意味を持ってくるだろう。

［注］

（1）「机に齧りついて書きかけの少女小説の原稿を一生懸命につゞけた。それだけは金港堂から出る少女界に持つてゆけば、いつでも買つてもらへた。けれど、その他の文章は丸であてがなかつた」（「娘時代　自叙伝の二」）と菊子が語っている。「少女界」では一頁二円以下の範囲で謝礼が支払われた。

（2）一九一九年（大正八）一月には第一回の展覧会が開催されて以後現在まで続いており、二〇〇九年三月には八八回記念展が開催される。なお、展覧会に絵を出品したり、絵画評も行うなど菊子の朱葉会での活動についての貴重な資料を朱葉会事務局よりいただいた。記して謝したい。

（3）『現代女性文学辞典』において、小寺《こでら》を「おでら」と誤記されているのを初め、『日本近代文学大事典』『青踏』人物事典』で生年が明治一七年とされ、島尻悦子「評伝小寺（尾島）菊子」（「学苑」一九六五・九）では明治一四年とするなど、生年の違いも見られる。

（4）岡本悦子「小寺（尾島）菊子『帰郷日記』を読む——生年の諸説を訂す」（「富山史壇」一九九五・一一）において、戸籍簿の調査や作品との照合などによりこれまでの誤りを正し、明治一二年に訂正を行った。

（5）田中清一「小寺菊子」（『郷土と文学』所収、一九六三・二）や八尾正治「後生願いの女　閨秀作家小寺菊子」（功玄出版、一九七六・七）、渡辺陽「小寺菊子執筆目録」（「静岡国文学」一九七八・一二）、杉本邦子「尾島（小寺）菊子」

解説（『日本児童文学大系　第六巻』一九七八・一一）などの研究がある。杉本は、「あらくれ」（一九三二・七月〜三八・一二）に「小説をはじめ、評論、随筆など多数を寄稿し、誌上座談会にも参加するなど、秋声門下の女流作家第一人者としての面目を発揮していた」と、作家としての活躍にも言及している。近年では、新・フェミニズム批評の会編『明治女性文学論』（翰林書房、二〇〇七・一一）が刊行され、小林裕子「『職業作家』という選択――尾島菊子論」がでるなど、菊子の文学活動の見直しが行われるようになってきた。

(6)「困難と戦ひし十年間」（「少女界」一九一一・五）の中で菊子は、「私は私の理想の少女――心の優しい、女らしい少女をいろ〳〵と書いて見ました」と述べている。

(7)「女史の人となりは極めて正直で善良である。芸術家としては必ずしも個性の強い人ではないかも知れないが、しかも女にありがちな衒気とか、誇張とか言つたやうなものは全然認めることができない。女史はいつも女史で、作品も又たい《ママ》つもの女史の身上に喰ひ着いてゐる」と、秋声は記している。

(8)菊子にとって因習に閉ざされた郷里からの脱出は新しい生への希求からであったが、母や弟妹の上京により再び家族の柵に囲いこまれることになる。

(9)一九一一年（明治四四）九月の「青踏」創刊後は寄贈し合い、一九一三年（大正二）七月号では「平塚明子論」を特集するなど、「女子文壇」は、「青踏」との関わりが最も深い先進的な雑誌であった。拙稿「〈新しい女〉とは何か――一九一三年における『女子文壇』の文化史的研究」（「富山大学人文学部紀要」、二〇〇八・二）参照。

(10)島尻悦子「評伝小寺（尾島）菊子」によれば、「国木田治子（独歩夫人）から、田山花袋が『治子さんでも、尾島さんでも、小説を書くのは間違っている。女が小説を書いて、身を立てようなんて、そんなことが出来るもんじゃない。だから早く止めた方がいい』といったと聞いて、生活の道が失われて行くように思い、眼の前が暗くなるようであったという。それから数年後、花袋の創作月評の終りの方に、女流作家評が（中略）あり、その中に『尾島菊子等も、通俗小説以上に出られないなら、止めてしまった方がいい』と書いてあったのを見て非常に憤慨した」という。

(11)「婦人世界」（一九一〇・一〇）には、「崖崩れのために家を潰された実験」と題する同様の菊子の体験談が掲載されている。

(12) 森まゆみの解説の誤りが文京区ふるさと文学館の「一葉の家」の展示解説で訂正されている。

(13) 「揺らぐ家族神話」(『「青踏」を読む』所収、学芸書林、一九九八・一一)。

(14) 「『職業作家』という選択——尾島菊子論」(『明治女性文学論』所収、翰林書房、二〇〇七・一一)。

(15) リュース・イリガライ『ひとつではない女の性』(勁草書房、一九八七・一一)、マリアンヌ・ハーシュ『母と娘の物語』(紀伊国屋書店、一九九二・九)。

(16) ヴォルフガング・シュヴェルブッシュ『鉄道旅行の歴史』(法政大学出版局、一九八二・一一)。

(17) 田山花袋『日本一周』全三冊(博文館、一九一四~五)、『鉄道旅行案内』(鉄道院、一九一八・五)、宇田正『鉄道日本文化史考』(思文閣出版、二〇〇七・三)による。

(18) 注(14)に同じ。

[付記] 本稿は、二〇〇七年度日本社会文学会秋季富山大会での研究発表をもとに加筆したものであり、二〇〇七~二〇〇八年度科学研究費補助金・萌芽研究(課題番号一九六五二〇一七)の研究成果の一部である。

小寺菊子の人と作品

一　生誕一三〇年記念小寺菊子展の新資料

本年（二〇〇九年）は徳田秋聲門下随一の女性作家、小寺（尾島）菊子の生誕一三〇年にあたり、一〇月一日から一二月一三日までの約二ヶ月半にわたり、金沢にある徳田秋聲記念館で小寺菊子の初の回顧展が開催される（資料1）。同展の監修を任されることになった。現在、富山県では県立文学館に向けての準備が進められており、金沢だけでなく、菊子のふるさとである富山でも菊子展が開催されるようになればと願っている。

すでに論じたことであるが、(1)菊子は一八七九年（明治一二）八月七日、富山市旅籠町一二番地に生れた富山の女性文学の先駆者である。女性作家が少ない時期に女性職業作家として先進的役割を果たし、田村俊子、岡田八千代と並び「大正の三閨秀」と称され、戦後に発足した女性作家集団「女流文学者会」では岡田八千代とともに長老的存在であった。吉屋信子の先鞭をつける少女小説家として活躍し、明治期を代表

資料1　生誕130年記念小寺菊子展
（2009年10月～12月）

する女性投稿雑誌「女子文壇」（一九〇五・一創刊）、さらに「青踏」（一九一一・九創刊）の出発期から参加するなど、女性の自我覚醒を促す女性雑誌での活躍も目覚ましい。一九〇八年（明治四一）三月に発表した本格小説『妹の縁』（「趣味」尾島菊子の署名）によって文壇に認められ、『閨秀小説十二編』（博文館　一九一二・三）に収録されるなど、一般の文芸雑誌や新聞にも活躍の場を広げていった。後年には秋聲の門人たちの「二日会」や機関誌「あらくれ」の中心メンバーとして小説や随筆を多数発表するなど、明治・大正・昭和と息長く活躍し、女性職業作家では他に例をみない。なお、秋聲会（二日会）の発足は一九三二年（昭和七）五月であり、秋聲の長男、徳田一穂を編集人とし、機関誌「あらくれ」が創刊されるのは同年七月のことであるが、菊子が「あらくれ」に積極的に書き始めるのはそれより遅く、前号[2]で論じたように一九三四年（昭和九）からである。

　一九一四年（大正三）には秋聲の媒酌により画家の小寺健吉と結婚（入籍は一九一五・二）。その後も文筆活動を続ける一方、津田清楓夫人の敏子とともに女性画家や与謝野晶子らに声をかけて女性洋画家を結集する朱葉会を一九一八年（大正七）に創設し、翌年（大正八）一月には第一回の展覧会を開催した。同会は現在も続いており、二〇〇九年三月に東京都美術館で開催された展覧会で八〇回目を迎えた。

　今回の生誕一三〇年記念展には、夫小寺健吉の仕事も展示される。健吉は洋画家として活躍しただけでなく、菊子の著書のお装丁も担当し、小説も手がける才人である。また、「演芸画報」(3)などの雑誌の表紙絵や秋聲の作品の装丁もしている。今回初公開される亡くなる三日前の秋聲を描いたデッサン画は、菊子夫妻と秋聲の晩年に至るまでの交流の深さがうかがえる貴重な資料である。(4)

　展示の中でも資料2に示した初公開の直筆原稿「風葉さんのこと」（「文芸行動」一九二六・四）が注目される。「風葉さんのこと」では、文壇に認められるきっかけとなった『妹の縁』が「趣味」に掲載されるにあたって、秋聲に紹介されて一時師事した同じ紅葉門下の小説家・小栗風葉の推挽があったことがわかる。また、秋聲に師事した時期が一九〇七年（明治四〇）夏頃であったことが記されており、これまで不明であった小説家としての出発期の菊子と第一線の作家たちとの交流の実態を伝える貴重な直筆資料の初公開となっている。

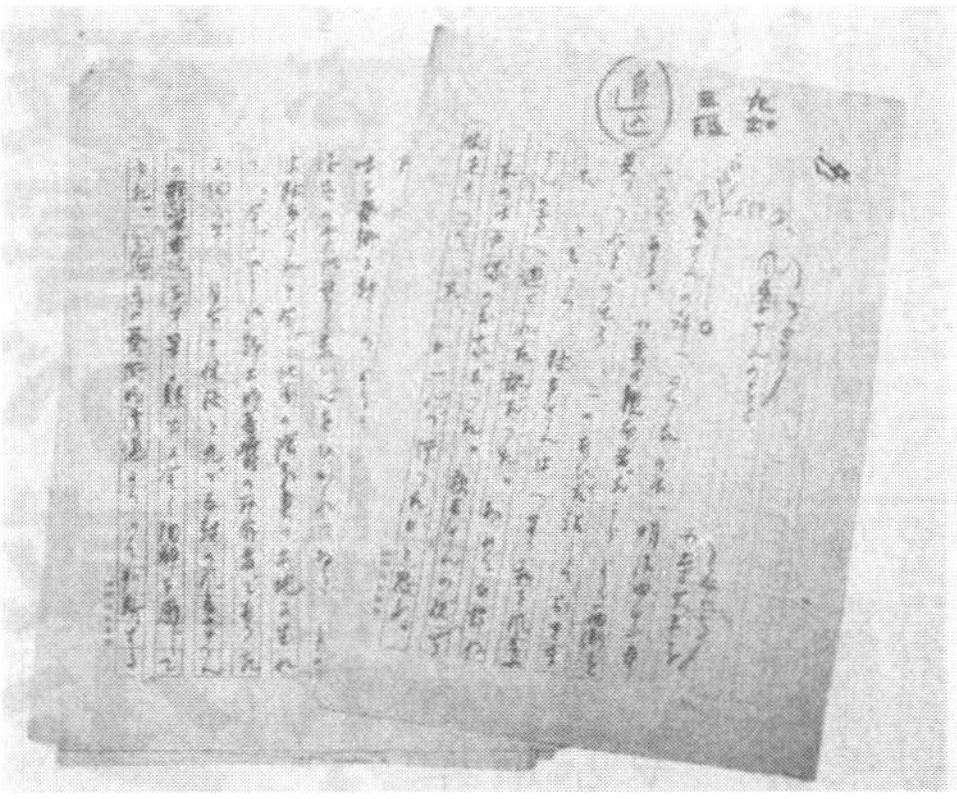

資料2　小寺菊子の直筆原稿「葉風さんのこと」
（「文芸行動」1巻4号　1926年4月）

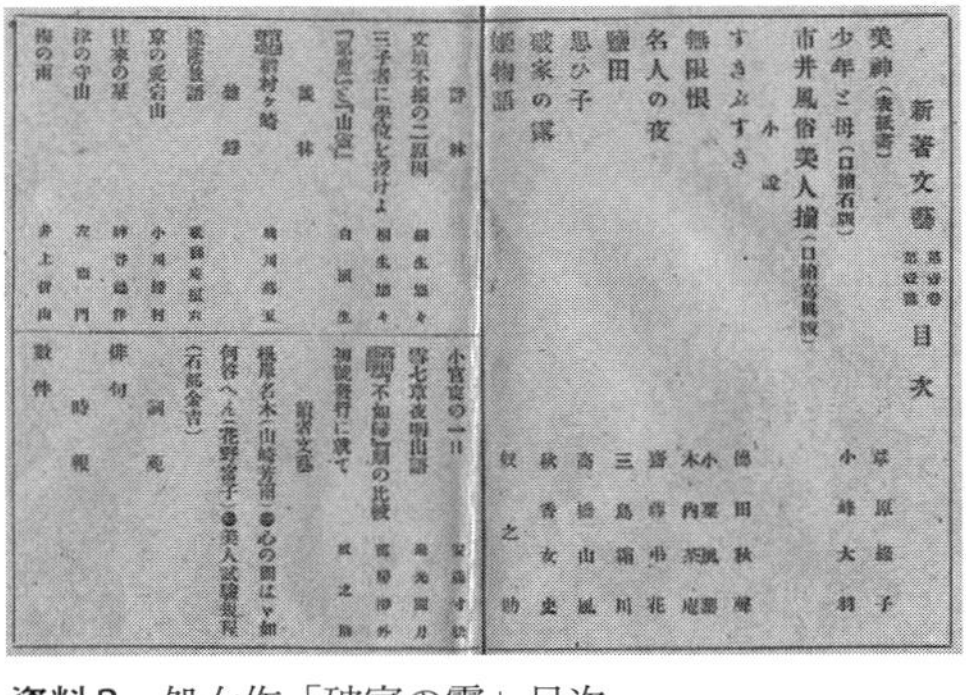

新著文藝　目次

少年と母（口絵石版）

市井風俗美人揃（口絵写真版）

小説

無限恨

名人の夜

鹽田

思ひ子

破家の露　秋香女史

資料3　処女作「破家の露」目次
（「新著文芸」1巻1号　1903年7月）

　このほか(5)にも国会図書館にも所蔵されていない最初の単行本『教育勅語御伽噺　少女の一念』をはじめとする初版本や、菊子の『破家の露』

資料4　懸賞小説応募作品「父の罪」第1回掲載分
（「大阪朝日新聞」1911年3月20日）

が掲載された「新著文芸」創刊号（一九〇三・七）も展示される。なお、『破家の露』は菊子の処女作であり、文壇に最初に登場したのが「新著文芸」であったことは前号[6]で論じたが、この創刊号には秋聲が『すきぶすき』を執筆している。塩田良平の菊子についての評伝[7]で秋聲の作品を『すきぶすま』と誤記し、その後の研究[8]でも塩田論が孫引きされているためか秋聲の作品を『すきぶすま』と誤った表記がなされているが、正しくは資料3に示したように、『すきぶすき』である。ここに同郷の三島霜川《そうせん》（高岡市出身）も『藍田』を執筆している。菊子の『破家の露』が掲載されるにあたっては霜川の仲介があってのことであろう。秋香女史という菊子の筆名は、秋聲の一字から採られている[9]ことから、秋聲との出会いはこの頃と見ることができる。また、本格的な指導を秋聲にあおぎ、弟子入りしたのは「風葉さんのこと」によれば、一九〇七年（明治四〇）夏頃と推定される。

菊子死亡時の除籍謄本によれば、一九五六年（昭和三一）一一月二六日午後二時、東京都杉並区松方北町九二番地にて七七歳で死去する[10]。現在までの調査で、新聞（資料4）・雑誌に掲載された菊子の著作総数は五八〇以上にも上る。[11] 菊子文学の軌跡は、当時興隆していた文芸雑誌の創刊とも重なり、近代文学史の上からも貴重な記録ともなっている。次章では、菊子の文学への傾斜に影響を与えた従姉の樽井ふさ[12]をはじめ菊子の系図について考察してみる。

二　小寺菊子の家系図・従姉樽井ふさと菊子の上京

菊子の母、ヒロの実家である浅野家の家系図や従姉の樽井ふさについては、郷土史家の岡村悦子氏が作成した「菊子の母方浅野家——没落士族、女所帯の処世（上・下）[13]」が最も詳しい。加えて筆者に託された岡本氏作成[14]の尾島菊子の系図並びに八尾正治氏作成の小寺家の系図[15]を参照し、菊子関係の人物のつながりがわかるように作成し直したものを次に示す。菊子の兄弟姉妹については八尾正治氏と岡本氏作成のものは大きく異なっているが、戸籍簿を確認したところ岡本氏が作成したように、菊子は三女ではなく次女と記されている。岡本氏は尾島家の親戚筋にあたり、尾島努氏から戸籍簿を確認し、伯父にあたる尾島治一郎氏から聞き取り調査をしたものであることから本稿ではこれをもとに作成した。また、これまでの新聞・雑誌調査過程に発掘した菊子の文壇での活躍や日常を知る手がかりとなる写真資料を資料5から資料11として掲載した。特に資料11は、菊子が女性作家たちの中央にすわり、文壇での活躍ぶりがわかるだろう。

尾島家はもともと水橋町大町にあり、屋号は油屋といい、祖父の尾島次郎兵衛は代々町役人を務める家柄である。富山市梅沢町にある、浄土真宗本願寺派の願称寺に墓を構える門徒である。系図からもわかるように、菊子の家は祖母が隣村の医師（秀次）との結婚により分家したもので、一家の実権を祖母が握って

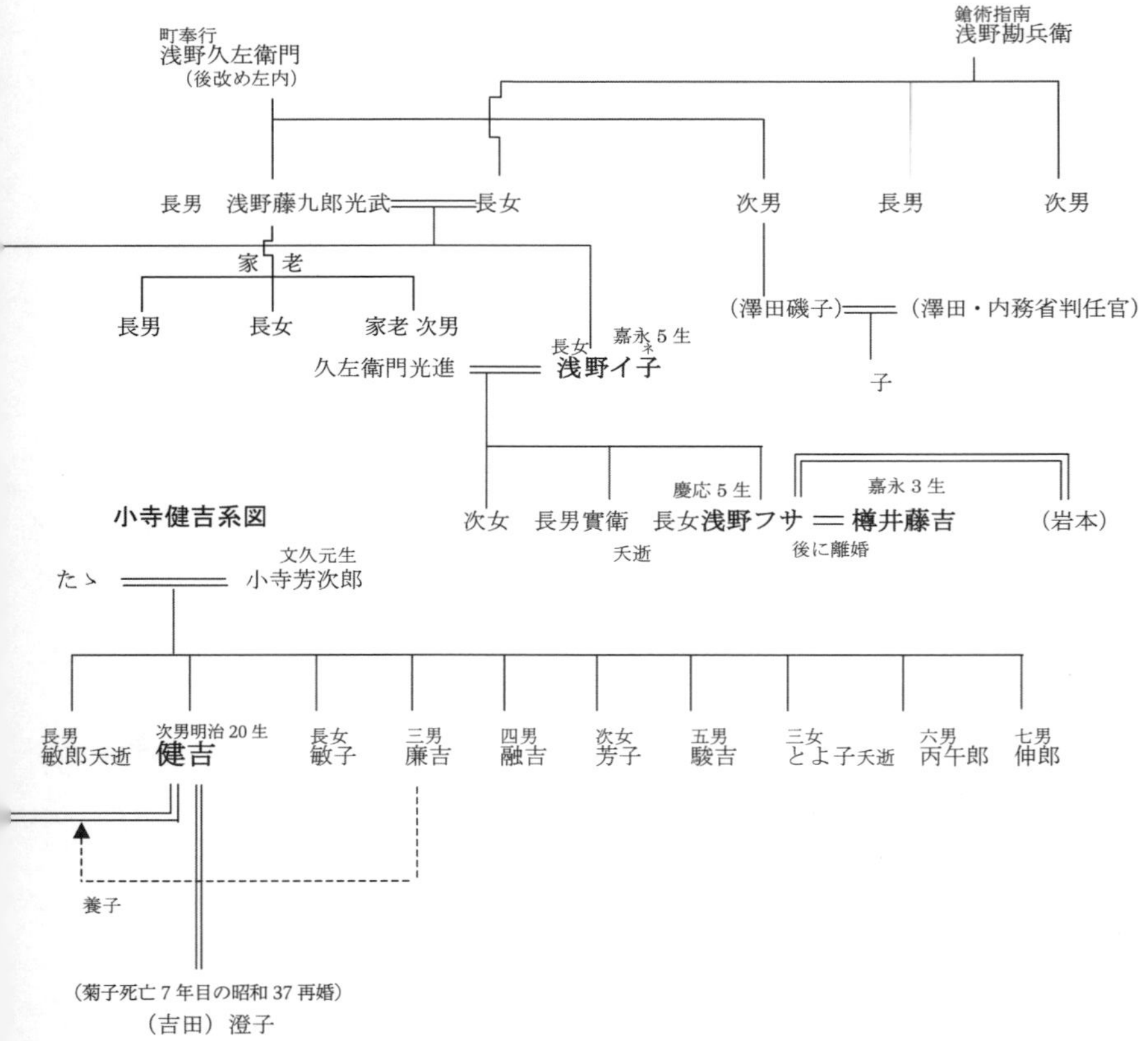
町奉行
浅野久左衛門
（後改め左内）
鎗術指南
浅野勘兵衛
長男　浅野藤九郎光武
長女
次男
長男
次男
家老
長男
長女
家老 次男
（澤田磯子）
（澤田・内務省判任官）
子
長女
嘉永５生
久左衛門光進
浅野イ《ネ》子
次女
長男實衛
夭逝
慶応５生
長女浅野フサ
嘉永３生
樽井藤吉
後に離婚
（岩本）
文久元生
たゝ
小寺芳次郎
長男
敏郎夭逝
次男明治20生
健吉
長女
敏子
三男
廉吉
四男
融吉
次女
芳子
五男
駿吉
三女
とよ子夭逝
六男
丙午郎
七男
伸郎
養子
（菊子死亡７年目の昭和37再婚）
（吉田）澄子

小寺健吉系図

尾島菊子系図

およそ水橋で尾島を名のる家は、願称寺の門徒である。今日も、葬儀などには願称寺の住職が水橋に出張してくる。

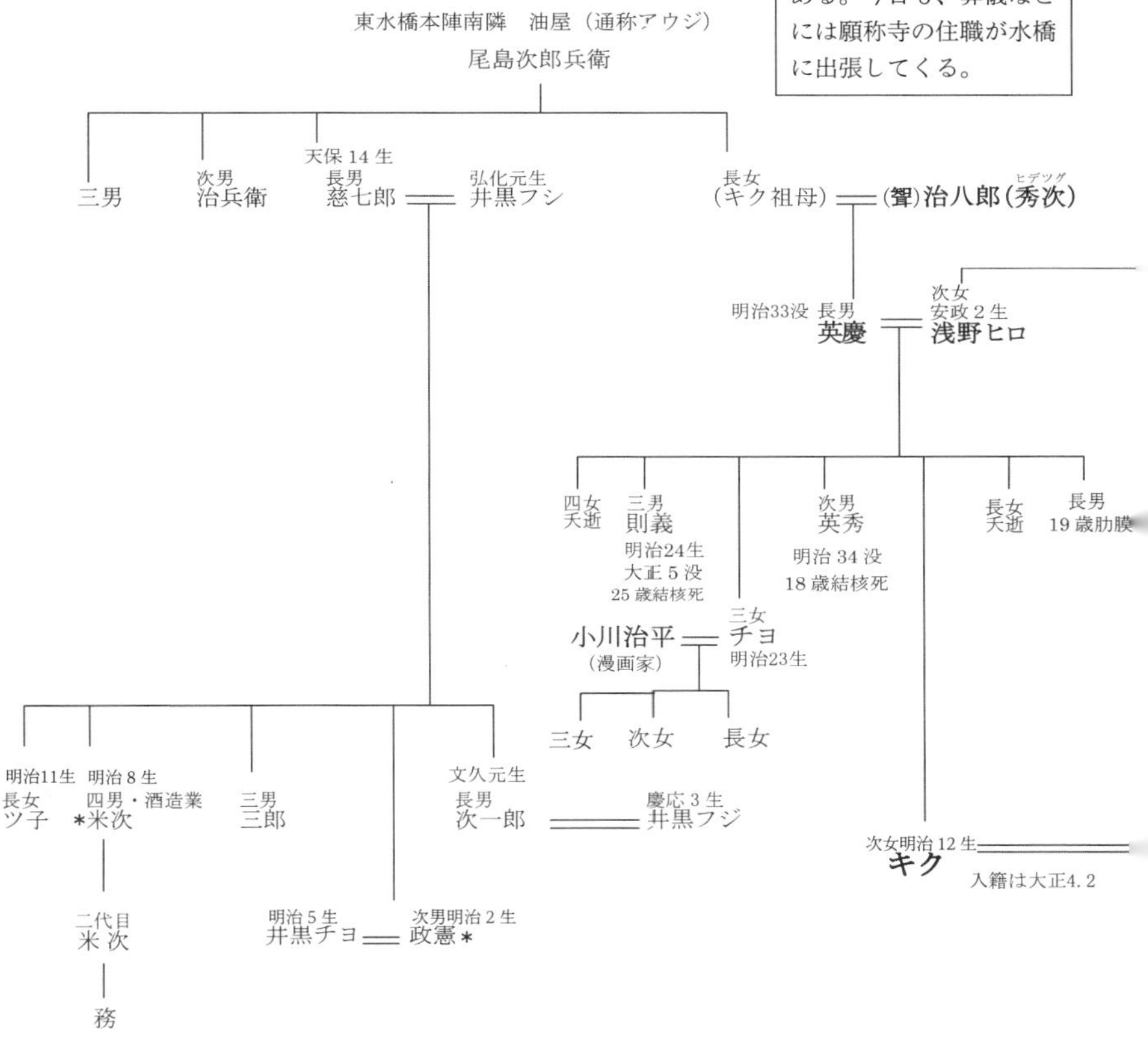

*長兄没後、初代米次は長兄妻フジを妻として家督を継いだ。
*次男政憲の妻井黒チヨの弟は、菊子が数え年17歳の時に祖母が決めた結婚相手だった。

資料5　新婚の小寺菊子夫妻　自宅のアトリエにて
（「新潮」1914年6月）

資料6　お茶を注ぐ令妹。右が小寺菊子
（「婦人画報」増刊　1913年11月）

いた。母ヒロの実家である浅野家は富山藩士族の出で、藩の重役を歴任した家柄であった。和歌、俳諧の道を修める祖父を持つヒロと浄土真宗に熱心で頑迷な姑とは家風も違い、葛藤が絶えなかった。なお、菊子上京の理由は失恋したという説もあるが、何より大きかったのは、祖母が尾島家の本家筋にあたる医師の尾島政憲との縁談を進めようとしたことによる。政憲との縁談をきらっての上京であるが、勉強好きで向学心あふれる菊子にとって東京行きは女学校進学の夢を実現させることにつながるという思いもあったろう。上京には母や次弟英秀の手助けがあったことは、澤田撫松『大正婦人立志伝』[16]に詳しく書かれている。

菊子の上京の時期については、岡本悦子氏が調査[17]し、数え年一七歳の一八九五年（明治二八）秋、樽井ふさが法事で帰郷し、東京に戻る際にふさを頼り一緒に上京したことがわかった。菊子は下谷中根岸にあったふさ夫妻の家に足かけ四年にわたり寄寓することになる。ふさの母、浅野イ子《ネ》（一八五二年（嘉永五）生れ）

資料7　猫のミーと小寺菊子（「婦人画報」100号記念 1914年9月）

資料8　小寺菊子（「才媛文壇」第2巻2号　1917年5月）

資料9　小寺菊子（「週刊朝日」第2巻2号　1925年10月）

と菊子の母ヒロ（一八五五年〔安政二〕生れ）は姉妹であり、ふさは菊子にとって従姉にあたる。ふさは一八六九年〔慶応五〕生れ、イ子の長女である。菊子は、ヒロの次女で一八七九年〔明治一二〕生れであるから従姉とはいえ一八歳もはなれている。ふさは、菊子にとって叔母のような頼れる存在であった。富山の女性の最高教育機関であった富山女子師範学校を卒業後、志穀校〔現・星井小学校〕で教員として働いた経験もあり、漢詩や和歌を嗜む文学好きの「新しい女」のひとりであった。[18]夫の樽井藤吉（一八五〇年〔嘉永三〕生れ）は大井憲太郎、景山英子とともに東洋社会党を結成し、衆議院議員を務めた人物で、ふさより一八歳年長である。文学好きなふさと藤吉との生活は、お金があれば豪遊し、それが無くなるとその日暮らしもままならないというもので、神田橋の東京第一女学校に通っていた菊子の学費までも生活費として消えてしまう有様だった。[19]加えて進学を認め、仕送りをしてくれていた父英慶の死去により学費が続かなくなり、女学校を中退した菊子は英語塾に通うようになる。結局、自由奔放なふさが若い愛人岩

資料10　高岡市で開催された歓迎会。「女人詩」のメンバーと。中央が小寺菊子（1933年）

本と家出し、藤吉との結婚は破局を迎え、菊子は樽井家を出ることになるのだが、菊子にとって文学好きなふさから得た影響は大きく、後に『深夜の歌』（一九三六・六）の「はしがき」で「三四年間の生活環境から享けたいろ〳〵の衝動が、やがて私をして文学生活に入らしめた最も大きな動機となつたやうに思はれる」と述べているように、菊子が文学へと傾斜する重要な契機となったと考えられる。ふさが三島霜川に菊子を引き合わせたとも言われている。

一方、菊子の結婚相手である洋画家、小寺健吉の父、小寺芳次郎（一八六一年（文久元）〜一九三三年（昭和八））は大垣藩士の家柄で岐阜県の士族である。健吉（一八八七年（明治二〇）一・八〜一九七七年（昭和五二）九・二〇）は次男、光風会で活躍し、日展参与になった風景画の代表的な画家のひとりである。[20] 長男の敏郎（一八八五年（明治一八）生れ）は夭逝。長女の敏子（一八八九年（明治二二）生れ）は、小松製作所社長の中村税と結婚し、年の離れた末弟の伸郎を養子に迎えている。三男の小寺廉吉（一八九二年（明治二五）生れ）は、旧制高岡高等商業学校教授、富山大学経済学部長を歴任した富山との縁が深い人物で、「水資源の開発に伴う補償問題——特に庄川流域における電源開発に伴う補償問題」（共著「富山大学経済学部紀要」一号　一九五三・三）や『庄川峡の変貌——越中五箇山の今と昔』（「北陸経済研究叢書」第三集　一九六三・一）などの論文がある。廉吉は一九五五年に子どものいなかった菊子夫妻の夫婦養子となっている。四男の小寺融吉（一八九五年〈明治二八〉生れ）は民俗芸能、日本舞踊研究家で、『近代舞踊史論』などの著書がある。次女の芳子（一八九八年〈明治三一〉生れ）は歌人の今井邦子の弟で日本郵船支店長の山田朝彦と結婚。五男の駿吉（一九〇一年〈明治三四〉生れ）は造園学の権威で、千葉大学付属総合図書館には小寺駿吉文庫が残されている。三女とよ子（一九〇三年〈明治三六〉生れ）は夭逝。六男の丙午郎（一九〇六年〈明治三九〉生れ）も健吉と同じく画家である。七男の伸郎（一九〇八年〈明治四一〉生れ）も一時画家を目指したが、新劇俳優に転じ、文学座で活躍するようになる中村伸郎である。

資料11　前列左より、今井邦子、宇野千代、小寺菊子、長谷川時雨、林芙美子（1934年）

健吉と菊子の結婚は、夫婦が自立して生活するために生活費は半分ずつ出し合うというもので、まさに「新しい結婚」といえるものであった[21]。したがって、結婚後の菊子の創作は衰えず、先述したように女性洋画家研究集団「朱葉会」を結成し、菊子自身も絵画に取り組むなどその活躍は、むしろますます広がりをみせるものとなっていったと言えよう。ちなみに系図に示したように、菊子の上京を手助けした次弟英秀が結核で死去し、戸主[22]となった則義も一九一六年に死去。弟妹で長生きしたのは妹のチヨだけとなる。チヨの結婚相手である漫画家の小川治平は、大杉栄の妻であった堀保子が発刊し、菊子が応援した[23]雑誌

「あざみ」の表紙絵を手がけている。

[注]

（1）拙稿「小寺菊子と『女子文壇』『青踏』」（「社会文学」二九号　二〇〇九・二）。

（2）拙稿「富山の女性文学の先駆者・小寺（尾島）菊子研究1――作品執筆年譜を中心に」（「富山大学人文学部紀要」五一号　二〇〇九・八）。なお、一九二八年（大正一五）一月二日の秋聲の妻はまの命日にちなんでできた「二日会」が発足したのは、はまの一周忌ではなく一九二六年（大正一三）一月五日であるので本稿にて訂正する。

（3）「演芸画報」（一九三六・一二、一九三八・七）の表紙絵のほか、秋聲の『恋愛放浪』（一九二六・五）などの装丁も手がけている。

（4）一九一〇年（明治四三）一月に菊子が病床の秋聲を見舞った際に贈られたバラを題材に『寒の薔薇』（一九四八・一）を秋聲が書いている。拙稿「生誕130年　小寺菊子展に寄せて」（「北日本新聞」二〇〇九・一二・七）。

（5）記念展ではこのほかにも一九一一年（明治四四）三月に大阪朝日新聞社の懸賞長編小説に応募し、田村俊子について次席となり、「大阪朝日新聞」に掲載された『父の罪』が展示される（資料4）。さらに、『赤坂』（「中央公論」一九一〇・一二）や『綾子』（「少女画報」一九一四・一～七）、『青踏小説集』に収録された『老』や『拍子木の音』（「スバル」一九一三・二）の初出誌など、泉鏡花特集号に書いた菊子の鏡花作品への批評「屋敷田圃」のほか、「中央文学」の編集人細田源吉との往復書簡や秋聲会の雑誌「あらくれ」に執筆した原稿や秋聲宛て書簡も公開される。菊子の多彩で多面的な文学活動の全体像を明らかにする記念すべき回顧展となっている。なお、泉鏡花は『黒百合』など富山を題材にした小説を書いており、富山と縁のある作家である。菊子の泉鏡花評については別稿で論じたい。

（6）注（2）に同じ。また「生活と戦ひつつ」（「文章倶楽部」一九一七・八）においても、『破家の露』が「新著文芸」に掲載されたことを記している。

（7）塩田良平「小寺菊子」の評伝（「明日香路」一九五七・一～三）、「小寺菊子」（『明治女流作家論』一九六五・六所収）。

（8）田中精一「小寺健一」（『郷土と文学』所収　一九六三・二）、大村歌子「小寺菊子」（「水橋の歴史」第三集　一九九五・三）。
（9）注（7）による。
（10）注（2）では、八尾正治『後生願いの女　閨秀作家小寺菊子』（功玄出版　一九七六・七）により東京都杉並区西荻窪三丁目一〇番地四号としたが、菊子の戸籍謄本の調査と新聞の死亡記事から住所を東京都杉並区松方北町九二番地と確定し、本稿で訂正したい。
（11）注（2）参照。
（12）注（1）、注（2）において樽井ふさが菊子の叔母とあるのは誤記であり、従姉に訂正し、本稿では菊子とふさとの関係を示す家系図を掲載することで誤りを正した。
（13）「富山史壇」一二二号・一二三号（越中史壇会　一九九七・七）。
（14）八尾正治以外にも島尻悦子「評伝小寺（尾島）菊子」（「学苑」一九六五・九）が三女とし、大村歌子「水橋の歴史」第三集（一九九五・三）の小寺菊子家系図では長女となっているが、戸籍簿に記されているように次女である。岡村悦子は、本家の戸主である尾島務氏より確認した一九七八年（昭和五三）の尾島家除籍謄本並びに、岡村の伯父に当たる尾島治一郎より聞き取りし、田中清一氏より提供された一九五六年（昭和三一）の尾島英秀戸主の菊子の除籍謄本をもとに系図を作成しているので、本稿ではこれをもとにした。
（15）『後生願いの女　閨秀作家小寺菊子』（功玄出版　一九七六・七）。
（16）『大正婦人立志伝』（大日本雄弁会　一九二二・八）。
（17）注（6）に同じ。
（18）特に尾崎紅葉、幸田露伴をはじめ樋口一葉、泉鏡花、小栗風葉、小杉天外を好んだという。
（19）「社会党生れし頃――樽井藤吉の思ひ出」（「東京朝日新聞」一九三二・一一・一三～一一・一六）で、菊子は従姉の樽井ふさ夫妻との生活について綴っている。
（20）『小寺健吉画業五〇年記念画集』（美工出版　一九六五・七）、『小寺健吉画集』（日動出版部　一九七七・五）などがある。

(21)「小寺夫婦の新らしい家庭」(『読売新聞』一九一五・一・二七)に報じられている。

(22) 一九一四年(大正三)の菊子の結婚時の戸籍簿による。ただし、実際には菊子が母や弟妹の生活費を稼ぐ実質的な家長の役割を果たしていたといえよう。

(23) 菊子の「『あざみ』といふ小さな倶楽部の主に」(『読売新聞』一九一八・七・一四)に激励された堀保子との往復書簡が掲載された雑誌「あざみ」については、堀切利高解題「堀保子・伊藤野枝・神近市子資料」(『初期社会主義研究』一五号　二〇〇二)に詳しい。

[付記] 本稿は、「富山の女性文学の検証と富山学発展のための調査研究」プロジェクトの研究成果の一部である。新聞・雑誌掲載別作品一覧の作成にあたっては、福谷幸子篇「小寺菊子年譜」(『明治女流文学 二』『明治文学全集』72)及び、渡辺陽「小寺菊子執筆目録」(『静岡国文学』第二集)、杉本邦子「尾島(小寺)菊子年譜」(『日本児童文学大系』第六巻)を参照し、富山県立図書館、国立国会図書館、日本近代文学館、お茶の水図書館、早稲田大学図書館、一橋大学図書館、日本大学文理学部図書館、東京大学明治新聞雑誌文庫、徳田秋聲記念館などにおいて可能な限り原本を確認し作成した。現在も調査継続中であり、現段階までに確定できなかった作品については、次号以降に改めて発表する予定である。小寺菊子に関する情報をお寄せいただければ幸いである。

富山の女性文学の先駆者・小寺菊子

これまでの小寺菊子の研究には塩田良平の「小寺菊子」[1]をはじめ、田中清一「小寺菊子」[2]、島尻悦子「評伝小寺（尾島）菊子」[3]、八尾正治「後生願いの女　閨秀作家小寺菊子」[4]、渡辺陽「小寺菊子執筆目録」[5]、杉本邦子「尾島（小寺）菊子」[6]の解説がある。近年、小林裕子『職業作家』という選択——尾島菊子論」[7]が書かれるようになったものの、いまだ作品目録や年譜などの誤りが訂正されていない。たとえば、菊子の執筆活動について最も詳しい年譜を作成した杉本邦子においても菊子の最初に出した単行本を『教育勅語お伽噺　少女の一念』（金港堂　一九〇八・一二）ではなく、少女小説『御殿桜』（金港堂　一九〇九・五）とするなどの誤りがある。

筆者は、小寺菊子の作品収集の途半ばで亡くなられた郷土史家の岡本悦子氏[8]のご遺族から菊子関係資料を託され、資料整理と更なる収集を続けてきた。菊子の評価軸の問題点や女性雑誌「女子文壇」や「青鞜」での活躍についてはこれまでに論じている[9]ので本稿とあわせてご参照いただければ幸いである。

菊子は売薬を業とする尾島英慶、ヒロの二女として生まれた。尾島家はもとは水橋町大町にあり、祖父は村長を務めた。親戚筋にはイエーツ研究家の尾島庄太郎がいる。母ヒロの実家である浅野家は、浅野内匠頭の末裔といわれる前田藩の士族の出である。和歌、俳諧の師を祖父に持つヒロは、尾島家の家風になじめず、浄土真宗に熱心な姑との葛藤が絶えなかった。父の事業の失敗により菊子は富山市八人町尋常小学校高等科卒業後、数え年一七歳の時に従姉の樽井ふさを頼って上京し、四年間寄寓することになる。ふさは、漢詩や和歌を嗜む文学好きで自由奔放な女性であり、ふさの夫樽井藤吉は、ふさより一八歳年長であった。樽井藤吉は、大井憲太郎、景山英子とともに社会党を結成し、衆議院議員にもなった人物であるが、生活は苦しく菊子の学費までも生活費として消えてしまう有様だった。[10] ふさが若い愛人と家出し、樽井家を出た菊子は、次弟の英秀の死後、母と弟妹を東京に呼び寄せる。家長として家を支えるために菊子が経験した職業は、事務員や東京工業学校（現東京工業大学）のタイピスト、代用教員、「東洋婦人画報」（のち「婦人画報」と改題）や「婦人界」の女性雑誌記者と多岐にわたる。こうした職業体験は菊子の作品に社会的内容を与えることになった。

菊子が最初に小説を発表した時期には諸説ある。「破家の露」（一九〇三・七）を処女作と位置づけたのは、塩田良平である。

菊子は作家を志し、紅葉門中の異色ある徳田秋聲を師とし、初めて発表したのは、二十歳の春「破家の露」（三六・一）である。掲載誌は「新著文藝」で、この月創刊され、秋聲「すきぶすま」[11] 等と共に発表された。この当時、彼女は秋香女史と号した。佐藤露英などと同じく、師号の一字を冠する古風な習慣がまだこの当時は存してゐたのである。

塩田は、田村俊子が初めは佐藤露英の筆名であったことを例にあげ、秋香女史は秋声の一字をもらったものので、秋声に師事したのは「新著文芸」に発表した頃だとした。一方、杉本邦子(12)は「菊子の処女作についてては、塩田良平氏は、『新著文芸』に秋香女史の名で発表した『破家の露』(明治三六年七月)がそれであるとしている。彼女が記者時代に秋香という号を用いたことはたしかであるが、明治三十六年と言えば、彼女にとっては、小説家たらんとする意志も、まだほんとうには固まっていなかった時期といわなければならない。従って、ここでいう『秋香女史』を菊子と同一人とする説には、首肯しがたいものがある」と批判し、処女作は一九〇六年(明治三九)に発表した「妹の縁」であり、秋声に師事した時期も「少女界」に少女小説を発表した後であると指摘している。島尻悦子(13)も、菊子が「秋香の号で作品を発表した覚えはないといっておられた」と書いている。

しかしながら、「破家の露」は徳田秋声や同郷の三島霜川も関わる「新著文芸」創刊号(一九〇三・七)に掲載されたものであり、次章に示したように「女鑑」や「婦人界」などの女性雑誌にも秋香女史で書かれた作品や記事があること、さらに一九一二年(明治四五)五月二九日「読売新聞」の「新しい女(その十二)」の「△尾島菊子女史」において妹の千代子と一緒の写真つきで「破家の露」の作者として菊子の家を訪問した取材記事が掲載されていることから、一九〇六年(明治三六)の「破家の露」を菊子の作品と考えてよいのではないだろうか。なお、新聞には「三十二歳の今日まで」という記載もあり、明治一二年八月生まれの菊子の年齢とも符合する。

菊子の文学活動は、三期に大きく分けることができる。初期は少女雑誌から女性雑誌での活躍の時期である。中期は、作家としての自覚のもとに新しい少女小説の創作に意欲を燃やす一方、文芸雑誌に小説が掲載されていく旺盛な創作活動の時期である。そして後期が、秋声の門人たちの雑誌「あらくれ」に小説や随筆を多数発表して活躍する時期である。

初期は、一九〇五年（明治三八）「少女界」一〇月号に「秋の休日」を投稿し、喜久子の署名で御伽噺欄に掲載されたのを皮切りに「少女の友」「少女画報」などに作品を次々に発表し、少女小説の書き手として頭角を現した時期である。「机に噛りついて書きかけの少女小説の原稿を一生懸命につゞけた。それだけは金港堂から出る少女界に持つてゆけば、いつでも買つてもらへた。けれど、その他の文章は丸であてがなかつた」（「娘時代　自叙伝の二」）と菊子が語っているように、採用されれば一頁二円以下の範囲で謝礼がもらえたのである。

一九〇八年（明治四一）三月に発表した本格小説「妹の縁」（「趣味」尾島菊子の署名）は、『閨秀小説十二編』（博文館　一九一二・一）に収録され、文壇に認められるようになる。一九〇九年（明治四二）五月に『少女小説　御殿桜』、翌一九一〇年（明治四三）四月に『文子の涙』を「少女の友」の発行元である金港堂から出版し少女小説家としての地位を確立した。一九一一年（明治四四）三月に大阪朝日新聞社の懸賞長編小説に応募した「父の罪」は、幸田露伴が最高点をつけ、田村俊子の「あきらめ」についで次席となったが、「大阪朝日新聞」に「父の罪」が連載されることになる。同年一二月の「中央公論」の女流作家特集号には「赤坂」が掲載されている。加えて、「青鞜」（一九一一・九創刊）の出発期から参加して意欲的な小説を発表し、「青鞜」と最も関係の深い明治期を代表する女性投稿雑誌「女子文壇」（一九〇五・一創刊）にも作品が掲載され、女性の自我覚醒を促す女性雑誌での活躍が目覚ましく、初期はまさに少女小説や女性雑誌から文芸雑誌へと歩み出し、作家としての地歩を固めた時期といえよう。

菊子の文学活動の中期は飛躍の年である。一九一四年（大正三）には、それまでの類型化した少女小説の枠を超える「綾子」（「少女画報」一九一四・一～七）を発表し、「新しい少年少女文学について」（「読売新聞」一九一四・四・四）で創作への思いを記している。

私はこれまで猫や鳥が物を云ふ「お伽噺」と全然趣を異にした一個の芸術として、「少女小説」に筆を執つて来た。けれど其多くは何れも雑誌編集者からの注文に応じた。どつちかと云ふと、一般の少女たちに悦ばれさうな、比較的事件などに変化のある、そして可哀想一方の少女を主人公として書くのが常であつた。だから幾らか誇張もあり偽りもあつた。併し、私はもうそんな「面白い」といふ作のみでは満足出来ない。もつとく深く少年少女の心理を観察して、飽くまで真面目に忠実に、このうるはしい愛らしい芸術をつくりあげたいと思つてゐる。

「もつとく深く少年少女の心理を観察して、飽くまで真面目に忠実に、このうるはしい愛らしい芸術をつくりあげたい」と意欲を述べているように、「綾子」には少女時代を過ごした富山の風土や宗教が色濃く反映され、家族の軋轢や風習からの脱出を企図する少女をヒロインに据えている。従来の御伽話や夢物語とは一線を画する現実的な悩みに向き合う新たな少女小説の地平を切り開き、吉屋信子の一連の少女小説の先鞭をつけた意義は極めて大きなものがある。

少女小説を書く一方、二月に「郷愁」を「新潮」に発表している。四月には、徳田秋声の媒酌により画家の小寺健吉と結婚した。この年は、『ひな菊』『小鳥のささやき』の二冊の少女小説の刊行に加えて、小説集

『紅あざみ』も出版されるという豊熟の年となる。『紅あざみ』の装丁は、夫になる小寺健吉が担当して華を添えている。翌一九一五年（大正四）四月、「河原の対面」を「文章世界」に、「黒き影」を「早稲田文学」に、七月には「梅雨近く」を「文章世界」に発表しており、菊子の活躍の場は一般の文芸雑誌に広がり、少女小説作家を超える本格的な作家としてのものになる。

一九一七年（大正七）一〇月には、津田青楓夫人の敏子とともに与謝野晶子らに声をかけて女性洋画家研究団体「朱葉会」を設立した。創立委員として会の発展に尽力し、翌年一月に三越本店で開催された第一回展覧会には菊子自身も絵を出品している。この後も絵の出品にとどまらず絵画評も行うなど会の中心メンバーとして「朱葉会」の発展に貢献した。[14]このように、結婚後も文筆を続け、活躍の場を広げ、文学活動の充実期を迎えるのが中期である。

さらに後期になると、一九二七年（昭和二）一月に、秋声の妻はまの一周忌に秋声の知友や門下生の集りである二日会が発足すると参加し、「あらくれ」（一九三二・七〜三八・一二）の同人として随筆や小説を精力的に発表している。透徹した視点から故郷を描く「念仏の家」や「反逆する子」（後に「父の帰宅」に改題）など注目作も多く、後期は作家としての円熟期である。明治・大正・昭和にわたり息長く活躍した職業作家の魁として多様な雑誌に作品を発表した点でも際立った女性作家といえよう。

菊子の文学活動については、結婚後創作数が衰えたとする田中清一[15]や大村歌子[16]の研究や、結婚後『青鞜』的主張を小説の中で顕在化させることを避けるようになった」という小林裕子[17]の指摘がある。こうした通説は、作品執筆年譜が整備されておらず、文学活動の全体像が把握されてこなかったことにもよるだろう。筆者は菊子の作品の調査と収集を行い、これまで知られていなかった多くの作品を発掘することができた。現在までの調査で単行本一六冊、新聞、雑誌などに発表された作品総数が約四六〇編以上にものぼることがわかり、脳梗塞により身体が不自由になった晩年の一〇年間は作品を発表していないものの、結婚後も意欲的な作品を次々に発表し、旺盛な執筆活動を続けていたことが明らかである。

戦争により発表の機会が少なくなる中で、戦意高揚のため、太宰治や谷崎潤一郎、岩倉政治、吉屋信子ら二〇七名もが執筆した『辻小説集』に菊子も「冷酒」を書いている。その内容は、晩酌の酒を愉しんでいた夫が糖尿病の妻の治療のため好物の酒を飲ませてくれた日常の生活が綴られている。戦時を示すものは、ふとした病で急死した夫の霊に手向ける「配給の酒」のみであり、むしろ夫婦のほほえましい日常の営みを描くことに主眼が置かれているのである。図1に示したように『辻小説集』の表紙には荒波の中を勇ましく進む軍艦が描かれ、「建艦献金」を募る戦意高揚を目的として原稿用紙一枚の小説や随筆を集めたアンソロジーである。緒言は国家統制の手段として設立された日本文学報告会代表の久米正雄が書いている。作品の多くが時局に迎合し、軍備増強に協力を惜しまない国民像を提示しているのに対し、菊子の作家としての姿勢を示す作品となっている。最後に発表した「思ひ出を辿りて」(『芸林間歩』一九四七・一一)で、秋声が戦争の悲惨さを知らずに四年前に亡くなったことに安堵をおぼえると書いていることにも通じるものであろう。

図1　『辻小説集』表紙
(八紘社杉山書店、1943年7月)

図2　最後の単行本　小寺菊子著「花犬小鳥」
（装丁小寺健吉。教文社、1942年1月）

なお、夫の小寺健吉は菊子より八歳下である。詩情豊かな油彩画で知られる日本の風景画家の代表的存在のひとりであり、富山大学経済学部長を務めた小寺廉吉の兄である。末弟には俳優の中村伸郎がいる。弟の小寺駿吉は、日本の造園学の権威で東京大学・千葉大学で教鞭をとった。小寺健吉・菊子夫妻には子供がいなかったため、弟の小寺廉吉を養子に迎えた。一九四七年（昭和二二）に脳溢血で倒れ、下半身不随の不自由な生活の中にあっても花や小鳥の声に慰めを見出した菊子の晩年の一〇年について、健吉は「作家菊子の追憶[18]」を書いている。最後の単行本となる『花犬小鳥』の装丁も健吉が担当している（図2）。菊子は、一九五六年（昭和三一）一一月二六日に七七歳で亡くなり、東京都多摩にある多摩霊園の小寺家の墓に眠っている。

現在『近代女性作家精選集』（ゆまに書房）が刊行され、『父の罪』『百日紅の蔭』『深夜の歌』が復刊されたが、国立国会図書館にも菊子の単行本一六作すべてがそろってはいないのが現状である。残念なことに、富山市の水橋郷土資料館には菊子の自筆原稿も展示されていたが[19]、今は閉館してしまっている。富山の文学の貴重な資料の散逸をふせぎ、保存し公開して後世に伝えるためにも富山県に文学館ができればと願っている。

［注］

（1）塩田良平「小寺菊子」の評伝（「明日香路」一九五七・一〜三）、「小寺菊子」（『明治女流作家論』一九六五・六所収）による。

（2）田中清一「郷土と文学」所収（一九六三・二）。

（3）「学苑」（一九六五・九）。

（4）功玄出版（一九七六・七）。

（5）「静岡国文学」（一九七八・一二）。

（6）解説（『日本児童文学体系　第六巻』ほるぷ出版　一九七八・一一）。

（7）新・フェミニズム批評の会編『明治女性文学論』（翰林書房　二〇〇七・一一）。

（8）『女性文学事典』では、小寺菊子（こでらきくこ）を「おでらきくこ」と誤記するのを初め、『近代文学事典』や『青鞜を読む事典』で生年を明治一七年としている。また島尻悦子「評伝小寺（尾島）菊子」（「学苑」一九六五・九）においても明治一四年とされるなどの誤りが散見する。生年については、郷土史家の岡本悦子が「小寺（尾島）菊子『帰郷日記』を読む――生年の諸説を訂す」（「富山史壇」一九九五・一一）において、戸籍簿の調査や作品との照合をし、生年は明治一二十七年であるとの訂正を行っている。

（9）拙稿「小寺菊子と『女子文壇』『青鞜』」（「社会文学」二九号　二〇〇九・二）。

（10）「東京朝日新聞」（一九三二・一一・一三〜一一・一六）に連載した「社会党の生まれし頃――樽井藤吉の思ひ出」には、富山から上京した菊子が従姉の樽井ふさ夫妻と暮らした四年間の生活が綴られている。

（11）秋声が書いたのは、正しくは、「すきぶすき」であり、「破家の秋」が掲載されたのは「新著文芸」一九〇三年七月の創刊号である。

（12）注（6）に同じ。

（13）注（3）に同じ。

(14) 顧問審査委員には岡田三郎助、安井曾太郎、有島生馬、満谷国四郎に依頼した。「朱葉会」の命名は与謝野晶子である。
(15) 注(2)に同じ。
(16)「水橋の歴史」第三集(一九九五・三)。
(17) 注(7)に同じ。
(18)「富山と東京」(一九五七・二)。
(19) 注(16)による。

小寺菊子とメディアとの攻防・「ふるさと」観の変遷

これまで富山の女性文学の先駆者である小寺（尾島）菊子について、「小寺（尾島）菊子と『女子文壇』・『青踏』――埋もれた女性職業作家の復権に向けて」（「社会文学」二九号　二〇〇九・二）を始めとし、「富山の女性文学の先駆者・小寺（尾島）菊子研究――作品執筆年譜を中心に」（「富山大学人文学部紀要」五一号　二〇〇九・八）や「富山の女性文学の先駆者・小寺（尾島）菊子研究2――人と作品」（「富山大学人文学部紀要」五二号　二〇一〇・二）で論じてきた。特に昨年度（二〇〇九年）は小寺菊子生誕一三〇年にあたり、初の回顧展が開催され、[1]菊子についての新資料を発掘する契機ともなり、研究の前進が見られた。現段階で菊子の作品総数は五四〇以上にのぼることがわかり、前号以降の調査研究で明らかになった点を本稿で訂正することにした。[2]明治・大正・昭和と長期にわたり女性職業作家として第一線で活躍したことを裏づける作品数である。量的数値だけでなく、菊子文学のジャンルの多面性、掲載された雑誌・新聞の多様性にも目を見張るものがある。掲載された雑誌では、少女雑誌も含めた女性雑誌が最も多いことが明らかになった。

菊子の作品については未調査な点が多く、菊子の処女作についても異説がある。菊子の評伝を書いた鳥尻悦子[3]は、菊子が「秋香の号で作品を発表した覚えはないといっておられた」と書いている。最もまとまった菊子についての解説や詳しい年譜を執筆している杉本邦子が「尾島（小寺）菊子[4]」において、「菊子の処女作については、塩田良平氏は、『新著文芸』に秋香女史の名で発表した『破家の露』（明治三六・七）がそれであるとしている。彼女が記者時代に秋香という号を用いたことはたしかであるが、明治三十六年と言えば、彼女にとっては、小説家たらんとする意志も、まだほんとうには固まっていなかった時期といわなければならない。従てここでいう『秋香女史』を菊子と同一人とする説には、首肯しがたいものがある」と述べている。杉本も『破家の露』（「新著文芸」一九〇三・七）が菊子の作品ではない根拠として「菊子女史が生前語ったところによれば、秋香女史の名で創作を発表した記憶はない」ことをあげているが、島尻も杉本もいつどこで菊子が言ったかは明らかにしていない。だが、これまで杉本の説が踏襲され、最近出版された菊子の作品集が収められた『近代女性作家精選集』四巻[5]（ゆまに書房　一九九九・一二）においても、処女作は『妹の縁』（「趣味」一九〇八・三）とされている。

しかしながら、すでに指摘した[6]ように当時の「読売新聞」（一九一二・五・二九）において『破家の露』の作者として紹介されていること、菊子自身が「生活と戦ひつつ（私の文壇に出るまで）」（「文章倶楽部」一九一八・八）の中で「『新著文芸』といふ雑誌（これは斎藤弔花、平尾不孤、稲岡奴之助等の諸氏が執筆してゐたが、五号位まで出て廃刊になつた。）に、初めて小説「破屋の露」といふのを書いた」と述べていることや、「余の文章が始めて活字となりし時（＊アンケート）」（「文章倶楽部」一九一八・八）からも、『破家の露』を菊子の作品と確定してよい。菊子の文学活動はまず少女小説家として頭角を現したことから児童文学の分野からの研究がなされてきたが、「新著文芸」創刊号掲載小説『破家の露』が処女作であることから文学の出発期から小説家としての志があったと考えるべきであろう。

そこで本稿では、女性作家の少ない時代に筆一本で家族を支え続けた菊子の作家魂の根幹にある反骨精神が結婚においても発揮され、結婚後も真摯に文学に向き合い続ける土壌を育んでいたことを新聞メディアに対する菊子の記事から考察していきたい。さらに、菊子の文学を語る上で重要な「ふるさと」観の変遷を明らかにしてみたい。

一 「新しい」家庭

菊子の結婚観について最初に掲載したのは「北陸タイムス」（一九一四・八・一七）である。「女流作家の選ぶ良人」という見出しで掲載されている。「尾島菊子談」とあるように、菊子が帰郷した際のインタビュー記事(7)である。

◎私ども文芸に携はる者が仮りに配偶者を撰ぶとして、文学者がよいか又他の職業に就いてゐる人がよいかといふ事になりますと、私なら文学者で無い方がやう御座いますね、夫婦共同じ仕事をやつて居りますと自然芸術的衝突が起るだらうと思はれるのです、いくら同じ種類のものでは微細な思想上の差違は免かれませんでせう、と云つて夫がサラに無趣味でも困りますね、さういふ人だと妻の仕事なり趣味なりに同情する処が妨害するやうな事になりますから◎画家なんぞがよろしう御座いませう仮令ば岡田さん（西洋画家岡田三郎助）と八千代女史のやうにね、それでも家庭を作ると思ふやうに仕事は出来ないさうです、ですから私どもに取つては結婚は大問題で御座いますよ、私などにも一体いつ迄独身でゐる心算だといふやうな御話をなさる方もありますが、結婚してしまつたら何うしても文芸は棄てなければならぬ無いと思ふと迚も然ういふ気にはなれません、婦人はほんとに婚嫁いたらそれつきりで御座いますからね◎と申しても私どもは決して独身主義を主張するのではないのです、それはもう御承知の通り青鞜社の人達だつて理想として独身を主張する方は御座いませんでせう、必竟此れならばといふ人に遭遇らないからです、私どもの芸術などと云つて碌なものじや無いのですがそれでも深入りをしてしまふと無意義な結婚の為に棄てて了ふのも惜しいやふなのです、其れに替るだけの熱烈な恋愛でも生じれば別で御座いますがね

◎それにしても文筆で生活するといふ事は随分危険なもので御座いますよ、それは永井（荷風）さんとか徳富（蘆花）さんのやうに別段物質上に不足の無い方なら勿論結構ですが、私などに至つてはもう随分酷い目に遇つて参りました五六年前迄教師をしたりタイプライター使ひに雇はれたりしましたが、どうも外へ出るのが厭で堪らないものですから原稿生活に入りました、初めの間は案外楽でしたが、近頃はどうも頭脳も荒んでしまふし従つて碌な物も書けませせずほんとに困り切つて居ります

一九一三年（大正二）八月一四日、菊子が幼妹の納骨と亡父の法要のために母とともに故郷富山に帰省した時の「北陸タイムス」記者による談話である。すでに『父の罪』を「大阪朝日新聞」に連載（一九〇九・三・二二～六・一〇）し辰文館より単行本が出版されただけでなく、「早稲田文学」、「新潮」、「中央公論」な

どの文芸誌や総合雑誌にも作品が掲載されるようになっていた。記事の冒頭には「尾島菊子女史は富山県が生んだ女流作家の第一人である、生れは水橋町だが其幼時の大部分を富山市旅籠町に送つた人で現時都文壇の一角に華やかな色彩を添へてゐる、女史が母親と弟妹を細腕に養ひ来つた苦闘の歴史は遍く人の知る処であり、また嘗て本紙が紹介した事もある、去十四日女史は母堂と共に展墓の為来富し今猶富山舘に滞在中である左に談話の一節を記るさう」と書かれている。菊子が郷里富山において高い評価を得ていたことがわかる一文である。加えて興味深いのは、結婚について聞かれた菊子が、「大正の三閨秀」と並び称された岡田八千代が画家と結婚した例を挙げ、結婚するなら同業の文学者ではなく画家がいいと答えていることである。この時期、菊子は画家の小寺健吉との結婚を想定していたのではないかと思われる。しかも、「家庭を作ると思ふやうに仕事は出来ないさうです、ですから私どもに取つては結婚は大問題で御座いますよ、私などにも一体いつ迄独身でゐる心算だといふやうな御話をなさる方もありますが、結婚してしまつたら何うしても文芸は棄てなければならぬ無いと思ふと迚も然ういふ気にはなれません」と述べているように、結婚しても文筆を続けたいという強い思いを持っていたことが見て取れる。

菊子が小寺健吉と結婚するのは、それから間もなくの翌年一九一四年（大正三）四月のことである。(8)一九〇六年（明治二二）生まれで八歳年上の菊子と小寺健吉（明治二〇年生まれ）との結婚は新聞メディアの格好の餌食となり、「読売新聞」一九一四年（大正三）四月六日には、年下の画家との結婚を中傷するゴシップ記事が掲載された。(9)その際、菊子が泣き寝入りすることなくすぐに行動を起こした点は注目してよい。翌日の一九一四年（大正三）四月七日付け「読売新聞」（朝刊七面）「私どもの結婚について」と題された抗議に菊子の反骨精神を見ることができる。

尾島菊子

私が今度小寺氏と結婚をすると云ふことについて、二三の新聞は頻りと面白さうに囃し立てゝ、随分思ひきつた無礼を私に浴せました。私は今まで長いあひだ独身て（ママ）ゐても、まだ嘗て誰とどうしたと云ふやうな変な噂を立てられたことがないのですが、今度正当な結婚をするにあたつて、はじめて妙なことを書かれました。なんといふ不思議なことでせう。今度の結婚は丁度私の方から小寺氏に迫つて、無理に結婚をするかのやうに御紙はじめ他の新聞でも書いて居ります。物事がかくも変に伝はるものかと怖ろしい位ゐです。

私は今結婚するについて、自ら弁解する必要もないので（ママ）が、唯をかしく誤解されて、侮辱したやうな記事ばかり書かれると非常な迷惑を感じますから、茲に一筆書きました。

小寺健吉

拝啓益々御発展奉賀候昨日は御社記者の御来訪を恭うしたるに生憎不在にて失礼致候然る処今朝の御紙を拝見致すに小生と尾島氏と結婚するにつき何かと御書きたて被成就中尾島氏より久しい間結婚を迫つたとか小生が余儀なく承諾したかの如き面白可笑しき記事は甚両人の迷惑と致す処にて記者先生の戯筆を怪しからぬ事と存じ候、猶又昨日小生留守宅に居りしは小生方の下女にて尾島氏妹には無之況や千代子自身記者への御挨拶云々の如きは途方もなき事に御座候

健吉との連名で出された記事は、菊子の文章が先におかれている。この抗議以降、二人の結婚についての

ゴシップ記事は姿を消した。菊子の結婚生活がいかに「新しい」ものであったかは以後の新聞報道から知ることができる。翌一九一五年（大正四）一月二七日付け「読売新聞」（朝刊五面）には、「◉小寺夫婦の新らしい家庭—生活費は半分宛収入を出し合ふ」という見出しで、生活費を折半する作家と画家の「新しい」家庭について報じられている。

> 女流作家の尾島菊子さんと、青年画家の小寺健吉さんとが、家庭を持つて、もう十ケ月になりますが、各自違つた生活の道を歩みながら、家庭では如何いふ調和を図つて居られるかと言ふことは一寸趣味のある問題であらうと存じます、画家と女流作家との御夫婦は、岡田三郎助さんと八千代さんの御家庭がありますが、この御家庭は新しい問題でありませんから△新らしい気分を持つた小寺さんと菊子さんの家庭を研究して見やうと思ひます、小寺さんが結婚される前、姉さんの姑さんを預かつて居られたので、世間ではこのお婆さんを小寺さんのお母さんだと思ふて、新らしい気分を持つた菊子さんがお嫁にいつたら必と一衝突が起るだらうと、要らぬ心配をして居た人もありますが、此お婆さんは△結婚と同時に姉さんの所へ帰らしたので、新旧思想の衝突も起らずに済みました、其代り菊子さんの責任が却々重くなつて、結婚後二三ケ月は普通の世話女房となつて筆に親しむことも出来なかつた相ですが、近頃では互に思想の独立を重んじ、小寺さんは画室に、菊子さんは書斎に、思々の道に歩む様になりました、そして△お互の収入がどれだけあつても、生活費には半分づゝ出し合ふことにします、家庭には老人も居ず、兄弟も居ず、女中一人と、ミーちやんと言ふ猫と、ブランちやんと言ふ犬が居るだけで、何の気兼気苦労もないのですけれど、茲に一寸困つたことは仕事の時間が一致しないことです。（以下略）（引用の傍線は筆者）

結婚当初の二、三ヶ月は慣れぬ生活に追われて小説を書く時間もとれなかった菊子だが、引用の傍線部「近頃では互に思想の独立を重んじ、小寺さんは画室に、菊子さんは書斎に、思々の道に歩む様になりました、そして△お互の収入がどれだけあつても、生活費には半分づゝ出し合ふ」とあるように、この結婚が経済的に独立した関係にあり、かつ画家と作家という夫婦それぞれの職業を尊重しあう、まさに「新しい」家庭が築かれていたことがわかる。こうした自立した家庭生活が、菊子の創作をより実り豊かなものにする礎となっていったと考えられる。次章では菊子の実際の作品を取り上げ、「ふるさと」観から考えてみたい。

二　菊子のふるさと観の変遷

富山での生活を主題としたものや郷里の家族にふれた作品など、「ふるさと」を描いた菊子作品は、現段階で四〇篇あることがわかった。内訳は、小説が一四篇、随筆が二六篇である。早いものは「少女界」に掲載された『都の夢』[10]で一九〇八年（明治四一）一〇月に発表された。最も遅いものは『花犬小鳥』（一九四二・二）に収録された「母をおもふ」「わが故郷」（初出未詳）である。関連作品の発表時期は明治から昭和にわたっており、菊子にとっての「ふるさと」観の変遷をたどることができる。[11]

「ふるさと」に関連する作品一覧を次にまとめたので参照いただきたい。

〈随筆〉作品名	初出誌巻号または収録	分野	初出または収録年月日
一　都の夢（少女小説）	「少女界」七巻一〇号	女性	一九〇八年一〇月

二	父の罪	「大阪朝日新聞」	新聞	一九一一年三月二二日～六月一〇日
三	朱蠟燭の灯影	「早稲田文学」第九七号	文芸	一九一三年一二月
四	綾子（少女小説）	「少女画報」三巻一月号～七月号	女性	一九一四年一～七月
五	郷愁	「新潮」一九巻二号	文芸	一九一四年二月
六	恋の記憶	「文章世界」	文芸	一九一四年九月
七	若き日の跡（一）、（二）	「女学世界」一四巻一二号、一三号	女性	一九一四年一〇月
八	河原の対面	「文章世界」一〇巻七号	文芸	一九一五年四月
九	日陰の児	「早稲田文学」一二一巻	文芸	一九一五年一二月
一〇	悲しみの日	『十八の娘』	単行本	一九一七年二月
一一	祖母	「報知新聞」	新聞	一九二一年一〇月一四日～一二月五日
一二	子は反逆する（父の帰宅）[12]	「あらくれ」二巻四号	文芸	一九三四年四月
一三	念仏の家	「あらくれ」二巻一二号	文芸	一九三四年一二月
一四	他力信心の女（一）～（九）[13]	「高志人」二巻二号～三巻四号	郷土研究	一九三七年二月～一九三八年三月
一五	私の幼時	「少女界」九巻七号	女性	一九一〇年六月
一六	帰郷日記	「婦人界」二巻一〇号	女性	一九一〇年九月

一七	越中富山の製薬会社を見る	「婦人画報」四六号	女性	一九一〇年九月
一八	越中式の女（一）、（二）	「北陸タイムス」	新聞	一九一二年八月
一九	故郷の花のころ	「婦人画報」一〇二号	女性	一九一四年四月
二〇	流し火	「時事新報」	新聞	一九一四年七月一七日～二〇日
二一	予が生ひ立ちの記	「読売新聞」	新聞	一九一四年四月
二二	富山の売薬	「ニコニコ」六一号	総合	一九一六年二月
二三	胸を躍らして都へ出る	「文章倶楽部」二巻七号	文芸	一九一七年七月
二四	生活と戦ひつつ（私の文壇に出るまで）	「文章倶楽部」二年八号	文芸	一九一七年八月
二五	最も楽しかつた悲しかつた幼時の思ひ出	「婦人画報」一七六号	女性	一九二〇年九月
二六	死の幻影　自叙伝の八	「婦人画報」	女性	一九二〇年九月
二七	雪の日（恋の芽）	「週刊朝日」一一号	週刊誌	一九二三年三月
二八	前後三たびの帰省	「女性日本人」四巻八号	女性	一九二三年八月
二九	屋敷田甫	「新小説」三〇巻一四号	文芸	一九二五年五月
三〇	弟の命日	『美しき人生』	単行本	一九二五年七月
三一	関西の旅	『美しき人生』	単行本	一九二五年七月

三二	恋を知る頃	「演芸画報」二三巻六号	演劇・映画	一九二九年五月
三三	故郷の墓[14]	「九州日報」	新聞	一九三三年八月
三四	我が故郷の感	「富山日報」	新聞	一九三三年一一月
三五	我改郷へ北陸の旅（一）、（二）	「あらくれ」二巻一号	文芸	一九三四年一月
三六	雪の日の裏日本	「報知新聞」	新聞	一九三四年三月
三七	哲学の書	「書物展望」八巻三号	書物	一九三八年四月
三八	温泉いろいろ宇奈月温泉	『花犬小鳥』	単行本	一九四二年一月
三九	母をおもふ	『花犬小鳥』	単行本	一九四二年一月
四〇	我ふるさと（一）～（四）	『花犬小鳥』	単行本	一九四二年一月

右の一七に示したように、「ふるさと」を扱った作品の中には、「婦人画報」記者として富山の薬売り[15]をとりあげた記事もある。「ふるさと」という視点から分析すると、祖母に関する記述がとりわけ多く、老婆へ憎しみや怨みといった負の感情が描かれている。祖母と暮らした幼少期の苦い思い出のために菊子にとっての「ふるさと」は否定的な感情を呼び起こす「場」になっていたのである。「自分は仮令親が死んでも兄弟が死んでも、一生生れ故郷へは帰りたくない」（『父の罪』）、「自分達は其先祖に対しては寧ろ怨みこそあれ、少しも恩義などと云ふものを感じてゐなかつた」（『朱蠟燭の灯影』）、「怨みと悲しみにつづられた長い過去を

持つた生まれ故郷」（『他力信心の女』）と、繰り返し「ふるさと」への強い嫌悪が語られている。

それは「もつと進んで女学校へ入りたくて仕方がなかつたが、一家の全権を握つた昔気質の祖母」（「胸を躍らして都へ出る」）によって、菊子の女学校進学の夢が砕かれ、親族との結婚を推し進められたことが大きく作用していたと考えられる。「冬の長い季節を殆んど雪の中に埋まつて、陰鬱な重い空を頭に頂き、白一色の単調な裏日本の自然界に呼吸して育つた北陸の乙女自分なども、一つは盲目的仏教信者が群をなして、どこの家庭にも一日中念仏の声と、線香の煙りの絶えなかつた」（「哲学の書」）や、「私の家には何ともかとも云ひやうのない昔気質の仏教気狂ひの頑迷な祖母がゐて、それが一家の権利を殆んど一人で振つてゐたゝめに私の母は勿論の事、私ら兄弟は何一つ自分たちの要求を容れてもらへなかつたと云ふ事がいつまでも少女時代の悲しい記憶として頭に残つて居ます」（「予が生ひ立ちの記」）とあるように、祖母が家の全権を握り、幼な子らにも仏教（念仏）を強要し支配しようとしていたのである。菊子の「ふるさと」への嫌悪は、宗教熱心な祖母に代表される頑迷で保守的な風土への反発、反抗に根差していたことが指摘できる。

一方、文学を嗜む自由な気風の家庭に育った菊子の母は「古い伝統的保守思想の化身」の祖母とは対極にあり、「毎日の浅ましくも鬱陶しく、悲く傷ましい不幸な啀み合い」（『雪の日（恋の芽）』）が幼少期の暗く悲しい思い出を形成した。(16) 思い出される風景も裏寂れた日本海の荒涼とした情景であった。(17)『河原の対面』でも「北の海から冷々としたうら寂しい風が吹いて来て、空にはどことなく冬のやうな底重い雲が低く垂れ込めてゐた」と重苦しい寂しい情景が描かれている。菊子の代表作とされる『父の罪』『河原の対面』は、いずれも菊子の幼少期に父がある事件に連座して逮捕（一説には贋札製造の罪）されたことを題材に描かれている。とりわけ『河原の対面』は、河原で服役している父を見る少女の深い悲しみが胸を打つ秀作である。

これまでの研究では、事業に失敗し、獄舎につながれる父も菊子にとってはいまわしい負の存在であり、菊子作品の暗さを決定づける主要因として位置づけられてきた。[18] しかしながら、その後の菊子の作品では、家族のなかでも父親が懐かしく、最も慕わしい存在として語られるように変化しているのである。たとえば、一九一〇年代には『父の罪』などで父を批判的に見ているのが、一九二〇年代になると「前後三たびの帰省」において父を客観的に評価している箇所が見られる。中でも一九四〇年代の「我ふるさと」では、「一番懐しいのは幼いころ特に私を可愛がつてくれた父だつた」と記されているのは特筆される。それは学問をしたいという菊子の希望を尊重し、仕送りをしてくれた父親に対する感謝の思いが後年になってもあったからである。一九四〇年代にはこのほかにも親類縁者を「美しく清らかな老女」と記すなど、これまで否定的に語られていた富山の人々や風景の描き方にも大きな変化が認められる。

従姉・樽井ふさを頼って上京した菊子は神田橋の東京府高等女学校に通っていたが父の死により学資が滞り、退学せざるをえなくなるのだが、故郷でも祖母と母との関係はこじれてついに祖母と別居に至る。父に続いて戸主となった弟（英秀）も病死し、菊子は郷里より母や弟妹をひきとり、家を支えていくことになった。幼い頃は祖母と母との諍いから母に同情的であったが、同居するようになると母が菊子の足かせになっていく。『若き日の跡』で颯爽とした男まさりの母を好意的に描いていたのが、「青踏」に掲載された作品で[19]は娘の行動を縛る母に対する抗議が表明されている。しかし、うとましく思っていた母の存在も一九三二年（昭和七）の母の死により、一九四〇年代には、「七十六歳まで生きながらへた母が、その後半生を私のやうな娘を力に生きてゐたのかと思ふと、そゞろに涙があふれてくる」（「母をおもふ」）ように変化してくる[20]「母はさうなるまでにはずゐぶんと堪えにたへて、辛い涙をのんでゐたのである」（「母をおもふ」[21]）と記され、母親に対しても客観的に対峙できるようになっていった。

そうした家族への思いの変化は「ふるさと」観の変化ともつながっている。一九一〇年代には「富山と云ふ名詞を聞いただけでも竦とする。嫌な国！嫌な国！と思ふと同時に、生家の秋岡と云ふ家庭を考えはじめると、思はず知らず身慄ひが出る」、「唯黒い雲に包まれたやうな郷里の家庭」（『父の罪』）と記されているように、「ふるさと」や「家」に対する嫌悪感が菊子の中に澱のように沈潜していた。それが一九二〇年代になると「都会人が曾遊の地を訪づれるやうな冷静な気持」（「前後三たびの帰省」）へと変化していくのである。一九三〇年代に書かれた後期の代表作である『子は反逆する』（『父の帰宅』）や『念仏の家』において「ふるさと」への感情的な嫌悪は弱まっている。[22] 仏教に執着することへの批判が語られる『念仏の家』においても富山に残る親戚の若者に今後を託す結末となっている。

以上のように、明治期の一九一一年（明治四四）に発表した『父の罪』では浄土真宗信仰など保守的な県民性を強調していた菊子だが、大正末の一九二五年（大正一四）の『美しき人生』収録作品では、情感あふれる富山の風景が魅力的に描かれるようになる。さらに一九三〇年代になると、「過去に対するそんな感傷も全く消え、私の心は極めて平静であつて、わが生れ故郷を懐しむ気持はあつても、反感などみぢんも残つてゐない」（「我改郷へ　北陸の旅（二）」）、むしろ郷里富山へ帰ってみたい、「日本海の晴朗さ」を見たい、見なければという郷愁の想いに突き動かされる。[23] 菊子は郷里に三回帰省しているが、回を重ねるごとに「ふるさと」に対する心境の変化が見られる。[24] 昭和期の一九三六年（昭和一一）の『深夜の歌』の「はしがき」で「そこで私はこの集をもつて、自分の文学行動の一つの転期としようと思ふ。勿論近年寡作の私ではあるが、これから後新に作品を発表したとしても、もはやこの集の中に現はれるやうな涙脆い情緒的な人物のみを描きはしないであらうと、稍心強く思つてゐる」と作品の転換を決意しているが、その根底には「ふるさと」観が嫌悪から思慕へと変遷したこととも関わっている。作家として自己の人生を見直すという精神の安定がうかがえ、富山との空間的距離というよりも心的距離ができたことがマイナスイメージからプラスイメージへと変化したといえよう。

［注］

（1）「小寺菊子展ガイドペーパー」（徳田秋声記念館　二〇〇九・九）。

（2）調査の中で明らかになってきたことで菊子の妹チヨの娘が二人ではなく、宝塚に入った二人の娘の他にもう一人いた可能性があるので、今後更に家系図の訂正もしていきたい。

（3）「評伝小寺（尾島）菊子」（「学苑」一九六五・九）。

（4）解説（『日本児童文学大系　第六巻』　ほるぷ出版　一九七八・一一）。

（5）編集部による『父の罪』解説。

（6）拙稿「富山の女性文学の先駆者・小寺（尾島）菊子研究1――作品執筆年代を中心に」（「富山大学人文学部紀要」五一号　二〇〇九・八）。

（7）「女史は謙譲なしかも甚だ要領を得た調子でハキ〳〵とよく語る人である、年齢は三十位でせうが五つ六つは若く見江る顔は少し平板であるがよく成熟し切つた女の美しさを思はせる、若手作家では谷崎潤一郎老大家では徳田秋声女流では田村俊子長谷川時雨野上弥生子などの作品が好きださうである（ノートルダム）」と記されている。

（8）戸籍簿によれば入籍は、翌年の一九一五年（大正四）二月のことである。

（9）「読売新聞」一九一四年（大正三）四月六日（朝刊七面）では、「●六つ違いの姉さんと△閨秀作家と青年画家の結婚」という見出しで、「恋の焔の燃ゆる目をあけて女は男に「結婚して」と迫つた女より六つも年下の若い男は久しい間この要求に満足な答を与へなかつたが三十を越えた女の△猛烈な恋遂に若い男に承諾せしむべく余儀なくされて来る二十二日に盛大なる華燭の式を挙げるさうだ其女といふのは所謂「新い」といふ枕詞のつく小説家尾島菊子（卅四）といひ若い男は青年洋画家の小寺健吉君（二十八）だこの恋の二人は大久保百人町の嘗つて菅野須賀子の情人であつた、荒畑寒村君やその一味の人々が住んでゐる△社会主義横丁といふ小路に永い間隣りに合つて住んでゐた小寺君の画室の中に「性」の刺戟に耐江られない菊子女史が人目を忍ぶ姿を現はすやうになつた浮名を流したのは去年の春からださうだ降りしきる雨の中を昨日記者はこの二人の△楽しい住家を訪れた二人共今朝早く代々木に行くと言つて菊子の廂髪と小寺君のラファエルを気取つた頭とが並んで行つたさうで二人の家の留守を菊子の妹千代子（二十七）が慎しやかに守つてゐた千代子は年よりは七八つも若く見江る女で菊子よりは一際立ちまさつた縹緻だ『芸術家とか新聞記者とかいふ男と結婚させたくない』と姉の菊子が厳しく云つてゐると千代子自身記者への御挨拶この姉妹は二人とも嘗て良人を持つたことがあるので処女ではない」と、スキャンダラスに書き立てるゴシップ記事が掲載された。なお、菊子と健吉とは実際は八歳違いである。

(10)「薬で名高い越中富山は、北は富山湾より日本海を臨んで涼しく、東には有名な立山が遠く聳えて、気候もよく、土地も肥え、お米のよく実る国であります」と書き出される。

(11)「小説家・小寺菊子　ふるさとの思い出変遷」（「富山新聞」二〇一〇・一・一八）。

(12)『子は反逆する』は、後に『父の帰宅』と改題されて『美しき人生』（一九二五・七）に収録された。

(13)『他力信心の女』は、『哀しき祖母』に改題され『情熱の春』（一九二八・五）に収録された。

(14)「故郷の墓」については、同名の見出しで「九州日報」だけでなく「中外日報」（一九三四・一二）にも掲載されているが、いずれも未確認のため、ここでは題のみを掲載することにした。

(15)「富山の売薬」（「ニコニコ」一九一六・二）の冒頭で「毎年夏冬の二季に越中富山の売薬行商人が行李を背負ってやって来ますが、私はその本家本元の富山で育って居りますので東京でそんな行商人に来られた時に、いつでも何だか可笑しいやうな、気がしながら、或親しさを感じるのであります」と記している。ちなみに、菊子の父も売薬商であり、「胸を躍らして都へ出る――お針の稽古、上京」(『文章俱楽部』一九一七・七)の冒頭で「私の家は、梅ヶ谷の生れた富山から三里離れたところで、暫らくの間薬屋をしてゐた、父が事業を企てゝ失敗ばかり続けた後、一家は富山に出た」と記している。

(16)「私の幼時」においても「私の少女時代の記憶としては面白かつたことや、嬉しかつたことが少なくて、悲しかつたこと、恐ろしかつたこと、又は心配なことが多うございました」(『少女界』一九一〇・六)と書き出されている。

(17)祖母が登場しない作品では、「冬の中は殆んど太陽のひかりと云ふものを浴びることなしに暮らす北国の薄ぐらいそらが、春になつてだんく雪が解けて来ると、長いあひだ雪に埋もれてゐた、ぼやくした地の上から、やうやくそろくと春らしい陽炎が弱々しく燃え初める」(『故郷の花の頃』「婦人画報」一九一四・四)とあるように雪国の春の美しさや、お盆の「流し火」の思い出(『流し火』「時事新報」一九一四・七・一七~二〇)など、「ふるさと」の賛歌が語られている。

(18)塩田良平「小寺菊子」の評伝(『明日香路』一九五六・一~三)、「小寺菊子」(『明治女流作家論』寧楽書房一九六五・六)や田中精一(「小寺菊子」『郷土と文学』一九六三・二)などの研究があげられる。

(19)拙稿「小寺(尾島)菊子と『女子文壇』・『青鞜』――埋もれた女性作家の復権に向けて」(『社会文学』二九号二〇〇九・二)。

(20)「あの病気を少し早目に諦めすぎるんでせう」というように、病気の母を思いやる記述が目立つ。

(21)「母をおもふ」の中で、「まづ最初に描き出される幻影は、母が真蒼になつて怒り、あまり強くない心臓を昂ぶらせながら、姑と喧嘩をしてゐる図である」と記している。

(22)『子は反逆する』では、お盆に見た「水花火」の美しさが印象的に描かれている。

(23)「呉羽山上の御廟に礼拝して、静かな真夏の午後を涼しい樹陰に休み、富山湾の波穏やかな海の上を静かに眺め」(『我ふるさと(一)』)、心揺さぶられたと記している。また、「右側につゞく日本海に、凄い波が押し寄せてゐる。黒い雲が海上を低く這ひ出し、猛獣がほえつくやうな格好で現はれてゐる」(『我ふるさと(一)』)と日本海の壮大な眺めを懐かしく思い出している。

（24）「わが富山市を見て、全く茫然としてしまつた、変つた〳〵ときいてゐても、実際に見ないうちに、こんなにも目覚ましく変つたとは思はなかつた」（「我が故郷の感」「富山日報」一九三三・一一・九）と、発展した富山に心動かされる。

小寺菊子の少女雑誌戦略――家出少女小説『綾子』の「冒険」

一　はじめに

小寺（尾島）菊子（一八七九・八・七～一九五六・一一・二六）は、田村俊子、岡田八千代とともに「大正の三閨秀」と称された。徳田秋声門下第一の女性作家として明治・大正・昭和と長期にわたって活躍し、戦後に発足した「女流文学者会」では岡田八千代と並ぶ元老的存在であった。しかしながら、これまでの研究では作品目録や年譜などの間違いも多く、文学活動の全体像は明らかにされてこなかった。(1)

菊子の文学的出発は二四歳の時で、一九〇三年（明治三六）九月『新著文芸』創刊号に秋香女史の筆名で執筆した『破家の露』が処女作である。(2) その後、『少女界』や『少女の友』、『少女画報』など少女小説の書き手として頭角を現した。さらに『青鞜』の出発期から参加し、明治期を代表する女性投稿雑誌『女子文壇』にも作品が掲載されており、女性の自我覚醒を促す女性雑誌での活躍も目覚ましいものがある。(3)

二〇〇九年には、金沢の徳田秋聲記念館において菊子の生誕一三〇年記念の回顧展(4)が開催され、女性職業作家として先進的役割を果たした菊子の文学活動への関心の高まりと研究の深化が見られるようになってきた。筆者の現在までの調査で、新聞・雑誌に掲載された小説・随筆・紀行文・体験記・詩などの作品総数が五八〇篇以上にも上ることがわかった。(5) 明治から昭和にかけて女性職業作家として第一線で活躍したことを裏づける作品数であるが、その量だけではなく、菊子文学のジャンルの多面性や掲載誌の多様性についても評価されるべきである。雑誌は一二八誌、新聞は一九紙もあり、その多様性には目を見張るものがある。

少女雑誌を含めた女性雑誌に掲載された作品が全作品総数の半数近い二四五篇もあり、掲載雑誌別でも最も多いことが明らかになった。菊子の文学的軌跡は当時興隆してきた女性雑誌の創刊とも重なり、文学史からは埋もれてきた女性雑誌の貴重な記録ともなっている。

とりわけ少女小説に関しては、一般にこのジャンルの開拓者とされる与謝野晶子に先立ち、大正期においても少女小説を執筆し続け、(6) 吉屋信子『花物語』（一九一六・七から連載）の先鞭をつけるなど、少女小説のジャンル確立に菊子が果たした役割の大きさは見逃せない。

菊子は文学活動の中期にあたる大正初期の一九一四年（大正三）、家族の反対に苦しみながらも自由と自己実現をかなえようとする「強い強い心の要求」を持った少女を主人公にした『綾子』（『少女画報』一九一四・一〜七）を発表している。(7) そこで本稿では『綾子』を中心に菊子文学の独自の意義について考察してみたい。

二　少女雑誌戦略――『綾子』まで

菊子の最初の少女小説は、一九〇五年（明治三八）『少女界』一〇月号に掲載された『秋の休日』（喜久子の署名で御伽噺欄に掲載）である。『少女界』は一九〇二年（明治三五）四月に金港堂書籍から創刊された日本で最初の少女専門雑誌である。菊子は生活を支えるために、御伽噺や修養談の寄稿を歓迎する『少女界』に積極的に投稿した。「机に噛りついて書きかけの少女小説の原稿を一生懸命につゞけた。それだけは金港堂から出る少女界に持つてゆけば、いつでも買つてもらへた。けれど、その他の文章は丸であてがなかつた」（「娘時代　自叙伝の二」）と語っているように、『少女界』で採用されれば一頁二円以下の範囲で謝礼がもらえたのである。菊子は一家を支えるために『少女界』を皮切りに次々に創刊された『少女の友』『少女世界』『少女画報』といった少女雑誌に精力的に執筆している。

菊子の少女小説については、久米依子(8)がその全体像について初めて論じ、話の作り方のうまさで「類似作の中で一頭地を抜く存在」と評価している。しかし、菊子の作品の問題点として「次第に少女が身動きのとれない事態に囚われる話が増えている。同時に尾島は成人向けの小説でも、働く女性のとめどない不幸に陥り嘆くさまを執拗に描いた」、「自力で解決できない悲劇の反復は物語自体の閉塞感を強める」と、作品内容がジャンルを越えて類型化されていることを指摘している。

けれども、類型化された内容というのならば、むしろ職業作家としてそれぞれの雑誌の特徴に合わせて菊子が意識的に書いていたことを指すのではないか。少女小説としてのジャンルに包括されるとはいえ、各少女雑誌は読者層[9]や編集方針が異なり、[10]読者のニーズに合わせた特色ある誌面作りによって発行部数を競い合っていた。「当時典型として求められていた物語パターンが抽出できる」例にあげられているのは、『都の夢』（一九〇八・一〇）と『なさぬ仲』（一九一一・四〜六）である。それぞれ『少女界』と『少女の友』に掲載された作品である。前者は女学校進学のために上京した少女が寄寓した伯父の家で伯母との確執から帰郷することになるという話であり、後者は継母にいじめられながらも孝行をつくす少女が最終的には報われるという話で、「不幸物語」といっても内容も結末も異なっている。これは菊子が雑誌の編集方針に合わせて少女小説を書き分けていたからだと考えられる。すなわち、菊子の少女小説は、掲載された雑誌や時期によって異なる側面を見せている。

『少女の友』（実業之日本社　一九〇八・二〜一九五五・六）は、少女雑誌が児童ジャーナリズムの位置を獲得する上で大きな役割を果たし、後には中原淳一の表紙絵などで絶大なる人気を誇った。その発刊の辞（一九〇八・二）で、「少女の時代ほど愛らしくもあり、また恐ろしきものはありません。いかなる色にでもすぐに染まり易く、また一たび染まつた悪習慣は容易に直すことが出来ません」と道徳主義が強調されているように、表紙の少女には華美な服装がさけられた。「やさしく、うるはしく、人に敬愛せらるる婦人となる」ことを意図した少女雑誌であったことが、発刊の辞からわかる。このように「少女」の「良妻賢母」教育への囲い込みとともに『少女の友』で描かれる少女には家父長制を支える役割が担わされ、親には絶対服従する少女[11]が描かれている。

菊子は「困難と戦ひし十年間」（『少女界』一九一一・五）において「少女は何処までも無邪気で、天真爛漫花のやうなのがよろしうございます。少女の嫌に大人ぶつた、高慢ちきなのは憎いものです。況して母様に理屈のひとつも言はうとするやうな少女など、末恐ろしうございます」と記している。これは雑誌の編集方針に合わせて作品を書いていたことを示すものと言えよう。

「ですから私は私の理想の少女――心の優しい、女らしい少女をいろ〳〵と書いてみました。私は早く親に別れた少女だの、継々しい母様に仕へる少女、又は貧のために苦労する憐れな少女など、凡て欠陥のある不幸な少女に心から同情します。然うして遂に少女小説と言ふものを書いたのでした」と、不幸においても献身的に生きる少女像を理想として書いていたと述べている。継子いじめにあっても継母に献身を尽す健気で「謙譲の美徳」を備えた少女を描いた[12]『なさぬ仲』の高子はまさにその典型である。

菊子の少女小説は全部で六〇篇に及び、最も多いのは『少女界』の二六篇、次いで『少女の友』一五篇、『少女画報』一四篇が続く。明治三〇年代には『少女界』が、明治四〇年代は『少女の友』、さらに大正期になると長編少女小説が連載される『少女画報』へと次第に執筆の軸足を移動させていることがわかる。

『少女画報』（東京社　一九一二・一〜一九四二・四）は、「美しくためになる教養誌」を目指し、絵雑誌『コドモノクニ』と日本初の大型版女性グラフィック誌『婦人画報』とをつなぐ少女雑誌であった。[13]『少女界』や『少女の友』など先発の少女雑誌では短編小説が主流であったのに対し、『少女画報』は長編少女小説に力を入れている。『綾子』が連載されたのも『少女画報』である。

少女雑誌の先駆けである『少女界』に掲載された菊子の少女小説の主人公には、親の監督と指導を必要とするような幼児タイプや自主性のない少女の割合が高いのに対し、大正期に執筆した『少女画報』になると幼児タイプの少女が主人公になることは減り、自主性のある少女が描かれるなど変化が見られる。この変化は、それまで少女雑誌の編集方針に合わせて作品を書いてきたことに飽き足らない思いを抱くようになった菊子が、新しい少女文学を作り上げようと作家としての自覚的意識を持ち始めた変化と深く関わっている。後述するように『綾子』は『青鞜』に発表した作品との連関も見られ、菊子がより自覚的に作品を書くようになっていったことには『青鞜』の影響をみることができるであろう。

「新しい女」論争が活発化したのは『綾子』執筆前年の一九一三年（大正二）である。『青鞜』をはじめとし、一般の文芸誌『新潮』や総合雑誌『中央公論』『太陽』でも「新しい女」や女性問題の特集が組まれた。(14) 翌年の一九一四年（大正三）には「新しい少年少女文学について」（「読売新聞」一九一四・四・四）のなかで、菊子はこれまでの少女小説を省み、「私はこれまで猫や鳥が物を云ふ『お伽噺』と全然趣を異にした一個の芸術として、『少女小説』に筆を執つて来た。けれど其多くは何れも雑誌編集者からの注文に応じた、どつちかと云ふと、一般の少女たちに悦ばれさうな、比較的事件などに変化のある、そして可哀想一方の少女を主人公として書くのが常であつた。だから幾らか誇張もあり偽りもあつた」が、「私はもうそんな『面白い』といふ作のみでは満足出来ない」と述べている。新たな少女小説の創作への意欲が以下の傍線部に記されている。

それらの勧善懲悪的なお伽噺も、何から何まで消極的に片づける仏教の教へも、決して少年少女や老人たちがほんとうに理解し、そして、ほんとうに同情してゐるものではないと、少年少女に対しては飽気なく思ひ、老人たちに対しては一種痛ましい感じに打たれてゐた。（中略）

もつと〳〵信實に、もつと〳〵深く少年少女の心理を観察して、飽くまで真面目に忠実に、このうるはしい愛らしい芸術をつくりあげたいと思つてゐる。

此頃小川未明さんも「新お伽文学」と題して大分此事に力を盡されるさうであるが、私は日本の新しい少年少女文学を鼓吹する上に於て、非常にそれを悦ばしく感じてゐる。さうして、私自身も亦今後一層此真面目な少年少女文学に骨を折りたいと思つてゐる。（引用の傍線は筆者）

「もつと〳〵信實に、もつと〳〵深く少年少女の心理を観察して、飽くまで真面目に忠実に、このうるはしい愛らしい芸術をつくりあげたいと思つてゐる」と記しているように、児童向けの読み物として軽視されていた少女小説を新しい芸術作品と位置づけて執筆していく決意が示される。ここに菊子の作家としての成熟を見ることができる。このように一九一四年（大正三）を境にそれまでの類型化した少女小説の枠を超える『綾子』を発表していくのである。『綾子』は大正初期の女性解放運動の流れのなかで捉えることができるだろう。

三　『綾子』執筆の背景

菊子は一八九二年（明治二二）八月七日、富山市旅籠町で売薬業を営む父・尾島英慶と母・ヒロの次女として生まれた。尾島家の本家は富山市水橋町にあり、代々町役人を務める裕福な商家で、祖母が養子を迎えて分家したものである。そのため祖母が家庭内の実権を握っていた。一方、浅野内匠頭の末裔ともいわれる富山前田藩士族・浅野家出身の母ヒロと商家としての誇り高い姑とは家風もあわず、嫁姑との諍いが絶えなかった。

「もっと進んで女学校へ入りたくて仕方がなかったが、一家の全権を握った昔気質の祖母」（「胸を躍らして都へ出る」『文章倶楽部』一九一七・七）によって親族との結婚を推し進められたことから、勉強好きで学業成績も優秀であった菊子は、高等女学校に進学する夢を実現すべく数え年一七歳の時に、法事で帰省した母方の従姉・樽井ふさと共に上京することになる。ふさの一八歳年上の夫・樽井藤吉は大井憲太郎らと「東洋社会党」を結成し、衆議院議員も務めた人物であり、ふさも富山高等女子師範学校を卒業した「新しい女」の一人だった。(15) 東京の下谷中根岸にある樽井家での生活は、菊子の文学の土壌を育むことになった。

樽井家に寄寓して念願の女学校（神田橋の東京第一高等女学校）に通うことになるものの、父の死で学費が続かず退学し、英語塾に通うようになる。樽井家の暮しぶりは金がある時は豪遊し、無くなるとその日暮しもままならないというもので、奔放なふさが若い男と家出し、結局、菊子も同家を出ることになる。父に続いて戸主となった弟も病死したため郷里の母や弟妹を呼び寄せ、菊子は一家を支えることになる。菊子が経験した職業は、代用教員（千葉の銚子）、事務員（東京丸の内）、東京高等工業学校（浅草の蔵前、現東京工業大学）のタイピスト、『東洋婦人画報』（『婦人画報』と改題）の記者と多岐にわたり、こうした職業経験は菊子の作品に社会的内実を与えることになった。

『綾子』を執筆していた一九一四年（大正三）四月二二日、徳田秋聲の媒酌により画家の小寺健吉と結婚式をあげる。八歳年上の菊子と小寺健吉（一八八七・三・二〇生まれ）との結婚は、新聞ゴシップ欄の格好の餌食となり、『読売新聞』一九一四年四月六日には、年下の画家との結婚を中傷する記事が掲載された。女性作家の少ない時代から家族を支え続けた菊子の作家魂にある反骨精神はここでも発揮され、すぐに抗議文を新聞社に送っている。(16) 菊子の抗議を受けて以降、『読売新聞』には菊子の結婚に関する中傷記事はなくなる。

実際に結婚生活がいかに「新しい」ものであったかは以後の新聞報道から知ることができる。

翌、一九一五年（大正四）一月二七日の『読売新聞』には「●小寺夫婦の新らしい家庭―生活費は半分宛収入を出し合ふ」という見出しで報じられている。画家と作家、夫婦それぞれが職業を尊重しあい、経済的にも独立したまさに「新しい」家庭が築かれていたことがわかる。こうした自立した結婚生活は、菊子の創作をより豊かなものにする礎となっていったと考えられる。結婚後、菊子は活躍の場をさらに広げ、津田青楓の妻敏子とともに与謝野晶子や女性画家らに声をかけ、女性画家の発展のために朱葉会を一九一八年（大正七）に創設し、幹事として尽力した。

なお、菊子の結婚の経緯にふれ、上司小剣が菊子の随筆集『美しき人生』（教文社　一九二五・五）の序文「小寺さんに」で、「大杉と小寺さんと、それから尾嶋《ママ》さんと、この三人が、大久保に住む私の友人なり知人でした。何んだか大久保の三傑といふやうな気がしてゐました」と記している。

当時、アナーキスト大杉栄は、堀保子と事実上の結婚生活にあった。ところが一九一五年（大正四）末から翌年初めにかけて伊藤野枝、神近市子との恋愛関係に入り、保子も含めた「多角恋愛」になった。結局、大杉が神近市子に刺されるという「葉山日蔭茶屋事件」が起こり、保子は大杉との結婚を清算する。一人になった保子が始めたのが雑誌『あざみ』であった。この雑誌については、発掘者である堀切利高が解題「堀保子・伊藤野枝・神近市子資料」[17]で詳しく紹介している。

菊子は早速、『読売新聞』（日曜附録　一九一八・七・一四）に「『あざみ』といふ小さな倶楽部の主に」と題して三段にわたる長文の応援文を保子宛てに寄せている。「実のところ、あの精神的打撃があなたを襲うたときに、私は第一に心窃かにあなたの健康を気遣つたのでした。若し気の弱い女性であつたら確に病床に倒れてしまつたに違ひありませんが、あなたは雄々しくも勇気を鼓してたゝれました。どうぞいつまでもその勇敢な働きぶりを挫かないやうにして、立派に仕事を守り育てゝ行つて下さい。傍ら健康を勦はつて下さい。私は祈つてをります。—七年六月—」と、傷心の保子への心のこもった励ましの言葉で締めくくられる。『あざみ』の創刊を一般の人に宣伝し、雑誌を発刊した保子の志を応援する内容であり、保子の心をどんなにか奮い立たせただろう。

菊子は『読売新聞』に励ましの記事を寄稿しただけでなく、『あざみ』三号（一九一八・七）に「憂鬱の日」を執筆している。『あざみ』四号（一九一八・九）には、「『あざみ』といふ小さな倶楽部の主に」が再録された。堀切の解題によって、この号には保子の「尾島菊子様へ」と題する感謝と近況報告を兼ねた書簡も合わせて掲載されていることがわかった。そこには雑誌発刊時の保子の菊子に対する親近感が率直に綴られている。なお、『あざみ』の表紙絵は、菊子の妹の夫で漫画家の小川治平が担当している。

菊子の作品についてのこれまでの研究[18]では、父の事業失敗[19]など生い立ちの不幸に目が向けられ、作品の暗さが強調されてきたが、生活に苦しむ女性を描くにしても菊子の目には、その豊富な職業経験に基づく確かな社会的視点がある。それはまた『青鞜』に小説を書くことによって磨かれたものでもあったろう。[20]さらに付け加えれば、大久保百人町の社会主義横丁での大杉や保子らとの出会いが写実《リアリズム》の根底にある社会的な目を育てたとも言えよう。菊子は戦時中も時局に迎合することなく、日本文学報告会編『辻小説集』（一九四三・七）に執筆した最後の小説『冷酒』においても、作家としての矜持を失うことはなかった。[21]

『綾子』はそれまでの「お伽噺」のような空想的な児童向けの読み物とは異なり、女学校に行けない少女たちの現実が描かれ、家族の反対に悩み・葛藤する少女の姿や心理がリアルに捉えられている。地方でお針に通う生徒の中には「毎日新しい少女の雑誌などを取つて、自分も何か短文でも投書して見たいと考へてゐるらしい人もありました」と、女学生以外にも少女雑誌の購読者がいたことも記されている。ちなみに少女雑誌の読者には、職業婦人や女工がいることが永嶺重敏の調査で明らかにされている。[22]『綾子』において女学校に行きたくても家の事情で行けない少女を主人公にしたのも、自身の体験[23]はもちろんであるが、それにとどまらず記者などの職業経験や大杉ら社会主義者らとの交流を通して、進学できない多くの少女たちがいることを知った菊子の社会認識の現れでもあったろう。

四　家出少女『綾子』の「冒険」

『綾子』では「正月が来たと云つても、こんなさびれた海岸の街に住む綾子さんたちは、ほんとに淋しいものでした」と書き出され、「さびれた」「淋しい」が繰り返し使われている。綾子の心象風景を映し出す自然描写であり、自然描写と内面描写が相応するものとして巧みに描かれている

旧式で物堅く浄土真宗の熱烈な信者である祖母が実権を握り、新年の歌留多会の集まりにも気兼ねする家庭にあって、綾子は「金満家に生れても、今の世の新しい空気に触れることなしに暮すと言ふ事は、決して幸福ではない」と考える少女である。「これからの少女は、決してこんな田舎にばかりゐて、一生針を持つて燻ぶつて果てるのではないと、強い強い心の要求に刺戟されてゐました」と、新しい世界を希求する少女の思いが記されている。一緒に地元に残ると誓った親友の絹江までもが東京の女学校に進学し、取り残された綾子はついに家出を決行することになる。

新旧思想の対立は祖母の仏教信仰の押し付けに対する強い嫌悪感にも現れている。「お経本を読むより、英語をよんだ方が、どんなに面白くて利益になるか知れない、あゝつまらない」、「女は生れながら罪の深い者だ」と言われても「それはどうした罪なのかさつぱり解りません。殊に御坊さんが二言目に、仏様に救はれるのだ、救はれるのだと云ふ言葉が、生きてゐる体をどう救はれるのか合点がゆきませんでした。そして、こんな教へを何度きかされたつて、自分のためにならうとは思はれない」と、綾子は明確に否定している。家出の決行が、僧侶を招き一家をあげて先祖の供養をしている最中であるというのも象徴的である。

綾子が一人で上京しようとする場面は、綾子の抵抗の実行として最も重要な場面である。しかもその「家出」が列車による「夜の旅」であった。すでに菊子は『青鞜』で一人旅の女性が男性と隣り合わせになる『夜汽車』(一九一二・一二)を書いているが、綾子の家出も夜汽車に乗るのである。このほかにも『青鞜』には家から脱出する手段として列車で旅に出るヒロインを描いた『旅に行く』(一九一二・一〇)を発表している。女性一人が夜行列車に乗るのは珍しい、ましてや家族の反対を押し切って、頼るあてもなく「東京に一人で行く」というのは、少女にとって「旅」というよりはむしろ「冒険」と言えるものである。菊子自身の上京は一六歳で従姉の樽井ふさと一緒であったのに対し、『綾子』において一二、三歳の少女が一人夜汽車で上野に向かうという設定は、少女の「冒険」という主題をより鮮明にするためのものと考えられよう。

鉄道は近代の象徴的な存在であるが、「列車のなかには客が四五人しかゐませんでした。それがみんな男ばかりで越後辺の百姓らしい男や、行商人らしいおやぢのやうな男なのでした」と、綾子が夜汽車に乗り込んだ時に車内にいたのが男たちだけであるのは、まさに父権社会の荒波のなかに綾子が一気に押し流されていくことを暗示している。ちなみに漱石の『三四郎』も地方から学問をするために汽車で上京する話である。

列車の中で三四郎がうとうとと眠ってしまい目覚めると様々な人が出入りする。三四郎に世界の広さを教える広田先生との出会いも乗り合わせた汽車であり、男ばかりの車内で孤立する『綾子』とは対照的である。

綾子は男たちから「少女の身にあられもない家出」「親不孝者」と指弾されているように感じ、列車が進むにつれ不安を募らせ家出を後悔するようになる。親なしでは生きられない自分の非力さを実感する思いが頂点に達するのが、富山と新潟の県境の海岸を通る「親不知」のトンネルであった。作品の中で唯一地名が記されている「親知らず」で、綾子はいかに親の庇護のもとに生活していたかを思い知るのである。親は子を忘れ、子も親を忘れるほどの厳しい難所である「親不知」トンネルが開通し、北陸線が全通したのは『綾子』執筆前年の一九一三年（大正二）のことであり、地名を少女の心情と合わせて盛り込んだところにこの作品の現代性があると言えよう。

不安にかられながらも少女が一人夜汽車に揺られる場面は、列車の移動にともなう心情の変化が巧みに描き出されており、読者の少女たちが綾子の不安な心理に寄り添い、はらはらしながらその「冒険」を共にすることになっただろう。綾子は後悔の念に打たれて帰ろうと思うが、いつのまにか寝入ってしまい、目覚めると男たちだけであった車内には子連れの女たちが増えており、安らげる空間に変わっていた。「窓をあけると、空の色が霞のやうにほんのりとあけそめて、暁方の心地よい風が、ひや〳〵と首筋に沁み込んでまゐりました」と描写され、綾子の一夜の「冒険」を讃えるようなさわやかな朝を迎える。自由の獲得はしかしその反面を含み、住み慣れた土地を離れ、家族とのつながりが消えた異国の地で迷子になっている自分自身の姿を綾子は見出すことになる。

次の駅へ列車が着いた時に、「列車の中を一々急いで調べて来たらしい、金筋入の帽子をかぶつた」駅長に綾子は列車から降ろされ、次の列車で迎えにきた父に連れ戻される。家に戻った綾子は、安堵と東京への未練と葛藤のために寝込んでしまう。綾子の「冒険」は一夜限りのものとなるのだが、友人が上京したから自分も遅れたくないとひたすら思いを募らせていた家出決行前の心境とは異なり、女学校に進学した友人と距離を置いて自己を見つめようとする綾子の内面の変化に成長の兆しを見ることができよう。

「後ろの川の縁を一人で散歩」する場面でこの作品は締め括られる。家出前の綾子は友人の歌留多会の集まりにも女中に伴われており、一人で外にいる描写はない。家に連れ戻された後引きこもっていた綾子は最後には外に出て、一人で「川の縁」を散歩する。流動的で境界の傍を意味する「川の縁」を一人で歩くというのは、主体として境界を超える可能性を示唆し、自己を見つめる綾子の今後の変化を表徴するものとなっている。

都会に出て学問する二人は屹度幸福であるか、それとも、このまゝ無事にかうしてゐる自分の方が幸福であるか、それは無論わからないことだと、さう思つて歩いてをりました。

都会に出て学問するのと地方に残っているのとどちらが幸福かを綾子は思案する。その答えを出すのは読者にゆだねられ、作品内に明確な結論は示されていない。決定しないからこそ読者が綾子に感情移入し、より深くこの問題を考える仕掛けとなっている。安易な解決が示されておらず、読者に問いかける形になっているからこそ、リアルな少女小説になっていると言えよう。

以上見てきたように『綾子』には少女時代を過ごした富山の風土や宗教観が色濃く反映され、女性の自立や封建的な旧思想への反発など様々な問題が盛り込まれている。中でも家出という「冒険」の要素は異色であり、他の少女小説と比べて独自性がある。また同時代の立身出世を描いた少年小説とも異なる。少年小説の英雄主義や武侠主義は「小国民」教育に利用されることになるのだが[24]、一方、二章で述べたように少女小説もまた「良妻賢母」の名のもとに近代国家を支える役割が担わされていた。それに対し『綾子』では自由を求め行動する少女の葛藤を取り上げ、それまでの少女小説の枠に収まらない新しさがある。綾子の「冒険」は、女性を縛りつけるジェンダー意識にからめとられた「家」からの脱出を意味している。「家」からの脱出はとりもなおさず、一家の全権を握る絶対的支配者である祖母＝「家」からの解放であったろう。結婚する女に学問はいらないとして「家」に縛りつけようとする祖母に対する綾子の反抗の構図は、少女が「良妻賢母」というジェンダー規範のもとに国民国家の形成に参画させられる社会への批判ともなっている。

この二年後には『花物語』の連載で吉屋信子が『少女画報』の人気少女小説作家になる。『綾子』は、信子が花開かせたロマンあふれる少女小説とは別系統の新しい少女文学として大きな意義を持つ。家族の軋轢や旧弊な風習からの離脱を企図し、家出を実行する少女の心理をリアルに描いた点で、従来の少女小説とは一線を画し、現実的な悩みに向き合う新たな少女小説の地平を確かに切り開いている。菊子の文学活動が再評価されるべき理由がここにある。

［注］

（1）塩田良平「小寺菊子」（『明治女流作家論』　寧楽書房　一九六五・六）、島尻悦子「評伝小寺（尾島）菊子」（『学苑』一九六五・九）、田中清一「小寺菊子」（『郷土と文学』所収　一九六三・二）、八尾正治「後生願いの女　閨秀作

家小寺菊子」（功玄出版　一九七六・七）、渡辺陽「小寺菊子執筆目録」（『静岡国文学』一九七八・一二）、杉本邦子「尾島（小寺）菊子」解説（『日本児童文学大系　第六巻』　一九七八・一一）、大村歌子「小寺菊子」（『水橋の歴史』一九九五・三）などがある。近年では、小林裕子「『職業作家』という選択――尾島菊子論」（新・フェミニズム批評の会編『明治女性文学論』所収　翰林書房　二〇〇七・一一）において見直しが行われるようになってきた。

（2）拙稿「富山の女性文学の先駆者・小寺（尾島）菊子研究1――作品執筆年譜を中心に」（『富山大学人文学部紀要』五一号　二〇〇九・八）。

（3）拙稿「小寺（尾島）菊子と『女子文壇』・『青鞜』――埋もれた女性職業作家の復権に向けて」（『社会文学』二九号　二〇〇九・二）。

（4）「小寺菊子生誕一三〇年展ガイドペーパー」（徳田秋聲記念館　二〇〇九・九）。

（5）拙稿「富山の女性文学の先駆者・小寺（尾島）菊子研究3――メディアとの攻防・「ふるさと」観の変遷」（『富山大学人文学部紀要』五三号　二〇一〇・八）。

（6）佐藤通雅が『日本児童文学の成立・序説』（大和書房　一九八五・一一）において「文筆力は晶子よりはるかに上」と高く評価し、「残念ながら現在、おびただしい少女小説の全貌を知ることはできない」と指摘しているように、全体像は明らかになっていなかった。

（7）『綾子』は、少女小説集『紅ほゝづき』（東京社　一九一四・一二）の巻頭に収録される。

（8）「構成される『少女』――明治期『少女小説』のジャンル形成」（『日本近代文学』二〇〇三・五）。

（9）たとえば『少女の友』は、佐藤（佐久間）りか「『清き誌上での交際を』――明治末期少女雑誌投稿欄に見る読書共同体の研究」（『女性学』　一九九六）によれば、創刊当初一九〇八年の投書家の八、九割が一二歳以上一五歳以下であった。

（10）中川裕美「『少女の友』と『少女世界』における編集方針の変遷」（『日本出版史料』二〇〇四・五）。

（11）今田絵里香「近代家族と『少女』の国民化――少女雑誌『少女の友』の分析から」（『教育社会学研究』二〇〇一）。

（12）杉本邦子「尾島（小寺）菊子」解説（『日本児童文学大系　第六巻』一九七八・一一）。
（13）『少女画報』は「女性の生活・教育・教養・地位向上を基本コンセプト」（『東京社創業・編集者　鷹見久太郎の果たした役割』鷹見本雄　二〇〇九・一一）にし、先進的でモダンな誌面作りがなされており、夫の小寺健吉も叙情性豊かな挿絵を描いている。
（14）拙稿「〈新しい女〉とは何か——一九一三年における『女子文壇』の文化史的研究」（『富山大学人文学部紀要』四八号　二〇〇八・二）。
（15）拙稿「富山の女性文学の先駆者・小寺（尾島）菊子研究2——人と作品」（『富山大学人文学部紀要』五二号　二〇一〇・二）。
（16）一九一四年四月七日の『読売新聞』（朝刊七面）で、菊子は「私どもの結婚について」と題し、抗議を行っている。
（17）堀切利高解題「堀保子・伊藤野枝・神近市子資料」（『初期社会主義研究』二〇〇二）に詳しい。
（18）注（1）に同じ。
（19）父は投機や仲介業に手を出して失敗し、事件に連座して逮捕され（一説には贋札製造の罪）た。その体験が『父の罪』や『河原の対面』などに記されている。
（20）注（5）に同じ。
（21）注（3）参照。
（22）永嶺重敏『雑誌と読者の近代』（日本エディタースクール出版部　一九九七・七）による。また渡辺周子『〈少女〉像の誕生——近代日本における『少女』規範の形成』（新泉社　二〇〇七・二）においても、少女雑誌の購読者が女学生だけではなく、「より広い階層に流布していた」と指摘されている。
（23）菊子は「女学生たちへ」（『美しき人生』所収）のなかで、女学校に行けなかった多くの少女たちの存在に言及している。
（24）注（6）に同じ。

［付記］『綾子』の引用は、「日本児童文学大系　第六巻』（ほるぷ出版社　一九七八・一一）によった。本稿は、「日本海地域の女性文化のジェンダー研究および地域貢献のための女性研究基盤推進プロジェクト」の研究成果の一部である。なお、菊子作品のリスト作成にあたっては、郷土史研究家の故岡村悦子さんが収集した資料を基礎に、さらに調査収集をして可能なかぎり原本確認を行って作成した。資料をご提供下さった岡村さんに感謝申し上げる。

小寺菊子と鏡花――「屋敷田甫」と『蛇くひ』

一　富山と鏡花

本稿では、富山の女性作家小寺菊子の「屋敷田甫」を軸に、金沢出身の泉鏡花（一八七三・一一・四～一九三九・九・七）との関連について考えてみたい。その際に鏡花作品中、『蛇くひ』（「新小説」一八九八・三）に注目してみたい。富山の「ぶらり火伝承」（後述）が重要な位置を占める作品であり、『屋敷田甫』と関わる作品である。

富山と鏡花との関わりは深い。一八七三年（明治六）六月には、加賀象嵌の彫金師であった父の泉清次が、富山県の高岡の白崎屋に出稼ぎにきている。妻の鈴が高岡へ出稼ぎ中の夫、清次に手紙を出している。鈴は懐妊しており、一一月四日に金沢市下新町で清次長男として生まれたのが鏡太郎（のちの鏡花）である。しかし、一八八二年（明治一五）には早くも母鈴が死去した。母への憧憬が鏡花文学の核となる哀しい別れであった。

夫、清次にあてた鈴の手紙三通は現存しており、鏡花は生涯この手紙を母の形見として大切に保管した。(1)鏡花にとって富山県は、父母のゆかりの地として郷愁を誘う地であった。

鏡花自身も一八八九年（明治二二）、一六歳の時に富山に滞在している。自筆年譜によれば〈富山に旅行し、友人の許にあり。国文英語の補習の座を開きしが、いまだ三月ならずして帰郷す〉とある。前年の一八八八年（明治二一）に金沢の第四高等中学校補充科の試験に失敗し、数ヶ月、富山市内に滞在し、国文英語の補習教師をした。この滞在が菊子と鏡花との接点を生むこととなる。

菊子の「屋敷田甫」には、次のように記している。


鏡花さんがずつと昔、氏の郷里の金沢から十八里隔つてゐる私の郷里富山へ来てゐられたことがあつて、然かも私の家の斜向ふにあつた私の友達の家へ英語を教へに来られた。

「屋敷田甫」は一九二五年（大正一四）五月、「新小説」臨時増刊（第三〇年第五号）「天才泉鏡花」の特集号に収録されている。鏡花は、前述したように、一八八九年夏から秋にかけて、富山に滞在し、塾の講師や家庭教師をし、菊子の家の斜め向かいに住んでいた。鏡花はその時の見聞を『蛇くひ』を始めとし『黒百合』においても早百合姫にまつわる伝承を織り込んだ物語を書いている。富山を代表する女性作家である菊子の随筆は富山の鏡花作品の由来について解き明かす鍵となる随筆として貴重である。屋敷田甫とは神通川の磯部堤周辺の御用屋敷を指すといわれ、(2)鏡花にとっても知悉の魔の異空間であった。(3)

二　ぶらり火伝承

本章では、屋敷田甫にまつわる『絵本太閤記』巻の八「ぶらり火の説」を紹介したい。佐々成政が讒言によって愛妾、小百合の不義に激怒し、下げ斬りにしたという言い伝えに基づく。早百合が立山の黒百合に呪詛を託したとされるが、『絵本太閤記』では次のような逸話がある。

戦国時代の一五五八年（天正一二）、佐々成政には早百合という美しい愛妾がいた。早百合が懐妊すると側めたちの嫉妬を呼び、早百合が小属従の竹沢熊十郎と不義密通している、懐妊したのは成政の子ではない、との噂がまことしやかに流れた。その頃、成政は、「サラサラ超え」(4)を決行して豊臣秀吉打倒のために徳川家康に決起をうながしたが断られ、むなしく帰城した。早百合への讒言を聞いた成政は激怒した。早百合を神通川の川沿いに引きずりだし、一本榎の大木にくくりつけて殺してしまった。髪を逆手に宙釣りというむごさであった（一説では榎に縄で宙づりにして斬り刻んだとも）。無実の罪で殺される早百合は歯を噛み砕き、血の涙を流して、「己成政此の身は此処に斬罪せらるる共、怨恨は悪鬼と成り数年ならずして、汝が子孫を殺し尽し家名断絶せしむべし」（『絵本太閤記』）と叫んだという。また、立山に黒百合の花が咲いたら、佐々家は滅亡するだろうという呪詛の言葉を残して死んだともいわれている。神通川の榎に髪を逆手に宙釣りに殺された辺りでは、風雨の夜、女の首と鬼火が出るといい、それを「ぶらり火」と呼んだ。一本榎は戦災に遭ったが、現在二代目が同じ磯部の堤にある。明治の頃まで、実際に怪しい火の玉が神通川の磯部の堤にあらわれると「早百合のぶらり火」とも呼ばれたという。

早百合を斬殺してからの成政は凋落は早く、国人一揆を誘発した罪によって摂津の尼崎で切腹したのは一五八八年（天正一六）。惨殺から僅か四年足らずの事であった。

三　『蛇くひ』と「屋敷田甫」

『蛇くひ』では御用屋敷は次のように描かれる。

西は神通川の堤防を以て劃とし、東は町盡の樹林境を爲し、南は海に到りて盡き、北は立山の麓に終る。此間十里見通しの原野にして、山水の佳景いふべからず。其川幅最も廣く、町に最も近く、野の稍狭き處を郷屋敷田畝と稱へて、雲雀の巣獵、野草摘に妙なり。

此處往時北越名代の健兒、佐々成政の別業の舊跡にして、今も殘れる築山は小富士と呼びぬ。傍に一本、榎を植ゆ、年經る大樹鬱蒼と繁茂りて、晝も梟の威を扶けて鴉に塒を貸さず、夜陰人靜まりて一陣の風枝を拂へば、愁然たる聲ありておうおうと唸くが如し。

されば爰に忌むべく恐るべきを（おう）に譬へて、假に（應）といへる一種異様の乞食ありて、郷屋敷田畝を徘徊す。驚破「應」來れりと叫ぶ時は、幼童婦女子は遁隱れ、孩兒も怖れて夜泣を止む。

貧民集団「応」が現れるのは「ぶらり火」の伝承で知られる神通川のほとり、磯部堤の一本榎周辺の郷屋敷田畝である。富山市中で最も恐ろしい場所として知られ、そこに徘徊するおどろおどろしい集団応の出没に、子供も恐怖して泣き止む様子が活写されている。
菊子の「屋敷田甫」によって実際どうであったか、その実態が裏付けられる。

そして、今一寸古い氏の小品集をくりひろげましたら、偶然私の郷里にあつた『御屋敷田甫』と云つて、常に妖怪変化の現はれる場所と称へられ、私などはときどき友達と一緒に遊びには行つても、日の暮れぬうちに急いで帰つた、その場所のことが書かれてあるのを発見しました。私たちがきいてゐた話はその御屋敷田甫に一本の大きな古い榎がありましたが、昔さより姫といふ美しいお姫さまが北越名代の健児佐々成政とかの意にとり乱したさより姫の怨みに充ちた妖艶な姿が現はれるといふのでした。私たちは子供心に怖くてく なりませんでした。

御屋敷田甫は菊子の家があった西四十物町を通りぬけて、町端れの溺死者の絶えない北陸第一の大河川、神通川の下流にある。一体が薄暗く凄惨な雰囲気で、佐々成政の愛妾・早百合が不義密通の讒言により惨殺された一本榎があり、子供らの間にもその話は知られており、早百合の「怨みに充ちた妖艶な姿が現はれる」と恐れられていた場所であった。しかも、夏などは夕方まで神通川に泳ぐ子供がある時は必ずや行方不明になるといわれており、それは「その川に大きな『ぬし』蛇が棲んでゐて喰ふのだといふことでした」と、当時の言い伝えを菊子は記している。

然し今鏡花氏の描かれたものと見ますと、此神変不可思議な御屋敷田甫に、一人の怪物が棲んでゐたとあります。それは蛇、蝗、蛙、蜥蜴などを好んで食する惨忍な乞食で、髪は長く後に垂れ、洗足《(ママ)》になつて、常に町をうろついて食を求めてゐるのだが、若しなんにも与へないと、その乞食の一団が、――己れを拒みたる者の店前に集り、御繁昌の旦那吝にして食を与へず、飢ゑて喰ふものゝ何たるかを見よ、と叫びて袂をさぐれば、畝々と這ひ出づる蛇を掴みて、引断りては舌鼓みして咀嚼き、畳とも云はず、敷居とも云はず、吐出しては舐る態は、ちらと見るだに嘔吐を催し、心弱き婦女には後三日の食を廃して、病を得ざるは寡なきなり。
とあります。さうして、その蛇を喰ふあたりの描写にいたると、実に氏独特の無気味さで書かれてあります。

金持ちに米や金銭を物乞いし、拒絶された場合には嫌がらせに生きた蛇を食い散らす貧民集団・応のおどろおどろしい描写力について、「実に氏独特の無気味さ」と述べている。菊子の随筆によって、鏡花が『ぬし』『蛇』の言い伝えを下敷きに「応」という貧民集団による新たな恐怖の物語を作って、大蛇から怪物へと人間の物語に転移させることによって社会批判を盛り込むことに成功しているといえよう。最下層の貧民に目を向ける鏡花の社会性に注目していいだろう。

なお「屋敷田甫」前半には菊子と鏡花の資質の違いについても述べられている。

大体に於いて、氏の創作に扱はれる世界は現実とは大分かけはなれた夢幻的、神秘的、および粋な江戸つ子的の世界でありますから、そこに現はれる女性なども亦いつも極めて美しく、それはこの世には決して生きてゐないであらうと思はれるやうな神秘に富んだ型の女であります。或は又どこまでも粋で、やさしく、気がきいて、垢ぬけがして、いかにもすつきりとした理想的江戸前の女、といふやうな女性ばかりのやうでした。田舎者の私が想像するには、それはあまりに縁遠く別世界にする女たちでした。

然もその田舎者の私は実際のところ、此の練りにねつたる凝つた文章や、巧妙極まるところの会話までが一向解らない、と云つていゝのでした。通な文章の意味が、充分のみこめないで、描かれた人物があまりに縁遠く、自分などゝは思想感情に於いてすつかり別世界のものである以上、その別世界に知らずく誘はれて、なんとなく一種のあこがれを抱くことはあるとしても、自然自分の胸にピタと響いて来なかつたことは云ふまでもありません。

菊子が生涯をかけて文筆で名をなそうと努力した作家であったのに対し、天才肌で幻想的な怪奇ものを得意とする鏡花の作品は理解しがたいものがあった。「屋敷田甫」の中では、「鏡花氏のあの調子に乗つた文章が、少しの渋滞もなく、いつも油が乗り切つて若々しい情熱に充ちてゐるところは、たしかに異常な天才でなければならないことと思はれます」等と述べている。菊子は「氏の芸術は主に氏一人きりの尊いもので、他の何人も真似ることの出来ない独特の味」があり、「畏敬」する作家であると記している。

以上のように、「屋敷田甫」は富山の鏡花作品の由来や作家としての資質について言及した同時代の貴重な証言といえよう。

[注]

（1）鏡花自身の編纂による『鏡花全集』（春陽堂　一九二五・七）第一五巻の巻頭口絵に、〈母とし十九の頃、職を隣国高岡に営みし父に寄せたおとづれ、金沢新町より〉として父親作成の平打ちの簪とその写真が掲載されている。

（2）泉鏡花記念館ガイドペーパー「富山と鏡花」。

（3）鏡花が愛読したとされる『三州奇談』や『絵本太閤記』などには、立山の地獄伝承など怪奇な物語に富んでおり、注（2）によれば、「これらのイメージが実際の富山滞在によってよりリアルな印象となって鏡花の内部に形成されたと思われます」とある。

（4）佐々成政は、一五五九年（天正一二）厳冬の北アルプス・立山山系を越え、浜松へと踏破して家康に再挙を促したが、説得に失敗した。

[付記]　本稿は科学研究費基盤研究C（課題番号二三五二〇二一七）の研究成果の一部である。

小寺菊子と同時代の作家——秋声・霜川・秋江と雑誌「あらくれ」

一　師、徳田秋声との交流

富山県ではふるさと文学館ができ、今回のシンポジウムが文学館で開催される運びとなった。今後、富山の女性文学の先駆者である小寺（尾島）菊子の文学碑の建設や作品集が出版されることを願っている。作品集の出版は菊子の文学活動の全容を明らかにする大きな足がかりとなるだろう。その際、作品が掲載された雑誌から年代別に考察することや、同時代の作家との交流を明らかにしていくことが必要であろう。そこで本稿では、同時代の作家との交流並びに雑誌「あらくれ」と菊子との関わりについて考察していくことにする。

菊子の数多い人物評の中でも師である徳田秋声についてのものが最も多い。たとえば『花犬小鳥』に収録された「徳田秋声」では、菊子と秋声の出会いが菊子と同郷（富山県高岡市出身）の作家三島霜川の仲介だったことが明かされている。秋声の第一印象は「服装なども非常に地味な好みであるし、わるくいふと、どこか油断のならぬ意地わるさが見え、なかなか皮肉な叔父さんのやうに思はれて、口無調法な田舎者の私はすくんでしまつて、ろくろく挨拶も出来ない始末だつた。」情熱的な文学青年霜川とは反対の、落ち着いた「皮肉な叔父さんのやう」な秋声の様子が記されている。ためらいながらも原稿を持ちこむようになった菊子だが、その原稿を秋声が読んだことは殆どなかった。秋声宅を訪問した際の固苦しい空気を秋声の妻濱子が、いつも和やかにしてくれた。濱子から他の文学者の消息を知ることが珍しくもあり、菊子にとって楽しみでもあったようだ。

ある日菊子が秋声を訪ねていくと、正宗白鳥がいた。「女が小説なんか書いて、何が面白いんかね?」と手厳しい言葉をかけられ、怒りと悲しみを感じた菊子は二三ケ月は秋声のところへ行かなかった。女性作家に対する厳しい視線が同じ作家仲間にあったことが記されている。ちなみに、「田山花袋さんの思ひ出」(一九三四・五)では、田山花袋の告別式の帰りの日のことが記されている。花袋は後輩作家達の批評をよくしていたが、特に女性作家評では全く同情のない批評が多かった。菊子は当時作品を書いていた國木田治子と共に「女が小説を書いて身を立てようなんて、そんなことが出来るもんぢやない、だから、早くやめた方がいゝ」と言われたことに腹立たしさを覚え、花袋に自分の単行本が出る度に三冊立て続けに送った。しかし、数年したある時、花袋は雑誌に、「尾島菊子なども通俗小説以上に出られないのなら、やめてしまつた方がいゝ」と書いた。菊子は、「作品のよしあしをいはれるのと違つて、やめてしまつた方がいゝ――といふ言葉が、なんとしても腹立たしくて許せなかつた。」花袋の家まで抗議しに行ったが、花袋は留守にしていて物足りなさを感じながら帰路についた。菊子は、どんな酷評をされようが、それはその人の主観で仕方がないのではないかと思い直し、結局その後一度も花袋とは会わなかったという。ここに菊子の反骨精神の根がある。女性作家に対する風当たりが厳しい時代にあって、逆行に抗して作家として生き抜いた菊子の作家精神の強さがうかがえる。

菊子は偏見に打ち勝つ反骨精神の持ち主であり、師の秋声に対しても盲目的な尊敬をささげるのではなく、「女性を描く」男性作家への批判的な視点も保持していたことが先に引用した「徳田秋声先生」からも見て取れる。

数多い名作の味を解するやうになるには、われわれ凡庸にとても困難な努力が入り、相当の歳月がかゝつた。渋すぎて情熱のみなぎる若い時代には物足りなく、魅力がなかつたのである。

然し、それらの諸作は大抵の場合、教養に乏しい生活気分の低級な女性が描かれ――それは過去の男性作家の一二をのぞいた外、殆ど凡てがさうであつたが――その点私たち女から見て、『女性を描く』男性作家の創作衝動に、可なりな不満を持つたことも事実であつた。とはいひ、最近の中堅作家は勿論、先生もだんだんと近代的に目覚めた女性から、高い精神的なものを見出さうとされつゝあるらしい傾向を、私は大変満足に思うふやうになつた。

一方、秋声の作家としての粘り強い生き方に菊子が胸を打たれたことも以下に記されている。

つくづく考へるに、私は嘗て先生から、

『小説はかう書くべきもの……』

と教へられたことはなかつたが、

『人生とはどういふものか……』

といふことを、先生の日常から、或は談話の中から亨ける断片から、そして、冷徹した心境から、しみじみと教へられたやうな気がする。

菊子にとって秋声はきめ細やかに文学の指導をしてくれる師ではなかったが、その交流は秋声の死に至るまで深く長く続くことになる。緊張感と刺激のある関係を保った師弟関係であり、そのため師であっても、秋声の「女性を描く」方法の矛盾を指摘することができたのではないだろうか。

「あらくれ会」（一九三四・三）では、「秋声、武羅夫の二氏隣室のストーヴあたりに立たれた後、しみぐ\と見渡す『あらくれ』といへども、名にも似合はずいと優しげなる美男のみの揃ひたる、風景なかく\によろし」と、秋声、中村武羅夫の美男っぷりを記す茶目っ気も見せている。

「徳田秋声研究（一）　一貫したほろ苦さ」（一九三四・一〇）では、同郷の作家、霜川に紹介され、秋声に会いに行った時の印象が記されている。秋声は年があまり違わないにもかかわらず、落ち着いた渋い表情をしており、先輩に対して甘えてみたいという文学少女的な憧れがすっかり裏切られた。その時の厳しい第一印象が今でも変わらない。秋声に対する「一貫したほろ苦さ」は菊子の心の中に生涯残ることになるが、その出会い以後、頻繁に秋声邸を訪れるようになっていく。

僕の先輩の徳田秋声氏に紹介してあげようと云つて、私と同郷人の創作家故三島霜川氏が、ある日私を本郷のお宅へ案内した。（中略）そこで、いよく\会つてみると（中略）なんと落着いた渋い表情の先生であつたことだらう。服装なども非常に地味な好みであるし、わるくいふと、どこか油断のならぬ意地わるさが見え、なかく〵皮肉な叔父さんのやうに思はれて、口無調法な田舎者の私はすくんでしまつて、ろくく〵挨拶も出来ない始末だつた。そして、途中さまぐ〵に愉しんで来た、先輩に対して甘えてみたい文学少女的憧れをすつかり裏切られた。（中略）それでも、どうにか私は一人で原稿を持つて上るやうになつたが、その原稿を読んであつたことは殆どなかつた、そして折角行つても自分の方からハキく〵口が利けないし、此方で黙つてをれば向ふもだまつてゐる、向ふでなんとも云つてくれないから、此方ももぢく〵して黙つてゐるといふ風で、どうにも為様のない空間を、私はいつも堪へがたいものに思つた。そして、ぢりく〵とその大家然とした風格にのまれてゐた。

このほか「後記」（一九三八・二）では、秋声が一二月一五日から四日間、「東京日々新聞」に諸雑誌の新年号に書いた月評を取り上げ、同感している。

「徳田さんのこと」（一九四四・四）は、秋声の追悼特集に掲載されたものである。初めて会ったときから菊子は「徳田さん」と呼んでいた。妻の濱子は愛想のいい方だったが、秋声はいつも不機嫌な顔をしていた。実際、菊子が秋声の作品を四〇歳を超えてから味わえるようになったということや秋声の臨終の経緯がつぶさに記されている。

「思ひ出を辿りて」（一九四七・一二）は、菊子の最後の随筆である。生前の秋声を回想し、秋声作品の題材についても言及されている。

先生の家へは、昔からよく人が、家庭争議だとか何かしら苦情沙汰のやうな、七面倒臭いごた〲事件を持ち込んでくるらしかつた。私もその一人であるけれど、濱子夫人在世のころから、いつもそんな人が来る話があつて、夫婦して熱心に研究し話し合つてゐられたものである。初め私は、作家といふものは仕事の関係上、そういふことに対して普通人よりはよけいに好奇心を持たれるのかと思つたが、どうもさうばかりでもないらしかつた。つまりそれだけ思ひやりが深いといふのであらうか。人の苦労や争議を聞きすて、見すてにしておけないのらしかつた。それから、あの人はどうした、この人はどうした、とよく私にいろ〲思ひ出してはきかれた。聞き出すことが好きでもあつた。

秋声の家は人の出入りが多く、作家の噂話を聞く機会も多く、秋声がそれを好んだ。このほかにも真如女史の再婚話が大々的に報道されたこともあり、話題となったことなど、秋声宅訪問時の具体的な内容が記されており、当時の文壇状況が見えてくる。秋声の晩年についても筆が費やされている。秋声がついに病床に伏すことになった頃、菊子はよく見舞いに行っていた。病床の秋声は秋声らしくなく、絶望的な気持になっており、菊子の父がいくつで亡くなったかをよく聞いたという。菊子は二度も戦災にあったが、秋声は爆撃、空襲の恐ろしさを知らずに逝かれただけよかったと思うという言葉で閉じられている。最終部で反戦的な意見が明確に記されている点は特に注目してよい。

以上のように、秋声に関するものは、出会いから始まり、生前の思い出、病床の様子、臨終の様子まで深い愛情を持って綴られており、人物評の中でもとりわけ傑出している。なお、秋声との出会いについては「風葉さんのこと」（一九二六・四）によってもその経緯を知ることができる。(1)

一方、秋声は菊子の『深夜の歌』（一九三六・六）の「序文にかえて」において、この短編集を「読んだ範囲では、どれもこれも人生の実相がまざまざ出てゐて、材料の豊富なことゝ、書くことの達者なことに、感心しないわけに行かなかつた。（中略）中でも巻頭の『産院情景』といふのが、現代世相の縦断面を見せてゐると同時に、小説的な恋愛の特殊な形を取扱つてゐる点で興味がある」と評価し、「小寺さんは小説が本職だけれど、頗る多才多能で、洋画では朱葉会の耆宿であり歌こそを詠まないが、音曲の各部門に通じてゐて、テーブル・スピーチなどにも屡々場慣れのした機智を発揮するのである」と、菊子の多彩な才能について言及しており、師弟交流の深さを跡付けることができる。

二　同郷の作家・三島霜川と同時代作家・近松秋江とのこと

そもそも菊子の文壇初登場は、一九〇三年九月の『破家の露』である。これは「新著文芸」の創刊号に掲載されたものであるが、同じく創刊号には徳田秋声が『すきぶすき』を発表している。この号には三島霜川が『鹽田』を発表しており、菊子が作品を発表したのは霜川の仲介があってのことであろう。文壇に登場した菊子は少女小説を多く書くようになるが、「少女界」は霜川が編集にたずさわっており、菊子を文壇の軌道に乗せるのに一助を果たした。霜川は一八七六年七月三〇日生まれ、菊子と同県人で高岡出身の小説家・演劇評論家である。秋声とは尾崎紅葉門下として仲がよく、濱子と結婚するまで一時期共同生活をしていたほどであった。代表作となる漢方医の長男として生まれた経験を生かした短編小説『解剖室』で評判になったが、その後作品に恵まれず貧窮の中に没した。菊子は「あらくれ会」（一九三四・四）で、一九三四年三月七日に亡くなった霜川の辞世の句を紹介して、その死を悲しんだ。

『暮れ初めて鐘鳴り渡る臨終かな』

これは昨夜三島霜川氏の柩の前に掲げられた、氏の臨終の前に辛うじて誦まれたといふ辞世の句であつた。私は非常に久しくお目に態らなかつたが、御病気といふことを秋声先生が何かに書かれたことによつて知り、心を痛めながらお見舞ひもしないうちに逝かれてしまつた。二十数年前私を初めて先生のお宅へつれて行つてくれた人は、実にこの三島さんであつたのである。そればかりではないいろ〱の意味で三島さんを思ひ出すことは、私にとつて凡て涙の種である。

霜川の訃報に接し、悲しむ菊子の心情が伝わってくる。秋声との出会いの仲立ちをしてくれたのが霜川であったことに感謝の思いを記しているが、このほかにも「徳田秋声研究（一）　一貫したほろ苦さ」（一九三四・一〇）において、秋声への仲介役となった頃の若き日の霜川について言及しているので見てみよう。

当時貧乏と、一風変りものといふので、文壇でも有名だつた霜川氏は、実際お話にならぬほどの困り方で、着物は夏冬一枚で通してゐるし、風呂は月に一度も入るか入らないので、垢がたまつて背中に文字が書けると云はれたし、何ヶ月も髪床やに行かないから、髪も髭も山伏のやうに蓬々とのびて、やつと三十を越したばかりの青年が、ちよつと見ると今時の四十五十の人よりも、もつそりと老けた感じだった。

いかにも売れない作家を思わせる風貌であるが、貧窮の中にも文学の志は高く、秋声の小説『黴』では「深山」という名で、文学上、恋愛上の良きライバルとして登場している。

なお、「文士の放恣なる実際生活を女性作家はどう見て居るか」（一九一一・一）で、菊子は物書きの放恣な生活について、妻子を泣かせてまで作品を作っては立派な作品であろうと醜いものだと意見している。その際三島霜川と恋愛しているかという記者の質問に対して、強く否定しているように、菊子の作品の中に登場する霜川と思しき人物は好くは書かれていない。

次に交流の深かった文学者として近松秋江（一八七六〜一九四四）を取り上げてみたい。秋江は岡山県生まれの小説家で、東京専門学校在学中に島村抱月の知遇を得、抱月の担当する「読売新聞」の月曜付録に小説の月評などを発表するようになった。菊子が「読売新聞」に寄稿するようになるのも秋江との縁によることが大きかっただろう。

「秋江氏に」（一九一五・一・一七）は、秋江が神経衰弱に陥り、書けない期間を経て完成させた『舞鶴心中』について述べたものである。執筆当時の秋江の様子や作品の内容に踏み込んだ意見も書かれている。書き上った『男清姫』については、「湖水にボートを浮べて、自分を捨てゝ去つた女を呪つてゐる男の心の執着が、作者自身の夏の間の懊悩を目撃した私に、殊に深いく感動を与へました」と評している。

また、『舞鶴心中』については、「下の巻」での心中の道行が可憐で美しく、死んでいく若い男女に対する秋江の同情が深すぎるあまり、綺麗に詩化されていると評している。欠点はあるものの「艶麗な、優しい」

情緒ある文章に涙が浮かんだ。秋江の真実に対し忠実に見る力と同情の深い態度に敬服すると賞賛している。「あなたが此作をしてゐられた頃の苦心を知つてゐる私は、兎に角此作が出来上つたといふことを非常に嬉しく思ひ」、「私はあの作を芸術として見る以外にある別の同情を持ちたいと思つてゐるのであります」と述べ、秋江に対しては、友人としての同情の念が強かったことが見て取れる。

「近松秋江さんの事」（一九四二・一）では、菊子が秋江について出会いの印象から作品の内容に至るまで具体的に言及している。出会ってから二〇年経っても菊子の中の秋江は変わらず、他人の生活に立ち入ることを好まず、自分について卒直に何の装飾もなく話す人であったことに好感を持っていたことが語られている。

秋江の語り口は滔々としていて、菊子はいつも熱心な聞き手に回ってしまうことが多かった。秋江は生活や芸術に対して強い信念を持っており、社会の流れに巻き込まれず、従来の創作態度を変えない作家としての矜持を持っていた。菊子は、秋江の『疑惑』『黒髪』『秋の花』を挙げて、「実に氏をおいて、日本の作家の誰に、あのやうにも悩ましく、痛ましい男性の情痴の世界が臆面なく、真正直に描き出されようか」と高く評価した。秋江についてはこれまでその持ち味を生かした主観的な作品の評価が高かったが、『舞鶴心中』では作風を変え、悩みながら執筆したが、幸い好評を博したことの喜びも記されている。

秋江とは日光で夏の生活を共にしたこともあり、二〇年の付き合いを重ねる仲だった。秋江は「人の悪口」を言ったことがなく、紳士的で物堅く、善良であった。女性に対しても「遊戯気分の全然ない氏は、近代的女性とはずつと縁が遠い方である。私は尊敬する先輩として、氏がもつと砕けた心易い態度で、今の女性を研究されてゐゝのではないかと思ふ」と述べている。

三 「あらくれ」での活躍

菊子の人物評は同人文芸雑誌「あらくれ」に多く掲載されている。同人文芸雑誌「あらくれ」は菊子にとってどのような存在だったのだろうか。「あらくれ」への執筆内容を見てみると、コラムや随筆などあらくれ会で同時代の文学者たちと親交を深めていたことがわかる。あらくれ会とは、妻に先立たれた秋声を慰めるために、河原崎長太郎、中村武羅夫、楢崎勤、山田順子、吉屋信子等三〇余名の作家やジャーナリストが毎月夫人の命日の二日を期して秋声宅に集まったことからできた二日会とは別にできた会である。

妻の亡き後、秋声と山田順子の恋愛事件が発覚し、プロレタリア文学とモダニズム文学の台頭によって作品の発表舞台が少なくなる中、秋声を励ますために阿部知二、井伏鱒二、岡田三郎、尾崎士郎、榊山潤、中村武羅夫、楢崎勤、舟橋聖一、室生犀星が二日会とは別に秋声宅で一九三二年五月に秋声会を結成し、機関誌「あらくれ」が創刊されることになる。

秋声会には、上司小剣、小金井素子、小寺菊子、田邊茂一、豊田三郎、野口冨士男、三上秀吉、山川朱美ら「あらくれ」の同人だけでなく、正宗白鳥、近松秋江、田村俊子らゲストも参加し、一九三八年一一月まで集まりが持たれた(2)。

「あらくれ」は、一九三二年七月から一九三八年一一月まで発行された。当初、発行所が秋声会(秋声宅)で、編集は長男の徳田一穂が担当した。一九三三年三月には発行所が紀伊国屋書店になるが、一二月には発行所を秋声会に戻して再刊した。

秋声のもとに集まった人々で構成された二日会から秋声会に至る親睦集団[3]によって発行された「あらくれ」は、その自由な気風と同人同士の親睦の深さから、主義・主張を限定せず各自の個性を尊重することが第一に考えられた。特に菊子が中心的な立場となって雑誌を盛り上げた一九三七年以降、女性の同人が中心となって編集した。「あらくれ」には毎号「あらくれ会」という作家の近況などを述べるコラムが掲載された。そこに菊子は一三回書いている。

一九三四年五月には熱海一泊旅行にでかけている。「あらくれ会」（一九三四・六）を見てみよう。

小城美知（三千子）……山川様は早々お帰へりになるし心細く、小寺様の姪御の様に、小寺様の後ばかり附いて歩るいて居りました。〈中略〉「あなたがあんまり行き度いく〳〵と云ふものだから、こんなことになつたのですよ」と小寺様から怨まれると、大変なことになつたと本当に、心の底から相すまなさと申訳なさが湧いてまゐりました。

檜崎勤……五月例会が熱海でひらかれるといふことで、大変に楽しみにしてゐた。（以下要約）汽車で乗り合わせた美女に、舟橋聖一氏はついて行ってしまう始末。夜は、少年時代の修学旅行の時にかえって皆寝ずに騒ぎ、朝食時に寝不足の顔が勢ぞろいしていた。

熱海はあいにくの雨であったが、あらくれ会の面々は苦にすることはない。夜は童心にかえって修学旅行の生徒のようにはしゃぎまわった挙句、寝不足なったと楽しげである。

「あらくれ会」（一九三四・四）の月例会[4]などでもその当時の様子を知ることができるが、ここでは菊子の「あらくれ会」（一九三四・七）の発言を見てみよう。

小寺菊子……熱海の会から今日はじめて皆さんにお目に懸る。珍らしく半月ほど病気して外へ出る機会がなかつた。あの会から急に親しみが出来て兄弟姉妹に逢ふやうな心地がするのも嬉しい。

今井邦子……はじめて此会に来た人もながく休んで来た人もたのしい気持ちになるやうに、此会を楽しんで来られるやうに是非気持ちのほぐれるやうな会にしてほしい。

月例会がいかに楽しく充実していたかが、以上の引用からも知ることができるだろう。「あらくれ会」（一九三四・一〇）でも、菊子は「十月のあらくれ会で、又皆で賑かにくり出しては如何や。幹事さんに御相談申す」という文を載せている。

菊子の推薦で会場が「ニュートウキョー」になったあらくれ会は、「あらくれ」再出発の記念すべき会合となった。「あらくれ」の再刊を菊子たちが発議し、再出発が決まったことを喜び、微力だが一生懸命頑張りたいとその決意を「あらくれ会」（一九三七・九）に記している。同人の山川朱美は、「あらくれ」の再刊はとても喜ばしい、「皮肉や口の悪いことを面と向つていはれる親しさを私はとても好きである」と述べている。腹蔵なく自由に自己の思いを語り合える場として、特に女性同人にとっての貴重な発表の場になっていたのである。

かつて菊子は「女流作家の告白」（「新潮」一九一一・一二）の中で「私ぐらゐ文士と交際の少い人間はあり

ません。交際して居る人と云つては殆んど一人もないのであります。たゞ徳田秋声さんを知つて居るところから、たまに伺ひますくらゐで」と述べているように、文学者との交流が少なかった。秋声への激励と慰問をかねて後輩作家が秋声会を結成し、その機関誌として創刊されたのが「あらくれ」である。一九三二年七月からわずか六年間しか発行されなかった雑誌であるが、「あらくれ」は、菊子やあらくれ会のメンバーにとって、大きな役割を果たした。

一九三〇年代、知名度も文壇での位置も確立した菊子は、あらくれ会に出入りする三〇人以上の文学者たちと交流を深めた。秋声門下第一の女性作家として中心的存在であった菊子は、「あらくれ」再刊後は女性同人の中心となり、雑誌を盛り立てることに尽力した。そこには自分たちの雑誌「あらくれ」に対する菊子の強い思いが見て取れる。女性作家という立場を遺憾なく発揮でき、自分の書きたい作品や述べたい事を自由に表現できる最適な場となったのが「あらくれ」であった。この時期の「あらくれ」に『父の帰宅』や『祖母』など、菊子の後期を代表する作品が書かれるのも当然と言えよう。作家として文字通り充実期を迎えた菊子の発表の場として「あらくれ」やあらくれ会がいかに大きな存在であったかがわかるであろう。

［注］

（1）拙稿「富山の女性文学の先駆者・小寺（尾島）菊子研究2」（「富山大学人文学部紀要」五二号　二〇一〇・二）。

（2）秋声の自由主義的な性格を反映して月例会には終始和やかな雰囲気が保たれた。

（3）徳田秋声、徳田一穂、阿部知二、井伏鱒二、岡田三郎、尾崎士郎、榊山潤、中村武羅夫、楢崎勤、舟橋聖一、室生犀星、上司小剣、小金井素子、小寺菊子、田邊茂一、豊田三郎、野口冨士男、三上秀吉、山川朱美、正宗白鳥、田村俊子、小城美知、高原四郎などが参加し、ゲストを含め三〇人以上いた。

（4）「あらくれ会」（一九三四・四）には、「**近松秋江**……今晩『あらくれ』の集合があるといふので、私も飛入りに顔を出し、談笑の間諸氏と食卓を共にして、この感想をしるす。吾々文士はとにかく平和である。**室生犀星**……五時といふ報せで五時二十分くらゐに来たが誰も来てゐない。〈中略〉食事をはじめても誰もお酒を飲まない。岡田、尾崎、榊山の三君もお酒なんか忘れてゐるやうに飲まない。僕だけ少し酔つてゐてきまりがわるいくらゐ也。**岡田三郎**……名前に三の付く人間は今年あぶないらしいので、酒断ちをしようとしている。**田邊茂一**……数年前、透谷のために藤村氏等が卒先して小田原に碑を建てられた、これは非常に稀らしく美しい事であつたが、何分既に亡くなられた人の霊を慰める事が出来ただけである。これでは、親が去つてからの孝行の様でおそい気がする。棺を蓋ふてからでないとその人の価値は解らないかも知れないが、例へば尊崇の念を抱いて居ても、その人がまだ現存して居られるとその表現を躊躇する様に思はれる。今、明治文壇の巨匠、藤村、秋声の両氏に対してもどうもその様である。殊にヂヤーナリストに於て。文壇の人々はその愛情をはつきり云はれないが、勿論その心で秋声氏を取まいて『あらくれ』が生れ、秋骨氏を取まいて『文鳥』が生れたのだ。その心が先で我々は秋声氏を取めぐつて居る。だから雑誌を出すなぞと云ふ事は末の末だ。只、自分達はこの先生の晩年の御生活や精進をいたわり、少しでも何かの若僧としての走り使ひが出来る機会はありはしないかと希ひ乍らめぐつて居るのである」と記されている。

講演要旨「秋聲から菊子へ」

二〇〇九年一一月一四日　徳田秋聲記念館にて

本年（二〇〇九年）生誕一三〇年を迎えた富山市出身の女性作家・小寺菊子（一八七九〜一九五六）は、富山を代表する作家であるばかりだけでなく、近代の女性文学のオピニオン・リーダーでありました。

菊子は高岡出身の三島霜川の紹介で徳田秋聲に弟子入りすると、旧姓の尾島菊子として「少女界」「少女之友」「少女画報」などに少女小説を書き、吉屋信子らの先鞭を付けます。その後、八歳年下の洋画家・小寺健吉と結婚して小寺菊子の名で活躍し、一時は「大正の三閨秀」と称されました。「青鞜」など女性の権利を主張する先進的な雑誌にも早くから参加しています。私が地元の研究者の方から資料を引き継いだ時点で判明していた菊子の作品は一七〇編ほどでしたが、現在では五三〇編以上に達しており、さらに増え続けています。これだけの作品を生涯に残した女性作家は類例がありません。師匠である秋聲は「女流作家で二十年もの努力をつづけ、生命を保ってきた人は、女史の他に果たして誰があるであろう」（「『美しき人生』に序す」）と述べており、そのことを非常に高く評価しています。

しかし、これほどの作家でありながら現在ではほとんど読まれなくなってしまい、その作家的評価も未だ定まっていない状態です。かつて『明治女流作家論』の解説で塩田良平が「女性の作品に特有な潤ひにかけてゐる」と述べたことが評価基準となってしまっています。その後、児童文学研究の領域においては一定の評価を得ていますが、全体としてはまだまだです。同時代においても、菊子に対する人物評ばかりが目立ち、作品それ自体が問題とされることが少ないのは残念なことです。

ところで、菊子と秋聲にはある類似点があります。ともに作家として成功するまでに、郷里と東京と関西を転々とするなど非常に苦労を重ねたということです。特に菊子は女手一つで家族を養わねばならなかったため、多くの仕事を経験した明治の「職業婦人」でもありました。秋聲の代表作『あらくれ』は、働く女性をテーマとしています。本作のお島に妻の弟（小沢武雄）の配偶者（鈴木ちよ）という明確なモデルがいるということを承知で言えば、常に活動して行く女性、働く女性という問題への意識を秋聲が菊子との交友から得ていたと考えることは可能であるでしょう。

菊子の方から言えば、『父の罪』をはじめ多くの作が菊子自身の体験をもとにしており、この取材の方法には秋聲からの影響があるのではないでしょうか。また、秋聲は純文学作家として活動する傍ら、婦人雑誌や新聞等に通俗的な長編を多数発表しています。これは菊子においても共通するところであり、その発表媒体は多岐にわたります。この純文学的作品と大衆的な作品の書き分けなど、秋聲から（または一頃師事した小栗風葉から）学んだところがあるかも知れません。秋聲と菊子は実は年齢が八つしか離れていません。師弟と言うよりもむしろ良いライバルとしてお互いを見ていたのではないでしょうか。菊子による秋聲評はなかなか辛口であり、かなり気心の知れた良い関係であったことがうかがえます。

後年の菊子は、一九三二年（昭和七）に創刊された秋聲を中心とした雑誌「あらくれ」に参加し、代表的な短編をいくつも寄稿しています。さらに戦時中、日本文学報国会が国威昂揚を目的として原稿用紙一枚の小説を集めた『辻小説集』（一九四三年）には、「冷酒」という菊子最後の小説となった作品が掲載されていますが、戦争協力の色彩はみじんも感じられません。これは当時の女性作家として白眉であり、秋聲の門下生としての矜持が感じられるところです。

このたび念願であった菊子の回顧展が開催されたことは大変喜ばしいことです。今後さらに菊子の再評価が進むことを祈っています。特に現在入手できなくなっている菊子作品の復刊が待たれるところです。

研究者論文

小寺菊子の折衷性

西田谷　洋

一　はじめに

小寺菊子（尾島菊子）研究において、金子幸代編『小寺菊子作品集』（桂書房　二〇一四・二）によって、著作目録が整備されると共に、その文業が部分的にであれ容易に手に取ることができるようになった。出版不況の中、地方で全三巻で作品集を刊行するにはかなり高額な単価となるが、初出紙・誌からの複写と、複写では読み取りにくい箇所を新たに活字で補う版面によって部数からすれば安価な価格で提供できている。もちろん、全集の刊行が望ましいのは言うまでもないが、各種全集にわずかな作品が収録されるにとどまっていたそれまでの状況からすれば、選集としての作品集の刊行には大きな意義がある。

とはいえ、たとえば連載の一部のみを採録したり、(1)あるいは「短篇小説」という角書がある作品が評論・随筆の部に収録されていたりと、(2)その採録・編集には若干の疑念がないわけではない。おそらくは採録作品の完全性よりも、菊子の文業の幅広さとその為人を伝えることにねらいがあったのではないかと推測されるが、刊行直後に金子が病に倒れ、故人となってしまった現在では、採録理由を確かめることができない。

さて、菊子研究は主として少女小説分析や作品翻刻を中心に作家活動、交友関係、宗教観、労働観などで展開されてきた。(3) ではその女性観はどのようなものだろうか。本稿では、その一端を素描することを目的とする。

ちなみに、同時代において、菊子は次のように評されていた。

菊子さまは決して所謂新しい女性ではないと思はれます。(略)すべてが消極的だと思ひます。言い換えればつつましくしとやかな女性だと思ひます。即ち真の女性を思はしめるお方です。なんとなく弱々しい處がありますが、それでゐて世間の女性のやうに弱いだけではなく何處かに強い處がほの見えます。それでゐて対世間、乃至対個人と言ふ場合には何時も円滑に無難にすますお方です。(4)

自己を持ちつつ女性作家としての道を自ら切り開くものの、しかし女性を虐げる制度と闘うわけでもないといった菊子の姿と女性観の片鱗を示唆しよう。本稿の素描もそれを越えるものではないが、そうした菊子の折衷的な女性観の一面を、第二節で男性優位社会での女性の労働の必要性と理想、第三節で男性を公的な社会・理性、女性を私的な家庭・感情へと割り当てる公私二元論的な枠組みへの姿勢をとりあげ、そこから浮上する菊子の折衷性を成り立たせるらしさをめぐるイデオロギーを第四節で検討することで、明らかにする。

二　女性の労働

菊子は、父母の死別の違いについて、母親の場合は「日常のこまぐした用など」ができなくなるが金銭面で生活の心配はないが、父親の場合は金銭面で「実に困って了ふ」（「困難と戦ひし十年間」『少女界』一九一一・五）と整理する。だからこそ女性が働くことが重要である。

菊子は、女性たちに「幸福な家庭のヒロインとして立派に立ってゆく上にも、経済的に独立し得るだけの能力を持つてゐることは非常な強味でもあり、又一般女子の地位を向上させる唯一の手段でもあ」（「女学生たちへ」『美しき人生』一九二五・七）ると働くことを勧める。なぜなら、「女が経済的無能力者であるときほど、男子の誘惑の多いときはなく、同時に女自身にとつてこれほどの弱点はな」いように、女性の悲劇の原因は、「大抵彼女の窮乏から来」るからである。

菊子は、女は、「自分一個の始末だけは出来るくらゐの覚悟と、それだけの技倆を持つてゐなければならない」（「日本の婦人として私達は今日の婦人問題を如何に考ふるか？」『新日本』一九一三・一一）というように、「経済的精神的な自立」とそのための「職業やそれに相当する技術」[5]の必要性を説いている。

菊子は、代用教員やタイピストなどの職について一家の生計を支えてきたのであり、創作・執筆も職業作家としてなされる労働であって、[6]女性の労働を肯定する。ただし、女性がつける職業範囲が狭く、「師範学校でも卒つで女教師になる者」はともかく、無理に探せば「電話交換手か逓信省の貯金管理局に出る女事務員か、その位」（「娘時代」『美しき人生』一九二五・七）しかなかった。

また、それは単に職種だけの問題ではなく、女性が労働するに際しての困難として「肉体上の不便」・「女子の職業を防ぐる男子」・「前で追従して陰で嘲ける」・「人の妻は殊に困難」・「精神上の不便」(「婦人の就職難」『婦人画報』一九一〇・一〇)など、生理による身体の不調、異性間における風評、女性に職を奪われた男性の仕事上の妨害、男性の親切の裏での嘲罵、主婦との両立の困難などがあげられている。

一方、久保が「主婦として家庭に入る女性に対しては、男性の庇護のもとで暮らすことの従属性や家庭の中にいる狭さをやや批判的に見ている」[7]と指摘するように、菊子は、「親や良人のお陰で食べることにも着ることにも困らない側の女たちが、いつまで経つても午睡の夢から眼のさめないやうな朦朧とした空虚な頭脳のままで、健気な職業婦人たちを平気で下眼に見てゐる様」を「呪」(「娘時代」)う。

ただし、そこで問題となるのが、第一に夫からの理解・支援の必要性であり、第二に女性自身の向上心である。

1　夫からの理解・支援の必要性

知的な女性の仕事である教師は、教えるのが「面白くつて止められない」人以外に「財政の都合や何かで止むを得ず勤め」る人がいる。「また、金と暇のある階級の婦人たち」が「子供の養育といふ負担を持つてのけながな勉強」に努め、「「自分の生活」といふものに目覚めてくる」ことを「悦びたい」(「仕事に目覚る婦人たち」『輝ク』一九三四・二)とする。しかし、女性が家の外で働くことに対して、「家庭内の淋しさ、夫の不自由さ、子供の便りなさは勿論」、「旦那様の方で成るべく御辛抱を」(「職業に依りて生活する婦人の状態」『婦人画報』一九一〇・九)することになるように、「環境のよさとか、夫のよき理解とかに恵まれてゐなくては、中々実行出来ないこと」（「仕事に目覚る婦人たち」）と判断する。それは、パートナーの理解や環境に左右されるように、女性自身の努力だけではどうにもならないものとされ、裕福な婦人がそうした自立を可能にするにはそれを支える下働きの女性たちが必要とされるだろう。

2　女性自身の向上心

単純作業に従事する女性には菊子のまなざしは厳しい。電話交換手や貯金管理局の事務員になる女性を、「皆自分より遥かに低級な頭脳しか持たない、向上心のない、一文でも金さへ取れるなら何でもすると云ふ賤しい奴隷的な思想しか持合せてゐない」と見なし、「どんなに窮迫してもあんな職業に就かうなどとは考へな」いように、菊子は、彼女たちを「極めて冷淡な眼色であしら」（「娘時代」）っていた。

なぜあの娘たちはもつと勉強しようといふ気を起さないのだらう。女学校通ひの女学生たちに羨望の眸を馳せるほどなら、なぜ自分も彼女等と同じ程度に進んで行かうとしないのだらう。家が貧乏で喰べられないと云ふと云ふことが、その最も余義ない原因に違ひなからうけれど、若し自分の方でもつと確りした女になりたいといふ奮発心さへあつたら、どうにかなれるだらうに、それがないのだ（「娘時代」）

菊子は、事務職・単純労働の勤労女性を主体的な意欲に欠ける学ばない存在として批判するが、学ぶことに価値を置くような教育を受けるかそうした考えに接することができる環境になければ、そのような可能性は少なくなる。また、貧困によってそもそも働かねばならないことを菊子は、軽視している。このように勤労による女性の連帯への志向は菊子には弱い。

あるいはそうした教育を受けていないのに自分は知的な職業としての作家になれたと菊子は主張するかもしれない。なるほど、菊子は進学の意欲を持ちつつ果たせなかったが、地方の豪家の子女としてそうした夢を持つことができた。しかし、一時的な貧困・没落であればそれ以前にそうした志望を持って維持し続けることが可能でも、常に貧困の渦中にあればそもそもそうした夢を持つことも少なくなる。環境的に困難になるのである。菊子は成功者であるが、そうした人々の中には自己の経験と判断を絶対視しそれ以外の状況を捉えることができなくなる者もいる。

3　公私二元論の維持

樽井藤吉と妻・ふさをモデルとした「浅井の小父さん」（『婦人画報』一九二〇・一）では、小父は『維新××史』を執筆し、政治家の序文をもらうように公的な活動に連なる一方、小母・勝子は不倫する。ここからは、男は政治などの公的に理性的な領域に関わり女は私的あるいは理に反するという構図がある。

年よりはずつと若くて美しくて、熱情家で、見栄坊で、空想好きで、我侭者であつた妻を大分扱ひかねてゐたので、従姉がどんなにひどいヒステリーを起してヒイヒイ泣いてゐようと、一向親切に慰めてやらうともせず投つときました。（「死の魅惑に」『婦人画報』一九二六・四）

感情的な妻とそうした感情を顧みない夫は、男性が公的な領域にあることと女性が私的な領域にあることに対応し、公的領域にとって私的領域が軽視されることを意味する。

作家にとっては、文学に関わる話が公的領域の話題である。しかし、徳田秋聲を師と仰いだ菊子は「先生から文学の話を聞かうとしてもきかれない」ことに焦れる。一方「苦虫の先生の顔色を見い見い客の気持を汲んで、暗に慰めの役をつとめ」、「なんとか和やかにほぐしてくれ」た秋聲の妻とは「話しこ」(「徳田秋聲先生」『花犬小鳥』一九四二・一)むようになる。このように、公的な関係を補完する私的関係を担うのが家庭という私的領域での女性の感情・配慮であった。

では、感情は私的領域に限定されるのだろうか。たとえば「有島生馬氏の印象——生馬さんは現代人」(『新潮』一九一八・二)では、菊子は有島武郎を理性と感情が一致し、生馬を理性と感情が相闘うものとして捉えている。とすれば、女性のみが感情的で家庭に従属しなければならないわけではない。

したがって、菊子は、結婚して夫に依存してしまう女性を批判する。

大切な『自分』といふものを何処かに置き忘れたやうな顔をして、一生の凡ての幸福を結婚によつて得ようと企て、その夫の愛情の陰にのみ隠れてなるたけ遊んで暮して行かうとする女性の多くを侮り憐みたい生意気な心が先きに立ってゐた。(「死の幻影」『婦人画報』一九二〇・九)

菊子自身は「恋愛を夢見る詩の世界からは暫し遠ざかつてゐようといふ冷静な、丸で不具者のやうな覚悟を持つて、貧窮の苦難と戦ひながら、燃えるやうな智識欲を少しでも充たすことと、一心に志す文芸の世界に浸ることにのみ没頭してゐた」(「娘時代」)とするが、ふさをモデルとした浜子は、「彼女は自分の芸術の前に捧げ尽した筈の青春を、幾度かのやみ難い『恋』によつて奪はれ」（「死の幻影」）たとされる。そうした意味では、ふさは菊子になれなかった先行者である。

一方、菊子は、「恋愛は個人的のもので仕事の片手間にやるもの（「ペリコに逢ふ」『報知新聞』一九二八・三・七、九〜一三）としてアレクサンドラ・ミハイロヴナ・コロンタイの主張を紹介している。公的な職業に就く女性の私的な恋愛は片手間のものとする主張は、奔放な性経験を展開可能な点で男性と等しい女性像を提示するものであるかもしれない。(8)

したがって、男性は公的な経済活動において女性にへりくだることができても、私的な家庭では威張ることになる。

たとえば、妻の外出が芝居見物などの「暢気」なのに対し、行商で働き「なかなか一通りの骨では」ない苦労をして顧客の婦女子におもねる夫は自宅では「見違へるやうに立派な旦那様に成り澄まして了ふ」（「越中富山の製薬会社を観る」『婦人画報』一九一〇・九）と語る。

菊子は、夫の公務としての出張と妻の私的な遊興を対比するが、対比されるべきは出張と出張、遊興と遊興のはずだが、製薬会社訪問記としてまとめるために触れられない。あるいは、外で婦女子に頭を下げる男が家庭内では逆になっているという転倒から、男女の秩序の可変性が示唆されているかもしれないが、その先に主張が展開していかない

それは、男性は遊び半分で仕事をしても認められ、女性は真面目に仕事をしないと認められない状況下で、その状況を動かすことを意識していないことからもうかがえる。

男も、皆面白さうに喋舌つたり笑つたり、ときぐ〵女たちの方を見たりして遊び半分といふ調子で執務してゐるのに、女たちはひどく真剣にやつてゐた。（「娘時代」）

男性は自らの居場所である公的領域で私情を発揮することができ、自らの居場所と見なされない領域で働く女性はそれが許されないのである。

また、菊子ほどの「技量は男子側には幾人もいた」が「無経験の私にそれを見出したこと」を男たちが評価するのは、男性が「凡ての『女性』の脳力に対して多くの疑問を抱いてゐる」（「娘時代」）ためであった。また、菊子は「弱い者いぢめ」（『女子文壇』一九〇九・八）では、女性を動物視、あるいは人間と猿の間の存在と見なす男性に対し、女性の弱点につけこんで嘲罵するのは男らしくないと批判する。

このように、男性は、鑑賞の愛玩物にすぎない女性が男性に近い能力をもつと見なしたとき評価するが、それが男性を凌駕しうる可能性を示すと排斥するのである。

たとえば、菊子は浮気において、男が責められず、「女が一番責められるのはあまりにひどすぎる」（「有閑マダム事件」『婦人画報』一九三四・一）と批判するが、男性なら評価される多数との（性的）関係、言論で抗議するという公的側面に女性が接近すると批判される現在もある枠組みが想起される。

一方で、そのように批判しながら、菊子は「『家庭』に縛られてゐることを、いと不服さうにいふけれど、実際縛つてでもくれるところがなかつたら、われわれの心は、いつどこへどんな拍子に飛んで行くことやら分らぬかも知れない」（「我ふるさと」『花犬小鳥』一九四二・一）と、家庭からの自由が必ずしも利点だけでないと指摘する。

また、菊子は、現状の女性差別、低い女性の地位に対して、「女子も世の中に立ち得られるやう男子の方が力を添へて下さらねばならぬ」（「弱い者いぢめ」『女子文壇』一九〇九・八）と男性の支援を求める。繰り返せば、女性蔑視・差別をもたらす公私二元論的な枠組みに対し、自身は文筆をもって乗り越えるための努力を重ねながら、大勢に対しては枠組の維持を前提とし、男性からの女性支援というかたちで依然として女性の従属を自明としている。

こうした両義性あるいは折衷性は、たとえば自身を抑圧する保護者や地域に対しては批判的に捉え自らはそこから逃れようとするにもかかわらず、年少の人間がそこから逃れようとするとそれを戒める「念仏の家」（『あらくれ』一九三四・一二）や女性の自立を語りながら他人が就職によって自活しようとすると結婚を勧める「ある夜」（『青鞜』一九一一・一〇）などにも通じる。(8)

4　らしさとまなざしの暴力

そこにはある種の主観的なフレームが関与していると考えられる。そこで、本節では、菊子作品の少女像ひいては男性作家の女性像のらしさから、菊子や男性の女性観にみられる暴力性を確認する。

男性作家の描く女性イメージは類型的であった。

なぜなら男性作家の描く女性登場人物は「賎業婦とか、女学生上りの女とか、裏店のお主婦さんとか、大抵さうした暗い感じのする人たち」など「殆んど一定の型が出来て居る様」であった。二十世紀初頭の男性作家の多くが漱石や潤一郎の描く「上品な、すつきりした女」や「おつとりした、渋味のある女」（「慥な小説が欲しい」『時事新報』一九一五・六・二五）が描けないのはなぜなのか。男性作家は「金を投じてその女を自由にし」て「研究する」ことで、女性を描写するというが、それは「研究と云ふ名の下に隠れて、卑しい欲を満た」（「弱文士の放恣なる実際生活を女性作家はどう見て居るか」『新潮』一九一一・一）しているからである。

菊子は男性作家によって描かれる女が特定の階層で知的で上品な女性が出てこないのは作家の人間関係・描写範囲が限られているからだと批判し、男性の偏見・一面的な見方を指摘する。また、後に戦中の菊子は「最近の中堅作家は勿論、先生もだんだんと近代的に目覚めた女性から、高い精神的なものを見出さうとされつつあるらしい傾向を、私は大変満足に思ふやうになつた」（「徳田秋聲先生」『花犬小鳥』一九四二・一）と語っている。とすれば、それを乗りこえる描き方・題材があるはずである。

たとえば、菊子は、写実・解剖の対象は自己だけではなく「背景の広い、世間的の小説」があってよく、観察の広さの点では「現実を超越したロマンテックの世界でも至極結構」（「恁な小説が欲しい」）であるはずなのにそうならないと指摘する。

ここには、イデオロギー、先入観が作動している。「作品をろく〱読みもしないでゐて、或は作以外のいろんな先入主や何かで好い加減な批評をする」ことは「極めて不親切」・「あまりに不忠実」（「現代の若き女流作家」『中央文学』一九二〇・六）である。そうした典型が女性作家への批評である。

単に『女』であるがために最初から妙に軽蔑したりして、その最も悪い方面のものを引張り出したりして安価に批評し片付けられるに至つては、女流作家たるもの悔し泣きに泣かずにはゐられません。（略）女作家が振はないのではない、振はせないのだらう、と云ひたいのです。（「現代の若き女流作家」）

こうした先入観を是正するにはたとえば大量の女性作家作品の発表で読者のまなざしを更新することも可能かも知れない。しかし、女性作家は作品を発表する機会が少なく、もっと「発表の機会を与へたら、屹度その中から思ひ設けないどんなに尊い宝玉が光り出すか知れない」（「現代の若き女流作家」）が、実際にはメディアへの掲載の機会は少ない。

しかも、男性作家達は女性作家に否定的だった。

創作を続けた岡田美知代を自身の「蒲団」で創作の夢を断念した女子学生として造型した田山花袋は「女が小説を書いて身を立てようなんて、そんなことが出來るもんぢやない、だから、早くやめた方がいい」と発言し、菊子の作品にも「通俗小説以上に出られないのなら、やめてしまつた方がいい」（「田山花袋さんの思ひ出」『東京朝日新聞』一九三四・五）と批判していた。また、菊子は、正宗白鳥にも女性作家への「反感」（「徳田秋聲先生」）を感じ怯えていた。

そうしたまなざしの暴力に対し、菊子のとった戦略は少女・女性を主人公とした物語を作り、女性の立場を主張することであった。

たとえば、菊子は、「邪念のない少年少女の眼に映つて其処に展けられた此世界は、全くうるはしい、そして信実な自然の芸術」（「新しい少年少女文学について」『読売新聞』一九一四・四・四）であると説く。また、菊子は、少女は「無邪気で、天真爛漫」で「蕾らしうしほらし」いのがよく「大人ぶつた、高慢ちき」で「人の悪口云ふたり、大人の欠点など見出す」のは嫌いであり、少女小説では「理想の少女」として「心の優しい、女らしい少女」（「困難と戦ひし十年間」）を書いたとする。

金子は「雑誌の編集方針に合わせ(9)」た創作であると共に、「少女小説を新しい芸術作品と位置づけて執筆していく決意」[10]を読み取るが、ここでは主張の枠組みを検討する。

つまり、少女の把握した世界とは菊子の「うるはしい」「理想」の投影として、書き手のフレームによって構築＝表現されたものである。菊子は、教員時代になついてきた「子供が非常に可愛いものに思え、「自身の不幸な少女時代を思ひ合せて、少女に対する同情が湧いて来」（「生活と戦ひつつ」『文章倶楽部』一九一七・八）たとも言うように、主観的に少女が形象されている。また、菊子は自作の多くが「雑誌編集者からの注文に応じた、どつちかと云ふと、一般の少女たちに悦ばれさうな、比較的事件などに変化のある、そして可哀想一方の少女を主人公」とするように、少女の実態と異なり「幾らか誇張もあり偽りもあ」（「新しい少年少女文学について」）ることも認めている。

そうした少女イメージは菊子自身とも異なる。少女時代の菊子は「口数の多く利かぬ、誠に温順しい娘」だったが、それは「全く外面ばかり」で「実のところは中々の剛情者」であり、内心を「顔色にも言葉にも現はさないで。歯切り噛んで凝と我慢」（「困難と戦ひし十年間」）したように、「反抗的な心地を抱いてゐたことは事実」（「春の憂ひ」『ニコニコ』一九一六・四）だからである。

菊子はたとえば女性であれば裁縫ができればよいといった類の集団カテゴリーに自己が組み込まれることを忌避する。それはカテゴリーへの合致度・帰属度、すなわちらしさから逸脱するはずだが、むしろ菊子はらしさで同性を測定していた。

菊子は、平塚雷鳥を歩き方からは「どうしても男性的のところがあ」るとしつつ、為人などは「実際普通の優しい女」（「平塚明子論」『中央公論』一九一三・七）とする。

また、菊子は、「女と云ふ者は年を老るに従つて根性が曲るものだ」（「最近の日記」『女子文壇』

一九〇九・一二）といい、「女同士の話はそれからそれと際限がない」（帰郷日記『婦人界』一九一〇・九）とし、東京の女性は「気が利い」た「悧巧さうな女」で女らしい美人は「京都が第一位」（「東京の女が著しく眼に着く點」『女子文壇』一九一〇・六）だという。同様に、田舎すなわち富山の女性は「皆女らしく優しいので心地よい」（「帰郷日記」）と語った三十年後、富山を訪れた菊子は、「都会化した若い女たちが、都会風な髪容に美しくお化粧をして、袖の長い派手な着物に、うす色の錦紗の絵羽々織を着て歩いてゐる」ことを発見する。ファッションは「確に婦人雑誌の影響といつていい、急激な模倣で個性がないから、今のところ誰もかれもみんな一様に見える」（「我ふるさと」）と語り、色黒だと「感情まで硬化してゐるかに見られる」が、むしろ「複雑な性格をもつた情熱家が多いやうだ」（「我ふるさと」）とも言う。

捻くれるのは男性でも若者でもあり状況にもより、話の長さも女性に限らず、東京や京都にもそうでない者、あるいはそのほかの地域にもそれ以上の者もいるはずである。また、富山の女性は均質一様なのだろうか。また、皮膚の色と情熱や繊細さとは関係ない。しかし、菊子はステレオタイプに女を閉じ込めようとするように、個人・個性ではなく集団で他人を捉えている。こうした大雑把なカテゴライズは菊子自身がされれば不快であるのに、それを他人に行うことに自覚がない。

菊子の文筆活動の折衷性はこのような限界を抱えている。

[注]

（1）たとえば「娘時代」は「自叙伝の二」、「死の幻影」は「自叙伝の八」とされるが、それ以外の「自叙伝」は採録されない。

（2）「短篇小説浅井の小父さん」など。金子はこの作品を小説・私小説としてではなく、随筆・評論・自伝の類として読んでいることになる。
（3）本稿で引用・参照したもの以外に、近年の仕事として、少女小説分析では山根春菜「尾島菊子の〈少女小説〉「綾子」にみる少女の「家出」」（『安田女子大学大学院文学研究科紀要合冊』二〇一三）・福田委千代「少女小説の系譜――尾島菊子の「新しい少年少女文学」」（昭和女子大学大学院日本文学紀要』二〇一九）など、翻刻では下岡友加「尾島菊子「蚊ばしら」翻刻・紹介――『台湾愛国婦人』掲載小説」（広島大学大学院文学研究科論集』二〇一七・一二）・「〈書く女〉の誕生――『台湾愛国婦人』掲載小説・尾島菊子「幼きころ」」（『広島大学文学部論集』二〇二一・一二）など、宗教観では水野真理子「小寺菊子の作品に垣間見る宗教観――「他力信心の女」「念仏の家」より」（『群峰』二〇一八・三）などがある。
（4）嵯峨秋子「尾島菊子さま」（『處女』一九一五・八）。
（5）久保陽子「小寺菊子の労働観と小説「赤坂」における揺らぎの諸相」（『群峰』二〇二三・四）二八頁。
（6）小林裕子「「職業作家」という選択――尾島菊子論」（『明治女性文学論』翰林書房　二〇〇七・一一）参照。
（7）注（5）に同じ。
（8）コロンタイの日本受容については、山下悦子「コロンタイの恋愛論と転向作家たち　一九二〇年代後半の恋愛遊戯」（『日本研究』二〇一一・四）参照。
（9）「小寺（尾島）菊子の少女雑誌戦略家出少女小説『綾子』の「冒険」」（『小寺菊子作品集1』）五二九頁。以下、副題省略。
（10）前掲「小寺（尾島）菊子の少女雑誌戦略」五三〇頁。

小寺菊子の死生観――「逝く者」より

水野　真理子

一　はじめに

大正の三閨秀の一人とも称された、富山出身の作家小寺（尾島）菊子（一八七九～一九五七）は、これまで主に少女小説の作家として評価されてきた。(1)実際に、一九〇三（明治三六）年、二四歳で、秋香女子のペンネームで小説を書き始めた彼女は、当時少女らに人気の高かった少女雑誌に、数多くの少女小説を発表することで、作家として名を成していった。そして、少女時代の家庭での経験、父との関係、また嫁姑問題に翻弄された母の姿、それらを描きながら、その家庭環境の中で少女が煩悶し、成長していくという物語に秀作が見られた。

しかし、彼女には、少女小説作家の枠には収まりきらない文筆力があり、少女小説作家以上の評価を与えることができると筆者は考えている。近年、最も網羅的に小寺について調査し、多数の研究論文を発表してきた金子幸代も、同様の評価をしている。金子は、小寺の執筆活動をおよそ三期に分けて、その中期については、作品発表の場が少女雑誌のみならず、一般の文芸雑誌にも広がり、「少女小説作家を超える本格的な作家」として、飛躍した時期だと捉えている。[2] 金子は、明確な年代分けをしていないが、作品や発表媒体、活動状況に基づいて、初期はおおよそ一九〇三年から一九〇八年まで、中期は一九〇九年から一九二六年頃まで、そして後期は一九二七年、徳田秋声の妻はまの一周忌を節目として知人の作家や門下生などが会する二日会に参加し、雑誌『あらくれ』の同人として活躍していく頃から晩年までとしている。

少女小説作家を越えて本格的作家を目指した小寺が、テーマの一つとして選んだのは「死」の問題であった。というのは、この中期において、「死」を題材とした作品がかなり見受けられるからである。作家デビューから約一〇年が経過した一九一六年には、「死」について真正面から捉えた短編小説「逝く者」(『文章世界』一九一六年一一月)を執筆している。他には、子犬の死を扱った随筆「小さき生涯」(『太陽』一九二〇年二月)また、東京に住む従姉の家に寄寓していた際の精神的葛藤を扱った随筆「死の幻影」(『婦人画報』一九二〇年九月)、関東大震災の惨事を受けて人間の生死について思いをきたし、生き抜いていくことへの決意を述べた「新東京を前にして」(『週刊朝日』一九二三年一一月)、暗闇に覆われていた自身の少女時代を振返る「死の魅惑に」(『婦人画報』一九二六年四月)を発表している。本小論では、これまでほとんど扱われることのなかった作品「逝く者」を中心的に取り上げ、その作品の特徴と、彼女が「死」の問題をどのように描いたかについて考察する。その際、同時代の文学的思潮を視野に入れながら、また「死」を扱った随筆から彼女の死生観と境遇を辿りながら、探ってみたい。

二 「逝く者」——弟の死を見つめて

「逝く者」は、一九一六(大正五)年一一月の『文章世界』に掲載された。[3] これを発表した頃、彼女は三七歳、画家の小寺健吉と結婚して二年後のことであった。彼女はこの作品を「私の好きな私の作」(『中央文学』一九二一年二月)において、「頬紅」「愛の影」「朱ローソクの灯影」とともに挙げている。[4] したがって、彼女自身にとって、思い入れのある特別な作品だったたと考えられよう。

「死は今彼の眼前に迫っていた。」との直裁的な一文で始まるこの物語のあらすじはこうである。結核を患い、病院で看護師に手を取られ、最後の時を迎えようとしている弟を、姉である「私」が母とともに、いたたまれない思いで見守っている。「私」の夫も、職場から病院に急いで駆けつけた。しかし、彼女らの願いも空しく弟は息絶える。その後、彼の亡骸は看護師たちの手によって清められ、霊安室に安置されたのち、医師たちによって死体解剖される。その後、ようやく火葬されることとなった。その一部始終を、私は悲しみに暮れながらも、時折、弟の死に対して、冷静な客観的な印象を与える眼差しで、追っていく。実生活においても小寺は、弟を彼が二六歳の時に、結核で亡くしている。その経験を色濃く反映した作品と考えられよう。

この小説における特徴として、まず目を惹くのは、描写における写実性である。自然主義作家としてその地位を確立した徳田秋声に小寺は師事していたことから、文体上の影響を彼から、当然受けていると思われる。秋声から受けた影響について、ここで深入りすることはできないが、それを反映しているかのように、臨終間際の弟の様子は、まるですぐその場にいるかのような筆致で丁寧に描かれている。はじまりの緊迫した状況は次のように説明される。

一人の看護婦は彼の左の手を取つて、一心に時計を瞶《みつ》めてゐる。一人の看護婦は彼の右手に蹲踞《しやがん》で彼の額からと鼻の下からとギリく滲み出す脂肪《あぶら》――人間の生命が今終わらうとするときに、異常な抵抗力で絞り出すその汗と脂肪《あぶら》を、ガーゼを持つて絶えず拭き取つてゐる。（六二頁）

二人の看護師たちの息を呑むような臨終間際の看護が描写された後、さらに弟の苦しむ様子は次のように描かれる。

額に氷嚢をむすびつけて、右の胸にカラシを貼りつけて、氷の枕の上にのせた頭を、悩ましげに、右に向け、左に向け、転々として喘ぎ悶えてゐる彼の顔色が、蒼白いといふよりも、全く泥色――死灰――のやうであつた。荒い呼吸が彼の咽喉《のど》から激しく押し出されてゐる。さうして、彼はただ異常に苦しんでゐる。（六三頁）

死に際の弟の姿に、美化するような表現はなく、苦しみながら左右にのたうち悶える姿、「蒼白い」というよりはむしろ「泥色」のような肌、「死灰」のようだというように、病に蝕まれる現実の苦渋と凄惨さが、強調されている。

こうした臨場感溢れる場面描写の合間に、彼女の死に対する認識が挟み込まれ、読者の内面に訴えかける。彼女はまず死を「不可思議な一大事件」（六三頁）ではあるが、しかし「人生の最も自然であるべき事件」（六三頁）と述べて、不思議でもありながら、それでもすべての人々が必ず迎えなければいけない結末として、自然の摂理であると冷静に受け止める。その上で、死に対して抑えがたい恐怖心、畏怖心を告白する。彼女のその心情は、次のような率直な心の叫びによく描写されている。

『死とは何であらうか、あゝ不思議な死！。不思議な生！。生まれるといふことの既に不思議でなければならないうえに、死といふものゝ、またなんといふ不可思議な事実なのであらう！』（六三頁）

臨終の弟を前にして、さらに彼女の自問は続く。

『あゝ、いや〳〵、人間に死といふ悲しみがあるならば、もう〳〵決して初めから生まれて来ない方が好い。人間が一度産声をあげたら、その瞬間、既に「死」の運命を担つてゐるのではないか。死はいやである。死はいやである。』（六四頁）

このように写実的な描写を積み上げながら、そこに「死」に対する率直な思いも重ねる。描写に写実性が見られる一方、彼女は「死」を美しいものとして浪漫的に捉えてもいる。弟が息絶えた後、「私」は彼が情愛を持って看護師たちに看病された様子などを振り返る。「私」は、「再び蘇生る希望を持たない、血気の青年患者」（七五頁）であった弟にとって、看護師たちは、まるで「天使のような感銘を持つて迎へられたであろう！」（七五頁）と思いを馳せ、それは、「両性の間に触れ合ふ、あたゝかい情合の親しみから、自然に離れがたい懐かしみが、お互の胸に融け合つてゐるからに違ひない」（七五頁）と考える。弟が結核と闘ってきたその月日は、患者と看護師たちにしか築くことができない美しい関係性として、懐かしみをもって想起されている。

さらに小寺は、「死」に対する直接的な美意識を「私」に語らせる。「私」は、毎日労り慰められながら亡くなった弟は、「自分たちが今彼の若い死を悼み悲しむほどに、彼は決して、彼自身の死を、死の瞬間に於いても感じてはゐない」（七三頁）と思う。なぜならば、「死は生を意識してゐる間に於いてのみ恐怖を感じさせる」（七四頁）のであり、「死そのものは、死の瞬間は極めて安楽なものに違ひない」（七四頁）からである。だからこそ、死は美しいと思うと述べる。

弟の死に対して、浪漫的な感情も抱く一方、再び「私」の視点は、その死の現実と悲哀から距離を取り、次には医学に対する疑念、批判へと発展する。例えば、弟の遺体の解剖を待つ「私」は、冷たい扉の奥で行われるその解剖という処置について、「『死』といふものを飽くまでも学術的に研究する医員だちの残酷な手」（八四頁）によって行われると表現している。先述の看護師と患者との関係性とは対照的に、医療への怒りや疑念を次のように吐露している。

彼女は又更に他の一方では三年間一時一刻も怠らずに、医師の命を背かないで守つたあらゆる彼の養生が、何の役に立つたらうかと怪しまれた。三年間の苦い服薬、注射、日光浴、空気療法、営養《ママ》、精神の安静、そんなものゝ凡てを、彼女は今悉く疑はねばならない。さうして、呼吸器病に対する世界の医術の甚だしく遅鈍であることを嘆かねばならない。然かも彼女の苦しい精力から辛ふじて産み出されたその間の多額の経費が、残らずそれ等の無駄な一時的の気安め――医員だちの単なる試み――のために消耗されたことを思ふと、彼女は寧ろ腹立たしかつた。（八五～八六頁）

ここからは、結核に対して、庶民の間で行われる治療法というものに、取り立てて特効薬もなく、さらに世界の医療における結核の治療が、随分と遅れていたという当時の状況、またそれに対して歯がゆい思いでいる庶民の姿が明確にわかり、この時代においての死の病としての結核の位置づけが確認されよう。

以上のような、写実と美化の描写、また近代的な医療に対しても抱く批判意識などの描写によって物語が進められる。「死」への畏怖と弟の「死」に対する悲しみや悔しさを描いてはいるが、しかし最後には、意外にも「死」に覆われた暗さで物語が終わるのではなく、死にゆく者と比較して、今を生きる人間の「生」を肯定し、それを祝福することで物語を締めくくっている。

火葬場へ送られた弟を見送り、彼の肢体を熱い炎が覆っていく様を「私」は想い浮かべながら、母と夫とともに雨の降る暗い道を街に向かって歩いていく。そして電車に乗ったときに、「初めて人間の生きた世界に戻つて来た――といふ安心と、淡いよろこびとを感じた」（一〇〇頁）という彼女は、「活々とした人だち」（一〇〇頁）が大勢電車に乗っている姿を眺める。電車の終点には、若者たちの心を誘う場末の遊廓があった。そこへ集まる人々の群れに思いを馳せ、彼女は次のように述べる。

彼等の誰も「人間の死」の街路が、すぐ眼の下に細く長く永久に横《よこた》はつてゐることに気附かないであらう！ 否、或はそれに気附かうとして、強ひて、生の歓びに酔ふやうに、或は笑ひ、或は語り、或は楽しげに、或は無心に、或は又侘しげに、打興じ、打戯れ、打鬱ぎなどして動きつゝあるのである。彼女は淋しい心でそれ等の人々を眺めながら、一人々々の仕合はせな生を祝福してやりたいと思つた。（二〇〇頁）

暗い結末が多いと評された彼女の少女小説であったが、この作品に関しては、「死」を迎えなければいけない人間の宿命を描きつつも、「生」に対する希望を描き、光を感じさせる印象を残している。

三 「逝く者」の評価——結核を描く文学として

小寺は結核によって亡くなった弟の姿を描いたが、結核による「死」というテーマは、明治から大正にかけての文学作品の中で、多く扱われたものだった。江戸末期から明治維新を経て、日本が近代化、産業化、都市化の道を歩んでいくにつれて、結核患者は増大し続け、昭和三〇年代に至るまで、一千万人以上の人々が結核で命を落とした。(5) 日本だけでなく西洋諸国においても、工業化を成し遂げていく一八世紀後半から、結核が猛威を振るい、例えばロンドンにおいては、人口一〇万人に対して一千人という高い死亡率であったという。(6) また、結核の持つイメージとして、十分な病院施設、治療法などが確立されず、死に至る病という恐ろしい伝染病としての認識があった。さらに、患者たちは世間から同情と差別の眼差しを向けられることも必至であった。

しかし、このような苛酷な病気であったにも関わらず、他方では、ヨーロッパ、日本ともに、結核には独特な甘美なイメージが与えられたともいう。それは美しく若い女性が結核にかかって早逝するという佳人薄命のイメージ、または才能のある前途有望な男性が結核を患ったことで、その天才ぶりを開花させ、命を落とすという、天才神話なるものが広まっていた。またロマンティックな情熱が結核を引き起こすという説まで、公に語られたという。(7)

このような甘美なイメージを、結核に対して人々が抱くことに大きな役割を果たしたのが、文学作品であった。福田眞人『結核の文化史』(一九九五)によれば、近代文学の中で結核〈肺病〉を扱った初期の作品には、古川魁蕾『浅尾よし江の履歴』(一八八二〈明治一五〉年)、成島柳北『熱海文藪』(一八八三〈明治一六〉年)、末廣鐵腸『雪中梅』(一八八六〈明治一九〉年)があり、さらに物語の重要な背景要素として結核〈肺病〉を取り上げたものには、廣津柳浪『残菊』(一八八九〈明治二二〉年)があるという。その後、結核〈肺病〉のロマン化を決定的にしたものは、人気小説であった徳富蘆花の『不如帰』(一九〇〇〈明治三三〉年)であった。(8)

明治三六年から執筆を始め、蘆花とも同時代に生きていた小寺は、当然、この結核のイメージを彼女の読書体験の中で得ていたと考えられる。彼女は東京の従姉の家に寄寓していた頃、朝から晩まで貸本屋から借りてきた諸作家たちの小説、尾崎紅葉、幸田露伴、樋口一葉、廣津柳浪、黒岩涙香、川上眉山、高山樗牛らの作品を耽読していた。(9)「逝く者」は『不如帰』から一七年程経った後、大正五年に発表されたため、その間の医療の発達や社会状況の変化もあると思われるが、日本近代文学の枠組みの中から、小説家を目指した小寺の作品も、この結核の文学作品の流れを汲んでいると言えよう。

それでは、小寺の作品における結核の描かれ方、ロマン化についてはどうであろうか。先に述べた作品の特徴にあるように、この作品においては、淡々と写実的に事態を捉えようとする態度が主である。その中に、甘美な「死」のイメージが垣間見えていると言えよう。弟の人となりや家庭環境について推測させる描写は非常に少なく弟の人物像は捉えにくいが、姉である「私」の経済的状況から考えると、治療費の工面に苦労はしたものの、貧困の極みにあるという状態でもなかった。したがって、結核の定型イメージであった天才的、将来性がある青年の夭折という若者としては描かれておらず、むしろ市井の一人として描かれている。また彼の臨終の姿に至っても、「泥色――死灰――」の肌の色にも表れているように、美しい描写で描いてはいない。そして、最も重要なことは、結核によって引き起こされる「死」が、愛の成就となったり、才能の開花に結び付けられ、一つのクライマックスを提示するというのではなく、「死」はあくまでも恐れるべきもの、人々が避けては通れない運命だとした上で、今を生きている人々のかけがえのない時間と「生」の輝かしさに眼差しを向けている。こうした点から、彼女の作品は、結核のロマン化の傾向があった文学作品の流れを汲みつつも、彼女の特徴の一つでもある写実性を生かしながら、「生」と「死」を見つめるという作品だったと評価できよう。

四　死への関心――「死の幻影」「死の魅惑に」

以上述べたような「逝く者」における作風については、彼女の目指した文体や、秋声をはじめ彼女が好んだという永井荷風、有島武郎など様々な作家の影響があるだろう。それらの影響関係については稿を改めることとし、ここでは、「逝く者」にみられる作品の特徴を導いたと思われる要因を、彼女の死生観や作品を描くに至った状況に求めてみたい。

冒頭でも触れたが、小寺には「死」に対する強い思いを描く随筆がいくつかあり、彼女が自殺を考えたことも幾度となく告白している。「死の幻影」においては、従姉の家に寄寓していた頃の彼女の境遇が詳細に述べられている。[10] 小寺は富山市八人町尋常小学校高等科を卒業後、父の事業が失敗したことで、数え年一七歳の時（一八九五〈明治二八〉年か）、東京に住む従姉の樽井ふさの家に下宿するという道を選んだ。ふさの夫樽井藤吉は、ふさより一八歳年長、東洋社会党に属する活動家であった。ふさは小寺よりも一〇歳前後年上であったと推測される。そこで、従姉の世話になり感謝の気持ちを抱きながらも、その生活は、小寺の学資を使い込んでしまうほどの貧窮であった。さらに、家を留守にすることが多かった夫に対して、極度の寂しさを抱き、満たされない結婚生活に、後悔の思いがつのり、精神不安に陥りがちなふさから、結婚適齢期の娘であった小寺は、嫉妬の対象ともなり、さらに彼女のヒステリーのはけ口ともされていた。文筆で身を立てることを望みながらも、女の幸せは結婚にあると迫る従姉の顔色を窺いながら、小寺は暮らした。その状況下において小寺の精神状態も悪化していき、自身の将来への希望を見出すことができないと痛感した彼女は、自殺を考える。

音無川に沿った「御院殿下」は、「昔から世の落伍者や、厭世詩人が轢死を企てる所」（一二七頁）だと聞き、死ぬならこの場所と小寺は決めていたという。肌寒い冷気を感じる初秋の頃、小寺は「御院殿下」へと向かっていった。そこは崖になっていて、崖下には四本の線路があった。その場を恐怖心とともに眺めながらも、彼女は「死」に対して、酔いしれるような感覚を抱いていたようだ。

自分は今可なり『死』を美化してそれに酔ひすぎてゐるやうにも思はれた。けれど、死なう、といふ心持はやつぱり美しい好い心持に違ひなかつた。もう雫が垂れるほどに露のおりた冷たい草叢の上に長々と足を伸ばしながら、私は長い間憧れてゐた夢の世界にやつと辿り着いたやうな、丸でお伽噺にでも出て来る少女のやうな心持ちになつて、今は怖いといふ観念もなく、激しい蚊の群れを袂で拂ひながら、そこでしばらく冥想に耽つてゐた。(一二八頁)

こうした描写からは、彼女が「死」を幻想的に美化して捉えていただろうという様子がわかる。また、写実的な描写を小説に取り入れてきた彼女であっただけに、彼女自身が、その時代を振り返って、「死」を美化していたことを再認識して、当時の心境をこのように書き綴ったとも考えられる。

もう少し、彼女の「死」に対してのイメージを見てみよう。

「死は此世の一切の苦しみ悩みを超越する。無明の束縛から放たれる。そして、私の魂は初めて自由に絶対無限の永遠に生きるであらう。あゝやつぱり私は死ななければならないのだ。」(一二八〜一二九頁)

ここには、「逝く者」にも描かれていた「死」の認識が表れている。弟を病の苦しみから解放したのと同様に、「死」は彼女の精神を蝕む悩みから彼女を解き放つ超越的な力を持つものとして描かれている。

列車が通り身を投げるまさにそのタイミングを、彼女はやはり「死」を目前にして足がひるんで、見送ってしまった。しかし、自分自身はやはり死ぬためにここに来たと、ひたすら盲目的に「死」を希求する彼女は、ふと自分がどのように「死」を意識するようになったかを考えようと、「又そこの冷たい草の上に蹲踞んで、うつとりと眼を閉ぢながら夢現となく黙想」(一二九頁)した。想い起こせば彼女は自分が一二、三歳の頃から「死」を意識し始め、その理由は、陰鬱な家庭環境にもあったが、生来の自分の悩みがちな暗い性格が原因であったと述べる。そして、彼女はいつしか「『死』の幻影に憧憬れてゐた」(一二九頁)という。

これらに描かれるような彼女の「死」に対するイメージは、ともすれば青少年期に浮かびがちな危うい感情であって、誰にでも起こりうる可能性のある「死」のように思える。どちらかというと、この頃の「死」はまさにロマン化され、美化されていた「死」だったと言えよう。

こうした「死」への幻想的なイメージを打ち破り、「死」から「生」の方へ、気持ちを向かわせたものは何だったのか。「死の魅惑に」では次のように記述している。[11]

なんと考へても此世に生きるに望みなく『死』は自分を一切の苦しみから救つてくれるものだと信じて、毎日〳〵あの御院殿下へ飛び込んで死ぬことばかり空想してゐるのでした。死んだあとで国にゐる母や弟妹がさぞ悲しむだらうと思つたり、やつぱり死んだ方が一番いゝと考へたり、淋しい歌を作つて見たり、哀れ深い日記をやたらにつけたり、そして毎夜〳〵蒲団に顔を埋めて泣いてばかりゐたものでした。

(中略)

あのくらゐに死にたかつた娘が、突如、『生きよう』と勇ましく決心したのは、その後間もなくのことで、たしかに文学に救はれたのでした。それと一つは、田舎にゐた次の弟が病死したので、私が母や幼い弟妹を背負つて立たなければならない、といふ大きな実際問題の暗礁に打突かつたゝめでした。

（一九九頁）

彼女を「死」の道から救ったのは、文学とそして、まさに「逝く者」で再現されたと思われる弟の「死」とその後、自分が母や弟妹を養っていかなければいけないという実際的な生活上の責任であった。ここから判断すると、彼女は、おぼろげに、美しいものとして描いていた「死」の幻影を、現実の弟の凄惨な「死」によって打ち破られ、そこから、否が応でも「生」へと向かわねばならず、生きる渇望を見出さなければならなかった。「逝く者」の最後に送った生きる者たちへの祝福は、弟を失った自分への強い激励でもあっただろう。

五　おわりに

以上述べてきたように、本稿では少女小説家としてのみ評価されてきた傾向のある小寺の作品の中で、本格的な小説家を目指して執筆した、「死」を主題に据えた「逝く者」に焦点を当て、まずはその作品の特徴、「死」の描き方、また結核文学の流れにおいての作品の評価をまとめた。そして、結核による「死」を常套手段としてロマン化することなく、写実的な描写に基づき、「生」の儚さと歓びを強調するという作品の特徴が、小寺自身が抱いていた死生観と関連づけられることを指摘した。

これまでの小寺の評価は、同時代の作家による評価としては女らしい素直さや甘さ、善良さなど性格論にすり替えられていたり、また決して多くはない先行研究においても、生活苦や少女時代の苦難ゆえの暗さばかりが強調されてきたようだ。そこに金子幸代は切り込んで、女性職業作家の先駆者の一人であるという評価を加えた[12]。本小論で扱った「逝く者」を例に取っても、彼女の作品を再評価していく論点は、例えば小寺の文体に与えた作家の影響、「逝く者」で見られた「死」と「生」への眼差し、それが小寺の初期作品から晩年の作品においてどう表れているのか、また同時代の作家と比較してどのような類似点や相違点があるかなど、幾つも見出される。五百点も優に超える彼女の執筆記事や作品と、本格的な小説家を目指した彼女の再評価を、今後も続けていきたい[13]。

［注］

（1）小寺菊子に関する先行研究としては、塩田良平「小寺菊子」『明日香路』一九五七年、一〜三、塩田良平「小寺菊子」『明治女流作家論』（寧楽書房、一九六五年）、田中清一「小寺菊子」『郷土と文学』（伴印刷所、一九六三年）、島尻悦子「評伝小寺（尾島）菊子」『学苑 309』（一九六五年九月）、渡辺陽「小寺菊子執筆目録」『静岡国文学』一九七八年一二月、八尾正治「大正の閨秀　小寺菊子（1）〜（13）」『経済月報』（二二〇〜二三二号、一九七九〜一九八〇年）、杉本邦子「尾島（小寺）菊子解説」『日本児童文学大系6』（ほるぷ出版、一九七八年）、佐藤通雅「尾島菊子（1）〜（3）」『日本児童文学の成立・序説』（大和書房、一九八五年）、小松聡子「尾島菊子の少女小説の文体」『国際児童文学館紀要（12）』（一九九七年三月）、小林裕子「『職業作家』という選択——尾島菊子論」『明治期女性文学論』（翰林書房、二〇〇七年）、山根春菜「尾島菊子の〈少女小説〉『綾子』にみる少女の『家出』」『安田女子大学大学院文学研究科紀要・合冊19』（二〇一三年）、下岡友加「尾島菊子『蚊ばしら』翻刻・紹介——『台湾愛国婦人』掲載小説」『広島大学大学院文学研究科論集（77）』（二〇一七年一二月）、水野真理子「小寺菊子の作品に垣間見る宗教観——『他力信心の女』『念仏の家』より」『群峰4』（二〇一八年三月）など近年その論稿も増えてきた。例外もあるものの、全体的に、少女小説家としての小寺菊子という前提が見られる。金子幸代による論文は、「富山の女性文学の先駆者・小寺（尾島）菊子研究（1）作品執筆年譜を中心に」『富山大学人文学部紀要51』（二〇〇九年）をはじめとして、本稿で後に触れるものの他、「富山の女性文学の先駆者・小寺（尾島）菊子研究（3）メディアとの攻防・『ふるさと』観の変遷」『富山大学人文学部紀要（53）』（二〇一〇年）、「富山の女性文学の先駆者・小寺（尾島）菊子研究（4）徳田秋声・三島霜川・近松秋江と『あらくれ』のこと」『富山大学人文学部紀要（55）』（二〇一一年）、「小寺（尾島）菊子の少女雑誌戦略：家出少女小説『綾子』の『冒険』」『富山文学の会ふるさと文学を語るシンポジウム2』（二〇一一年三月）がある。

（2）金子幸代「富山の女性文学の先駆者・小寺（尾島）菊子研究――作品執筆年譜を中心に」金子幸代編『小寺菊子作品集2』（桂書房、二〇一四年）、五〇八頁。

（3）小寺菊子「逝く者」金子、『小寺菊子作品集2』、六二～一〇〇頁。以下引用箇所は本文中に頁数のみ記す。

（4）「私の好きな私の作」ここでは金子、『小寺菊子作品集2』、一一四頁の再録を使用した。

（5）福田眞人『結核の文化史』（名古屋大学出版会、一九九五年）、二八頁。

（6）同上、二頁。

（7）同上、二～三頁。

（8）同上、一〇〇～一〇一頁。

（9）小寺菊子「死の幻影」金子幸代編『小寺菊子作品集3』（桂書房、二〇一四年）、一二一頁。以下引用箇所は本文中に頁数のみ記す。

（10）小寺、「死の幻影」、一一四～一二九頁。

（11）小寺菊子「死の魅惑に」金子、『小寺菊子作品集3』、一九八～一九九頁。以下引用箇所は本文中に頁数のみ記す。

（12）金子幸代「小寺（尾島）菊子と『女子文壇』・『青鞜』――埋もれた女性職業作家の復権に向けて」金子、『小寺菊子作品集2』、五三四～五四〇頁。

（13）作品数は金子幸代のまとめによる。金子、「富山の女性文学の先駆者」、三四三頁。

小寺菊子の労働観と小説「赤坂」における揺らぎの諸相

久保　陽子

はじめに

小寺（尾島）菊子（一八七九〜一九五六）はしばしば職業作家として紹介され、明治から昭和にかけて活動し、数多くの作品を残している。小説「赤坂」は、一九一〇年一二月に、『中央公論』で組まれた「女流作家小説十篇」の一つとして発表された。[1] これにより菊子は「女流作家」の一人として名前を連ね、また同年一〇月には少女小説『文子乃涙』（金港堂）を刊行するなど、この頃に作家としての地位を確立した。

「赤坂」は、主人公・秋子が役所勤めを辞し、恋人Sさんとの恋愛へと向かっていくという、仕事から結婚へ向かう中間地点の物語である。Sさんとの交流や赤坂への引越しなどを経て、心持や外見が次第に変化していく、その移り変わりを秋子の視点で書いたものである。

菊子作品をその特徴から四区分した小林裕子は、「赤坂」を「社会的秩序や道徳、あるいは習俗との鋭利な対立を避け、これらとの妥協を図りつつ自己の可能性の伸展を図るもの[2]」に分類する。そして結婚する友人に動揺しながらも独身を貫こうとする主人公を書いた「ある夜」との対照をみる。とはいえ、この引用の言辞が示すように、恋愛ひいては結婚へと向かう「赤坂」に、慣習への「妥協」的な態度を読むか、その先の自己の可能性の「伸展」を読むか、そのどちらに重きを置くかによって作品の見え方は異なる。慣習への逸脱と挫折、抵抗と馴化は菊子作品の特徴といえ、例えば菊子の結婚をめぐる作品を論じた西田谷洋が、「結婚制度への無自覚な回収と抵抗、主体的な参画による自立の可能性と限界が示される[3]」と述べていることにもあらわれていよう。

このことは「赤坂」にも当てはまり、それゆえ作品の評価は、一抹の寂寥感とともに温かな結婚へと向かっていく作品とするものと、世間の規範を脱し変化を求める主体性を読み取る論とがある。前者の立場でいえば、杉本邦子は「役所づとめをやめた女主人公のかたい心持が、やさしい恋人の存在と、引越先の赤坂という土地のもつ特殊な雰囲気に包まれて、しだいにやわらかなものに変化してゆく、その経緯を、さらりと描いた佳作[4]」とする。恋人との恋愛の中で心境が変化していく本作は、確かに女性視点でその内面の機微を捉えたものではあるが、男性に愛される女性像へと自らを嵌めていくようにも思える。こうした作品の旧弊さを塩田良平は「凡そ近代といふものから遠い雰囲気にあり、叡智から退いたものであつて思想性に乏しい[5]」と批判している。

後者では、高野純子が「赤坂」が掲載された『中央公論』の「女流作家小説十篇」について論じ、当時の紙面において「家内にあって、夫や子供に尽くす〈女性〉が理想[6]」とされており、女流作家小説の同時代評では「男性の作った影を自己の姿としている〈女性〉、旧い〈女性〉しか描かれていないという批判がなされていた[7]」と述べる。その一例が先の塩田の批評であるが、高野はそれに対し「赤坂」で秋子の原動力になっているのがSさんやそれへの思いではないとし、「秋子を動かしていくのは、そのような評価（叔母の言う潤いのある体※注引用者）をもたらす自己の変化を求める気持ち、あるいは「此上更にく明るい世界に顔を出したい」という思いである」(8)とする。Sさんへの恋情から男性に求められる女性になるのではなく、変化を求める秋子の主体性を積極的に見出そうとしている。

このように、「赤坂」は、結婚へと向かう女性の温かい心持ちを書いた物語でありながらも、その反面、女性の生き方への主体性も看取できる作品として読まれてきた。本論は後者の論をより推し進めるものであるが、仕事を辞し結婚へと向かう女性の生き方の変化を主題としている本作を扱うにあたって、まず考えたいのは、菊子の女性観がいかなるものだったのかということである。もちろん、主人公・秋子と菊子とは別に考える必要があるが、作品の背後にある作家の価値観を押さえておくことで、作品の揺らぎの諸相をより鮮明化できると考える。菊子の労働観ならびに結婚観を中心に、小説が発表された一九一〇年頃に書かれたエッセイからその特徴を明らかにする。その上で、タイトルでもある赤坂という場所との関わりから、秋子の内面のみならず外見の描写について考察し、一筋縄ではない本作において、より詳細なテクスト分析を試みたい。それにより職業作家として身を立てようとする菊子の女性作家としてのふるまいの一端を探っていく試みである。

一　職業作家・菊子の労働と労働観

菊子の生涯に渡る仕事を網羅的に調査し、選集を編んだ金子幸代は、菊子作品について、「生活に苦しむ女性を描くにしても菊子の目には、その豊富な職業経験に基づく確かな社会的視点がある」[9]と述べている。少女小説から出発し、少女や大人の女性を主人公にした多くの作品を残した菊子作品の写実性は、自身の労働経験に裏打ちされたものであるなら、菊子の労働経験とそれによって形成された労働観を押さえておきたい。

まず、菊子が作家として身を立てるまでの略歴を、金子の作成した作品執筆年譜[10]を参照しながら追っていく。富山に生まれた菊子は、数え年一七歳の時、従姉・樽井ふさと共に上京し、ふさ夫妻の家に足掛け四年寄寓する。その間に、東京第一女学校（中退）と英語塾に通っている。一八九九年には、戸主である弟の訃報（父は既に他界）により帰郷しているが、その時に実家の生活の窮乏を見た菊子は、「働かねばならない、勉強しなければならない。豪《えら》くならなければならない。人に頼つてはならない。黙つて、黙つて、自分で倒れるまで働くことだ[11]」と当時の心境を後のエッセイに記している。実際に、ふさ夫婦の離婚を機に家を出た菊子は、母と弟妹を呼び寄せ、家計を支えるために働くことになる。共済生命保険（現明治安田生命）で事務員をしながら教員伝習所に通い、その後千葉の港町にて小学校の代用教員をしている。この頃から尾島菊子の名前で少女小説を執筆し、一九〇三年には、第一作目とされる「破家の露」（『新著文芸』七月）を秋香女史の名前で発表する。また一九〇六年に発表された「漁師の娘」（『少女界』三月）では、代用教員の経験をもとに、貧困であるが才気ある教え子の物語を書いている。

東京に戻ってからは、東京高等工業学校（現東京工業大）のタイピストとして働いた。菊子が仕事勤めをしていた時の様子は後のエッセイ「娘時代」『美しき人生』（一九二五年七月）に詳しく書かれている。[12]このエッセイによると、事務員やタイピストとして働く菊子は数学の能力を重宝され昇給していったという。それでも「数学の頭脳《あたま》などは丸で無用」であり、「一心に志す文芸の世界に浸ることにのみ没頭してゐた」と書くように、文筆業で身を立てることが菊子の人生で最優先事項であった。仕事面において一定の評価を得ながらも、それはあくまで生活の手段であり、「昼の中《うち》黙つて働いて、夜自由に勉強が出来れば、もうその他になんにも欲望がなかつた」というように、文筆で生活を立てる目標へ菊子が一心に向かっていたことがわかる。そして「なんにも欲望がなかった」という中には恋愛も含まれている。異性から自由でいることを自身の「唯一つの強味であり、矜持」と続け、これを放棄したら「自分の芸術的前途は終りであるとまで信じてゐた」と書いている。こうした「極端な辛抱強さと、此数年間の睡眠不足と、過度の心神の疲労」で倒れたというエピソードからは、働きながら帰宅後に原稿に向かう生活の困難がうかがえる。何年もその生活を続けたというから、そこから一家の家計を支える責任感や作家への強い願望、またそれに向かい努力する強固な意志が伝わってくる。

こうした二足の草鞋から解放され職業作家となったことを、菊子は一九〇九年一〇月の『婦人世界』に発表されたエッセイ「楽しき我が家」で次のように書いている。

> 東京へ出てから八年。その間、独力で小さいながらも一家を背負つて立つて来た私の奮闘生活の苦心は、実に筆紙に盡されません。それでも、いろいろ職業を求めて今日まで支えてまゐりましたが、弟も妹ももう大きくなつて、家政を助けてくれますし、私も窮屈な勤めを退《ひ》いて、好きな文学に筆を執つておりますから、漸く安心な身分になりました。(13)

ここから代用教員・事務員・タイピストの職に就き、苦労しながらも独力で一家を背負ってきたという菊子の自負と、そこから解放され、ようやく念願の職業作家になった安堵や達成感が見て取れる。経済的事由によって必然的に働かなければならない境遇にあったとはいえ、こうした労働経験は、「此世は所詮遊んで暮らすところにあらず。女だつてそれ相当に働かねばなりません(14)」という菊子の労働観や人生観を形成していくものであった。菊子は一生懸命に働く理由を自身の習性とするものの、労働は人生の第一義とする作家人生を形成する一部であり、だからこそ並々ならぬ決意で働き、そうした労働経験を肯定的にとらえている。

こうした個人の経験を、より一般化していくのが、職業婦人を取材した記者としての仕事である。菊子は『婦人画報』の記者として、一九〇九年から一九一〇年頃にかけて、職業婦人を取材し、その実情や困難を紹介する記事を誌面に発表している。一九一〇年二月の「職業に依りて生活する婦人の状態」では、「女子に生《うま》れながら一家の主婦としてよりも職業に依つて日常の生活をしてゐる婦人」として女医者、産婆、看護婦を紹介する。そこでは、「人の奥様となつて、足の爪先から頭のてつぺんまで旦那様《たなさま》の血を絞り、狭い家庭内を天地として翼を伸ばして被居《いらつしや》る方達には想像にも及ばぬ程苦労が多い(15)」（傍点原文）と述べ、主婦として家庭に入ることと比べ、職業婦人の苦労が並大抵でないことを説く。またこの文面からは、夫に経済的に依存し、狭い家庭の世界でのみ生きる女性に対してはやや批判的であることもわかる。

また同年一〇月の「婦人の就職難」では、高等女学校令（一八九九年）によって女子が高等教育を受けるようになった結果、「充《つ》まらぬ夫を持つて世帯《しよたい》の苦労ばかりしてゐるよりも、寧ろ職業を求めて自活した方が、結句気楽であるという考へ(16)」から、職に就く女子が増加してきたとし、しかしながら、働くにあたっては経験のない人にはわからない様々な不自由や苦労があるとし、その具体例を列挙する。そこに挙げられている項目は「肉体上の不便」「女子の職業を防ぐる男子」「前で追従して陰で嘲ける」「人の妻は殊に困難」「精神上の不便」であり、生理による身体の不調、異性間における風評、女性に職を奪われた男性の仕事上の妨害、男性の親切の裏での嘲罵、主婦との両立の困難などが具体的に書かれている。こうした現代にも通じる働く女性の数々の不自由や不便といった苦労は、菊子の経験に拠るものであろうし、労働を余儀なくされ苦労してきたからこそ、時代の潮流として働く女性が増えたことに対して、その大変な困難や厳しさについて一家言を持っていたといえる。

このエッセイが発表された翌年の一九一一年には、女性の性や生の自由や権利を求めた青鞜が結成され、菊子はその創立とともに社員となった。青鞜の理念に基づいて女性たちの手からなる雑誌『青鞜』が創刊されるが、その第二巻第一号では文芸協会によって上演された「人形の家」（一九一一年、帝国劇場）の特集が組まれている。その誌面には、家庭の主婦や母親としてではなく、個としての生を求めて家を出た主人公・ノラの自我の目覚めに感銘を受けた論考が並ぶことになった。[17]自らが働き、また職業婦人を取材し記事を書いていた菊子は、いわば家を出た後のノラの困難を既に論じていたということである。〈新しい女〉の議論が活発になる以前に、菊子は自身の労働経験と記者の取材を通して、女性の自立とりわけ労働に関して、空想上の理念ではなく現実に立脚した観点から、これらのエッセイを残していることは注目してよいだろう。

〈新しい女〉の議論が活発になる一九一三年には、「日本の婦人として私達は今日の婦人問題を如何に考ふるか?・」『新日本』（一一月）という特集記事に、菊子もその一人として寄稿している。そこで自身の独身生活は「日本の法律」や「男子の圧迫」への反抗だと誤解されているかも知れないが、「一家の境遇上」のやむを得ないことだったとし「無暗と女の独立を勧めたり、或は極端な女子解放論とやらなどに賛成したりはいたしません」とし、次のように述べている。

只、私自身の単なる意見としては、女は、誰でも結婚するとしないとに拘らず、自分一箇の始末だけは出来るくらゐの覚悟と、それだけの技倆を持つてゐなければなるまい、と始終さう思つてゐるのでございます。[18]（傍点は原文）

このように菊子は青鞜をはじめとした当時の「極端」な女性解放論には慎重な態度を示し、「賛成」しないとした上で、「自分一箇の始末」つまり経済的精神的な自立を唱えている。そのための「技倆」の必要性を説くが、これは職業やそれに相当する技術のことを指す。[19] 革新的な女性解放の議論とは距離を取りつつ、女性の自立を説く菊子のふるまいは、保守的に映っていたようだ。「女流作家十人十論」『處女』（一九一五年八月）という特集記事で嵯峨秋子が菊子の人となりを次のように評している。

菊子さまは決して所謂新しい女性ではないと思はれます。それは俊子さまのやうな活発放縦は見られません。雷鳥さまのやうな大胆でもありません。要するにすべてが消極的だと思ひます。言い換へればつつましくしとやかな女性だと思ひます。即ち真の女性を思はしめるお方です。なんとなく弱々しい處がありますが、それでゐて世間の女性のやうに弱いだけではなく何處かに強い處がほの見えます。それでゐて対世間、乃至対個人と言ふ場合には何時も円滑に無難にすますお方です。[20]

こうした人物評は、この後に続く「何故もつと突込んでお書きにならないだらうかと言ふ所があると同時に、一つとして読みづらいものはありません」という作品評にも繋がっていく。このように同時代を生きた女性作家から見た実際の姿としても、菊子は〈新しい女〉ではなく、控えめでしかしその中に芯の強さがほの見える穏やかな人物として映っていたということがわかる。先の菊子のエッセイの引用では、「単なる意見」という控えめな言い方に反して、その意見を傍点で強調するが、こうした穏当さを保ちながらも強い意志で自らの主張をするふるまいは、後述する「赤坂」でもみられるものである。

菊子は一九一四年、三五歳の時に画家の小寺健吉と結婚する。当時としては晩婚であり、夫が年下であったことと併せてマスコミに取り上げられることになる。遅かったとはいえ結婚という選択をし、しかしながら、それ以後も作家業に専念した。菊子は結婚に否定的だったというわけではなく、職業あるいはそれに相当する技倆を持つこと、つまり自立的であることが、女性の自由や解放へと向かうと考えていた。労働の厳しさを経験し理解していたからこそ、「無暗」に女の独立を説く単純さを批判したのである。(21)

二 「赤坂」における秋子の変化と反転する価値観

では次に「赤坂」をみていく。主人公・秋子は職業婦人であった過去を「忌はし」いと否定していくように、一見すると、今までみてきた菊子の労働観を反転させているようにみえる。しかし、労働から結婚への移行にあって、そこに描出されるのは一筋縄ではない秋子の心境、行動である。物語の出来事を時系列で追うと、秋子が役所勤めを辞すところから始まり、Sさんと目黒の散歩に出かけ、Sさんと別れた後その足で赤坂にある家の内見をして引っ越しを決める。赤坂の地で、芸者たちと触れ合う中で、銀杏返しに髪を結ってみたり、三味線を習いたいと思うようになったり、内面と外見が変化していく。最後は三味線の師匠の家へと飛び込むところで物語は終わる。

冒頭で秋子は、気忙しそうに時計を見ている役所の同僚である富田に惜しまれながら勤めを退く。そして忙しい勤め人に交ざって「とぼ〳〵」と袴を蹴って歩く富田の後ろ姿を見た秋子は「温かい血の通ふのを感じ」ている。秋子が富田や女役人だった今までの自分をまなざす視線は、時間に管理されながら忙しく働き、同じことを「毎日々々繰返して得意がつてゐる」ことに同情的で侮蔑的である。秋子が語る女役人の日課は、朝袴を着けて役所の門をくぐり、午砲がなると弁当をひらき、その昼休みに自分とは違う「平凡な女」を見下し批判する「快談」に興じ、お金を数えあげた後に黒い事務服を脱ぎ帰路に着くというものだ。時間に管理され気忙しく働いていた過去は、後に「何等の潤ひもない冷やかな生活」と振り返ることになる。

こうして仕事を辞した後の秋子は、Sさんの「温かい情緒」や「長閑な」小唄や「緩《ゆつく》りとした態度」に触れながら、温かでゆったりとした心持ちに変化していく。Sさんを思い「楽しい活々とした明るいことばかり考えてゐる」秋子は、周囲の人から「大変に圭角《かど》が取れた」と「さも満足したやうに」言われるように、その生活の変化は見た目にも明らかなほど、秋子の人生を充実させている。このように時間に管理されて気忙しく働く冷ややかな女役人としての生活と、温かく情緒あるゆったりとしたSさんの恋人としての生活は、本作では、冷ややか／温かい、忙しい／長閑として対照的に書き分けられる。

しかしながら、こうした新生活は、かつては否定すべきものであり、女役人だった頃の「快談」では次のようなことが語られている。

それから例の、女が流行を追つたり、化粧をしたり、はにかんだりするのは卑しい下心があるからだと云ふこと、男に食べさせて貰つて、其代りに如何《どんな》無謀な事にでも屈従して全く自己を没却してゐること、島田や銀杏返しに結つてゐる女の無教育なこと、針仕事だの音曲など計りを女の道と心得て、それ以上は時間を有効に利用することを知らぬ時代後れの女の多いこと、時計の必要を感ぜぬ女の憐れむべきこと、などを三十分の休み時間の「快談」としてゐる。

秋子は「得々として往来に平凡な女を嘲笑《あざけ》つた上級の女役人の当時のことは、最う思ひ出したくない」とこれらの過去を否定し、その上で、「平凡な女」の典型として挙げた、銀杏返し、音曲つまり三味線を習うことを、自らの生活に取り入れるようになっていく。この極端なまでの価値観の変化をもたらしたものがSさんなのか、自身の変化を望む心なのかはひとまず置いておくとして、この女役人の過去について語る秋子の語りに注目したい。小林裕子は女役人の過去を否定する語りに菊子の「「新しい女」への反感が示されている(22)」とするが、むしろ、「赤坂」と対照される「ある夜」で独身を貫く主人公が自分の生き方を裏返すように友人に結婚を勧めている点について「この矛盾に満ちた言動、言葉と認識との落差の大きさ、その皮肉と自嘲の痛み、それらの屈折した表現を通して、菊子は目覚めた女の動揺と、女性に対する抑圧の強大さを、裏側から照射している(23)」と述べていることが、そのままこの箇所にも当てはまるように思われる。これから「平凡な女」へと変化していく秋子にとって、かつてそうした女を侮蔑していたことを、これほどまで具体的に辛辣に語りなおすのは不自然ともいえ、さらにその女役人の過去を否定していく、二重の否定に秋子の抱える矛盾や屈折があらわれている。一枚岩ではない女性たちの姿が描出され、またそれは秋子という一人の人物の内にも生じる葛藤でもある。

　また後の箇所で、女役人だった当時を「表面《うはべ》には清らかな理想を唱へ」ていたと語るように、「表面《うはべ》」という断りはあるものの、女役人だった過去を「清らかな理想」と語ってもいる。女役人の「十年の月日」は、完全には否定し切れるものではなく、価値観を反転させていく極端さの一方で、そこには割り切れない矛盾や屈折もうかがえる。

　このように秋子はSさんがもたらしてくれる温かさや長閑さに一心に向かっているように見えて、その語りは単純ではない。Sさんと散歩し「満足と安心」を覚えた秋子は、「温かい今の心持」を大切に留めて置こうと、余韻を味わうため電車には乗らずに歩いて帰る。この場面ではSさんのぬくもりが心を占め、秋子の心は充足しているように思われる。しかし、その道中で貸家の貼札を見つけ、そのまま家を内見し転居を「うか〳〵と即座に取極めて了つた」（傍点原文）のである。Sさんとの散歩の後で「何となく調子づいて」いたのならば、なおさら秋子はSさんとの将来を思い描いているはずである。仕事を辞したのは「男に食べさせて貰」う「平凡な女」になるためではなかったろうか。冒頭で批判した「平凡な女」に変化していく物語の流れからすれば、そう読めても然るべきだろう。ところが秋子は家族とともに引越しをしている。秋子は母と弟妹と暮らしており、「家の柱に立つてゐる主人」と後の箇所で語られている。秋子は仕事を辞してもなお、一家の支柱であり、いわゆる結婚を機に家庭に入るという発想を持ちえていない。「此度の家は好いですね」と新居を褒めるSさんも、秋子とその家族を独立したものとして見ており、一家の新生活に干渉しない。

三 「赤坂」がもたらした変化――銀杏返し

この赤坂への引越しは秋子にさらに大きな変化をもたらす。それは「周囲の空気が今迄と恐ろしい違ひ」である赤坂という特有の地によるものでもある。湯屋にいる女が「悉く芸者」という光景を「珍らしかつた」と語るように、赤坂は明治にあっては芸者街であった。実際に菊子は赤坂に住んでおり、[24] この独特な雰囲気を持つ赤坂から本作の題材を得たと推察される。

秋子は湯屋で芸者たちが「一心不乱に美しく〳〵と扮《つく》り上げる」光景を見て、体を洗うのを忘れるほど「茫然《ぼんやり》」とし、その見慣れぬ光景に衝撃を受ける。しかし、その後には「何か変つた扮装《つくり》」をしてSさんを驚かせたいとし、髪結いに行き銀杏返しに結っているように、美しい外見へと磨きをかける芸者の姿をみたことで、秋子もまた変化していく。

この銀杏返しという髪型は平出鏗二郎『東京風俗志 中の巻』（冨山房、一九〇一年）の「女髷」の項によれば、「少女より年増に至るまで、通じて結はるゝが上に、簡易にして手づからにも結はるれば、最も行はれ、奥様といはるべきも、また平常はこれに結ふが多かり」[25] とあり、年代問わず多くの女性がしていた一般的な髪型であることがわかる。ところが秋子は、銀杏返しを「下女か、さもなくば賤しい業をする女の結ふものだと思つて、今迄心から軽蔑してゐた」という。そして「素人」や自分ほど年輩の奥さんが結っていると、「趣味の低さや教育の有無を想像した位、下等な髪と心得てゐた」と続ける。この「下等」はかつての「上級の女役人」と対比されるものである。

また先の「快談」の中で銀杏返しとともに批判されている島田は、「普通には、妙齢に至れば島田、嫁ぎて後は丸髷に結ふを習ひとす[26]」とあるように、結婚前の女性のごく一般的な髪型であることがわかる。結婚へと繋がっていく島田や、多くの「奥様」がしている銀杏返しをこれほどまで批判するのは、それが家庭の主婦として「男に食べさせて貰つて、其代りに如何《どんな》無謀な事にでも屈従して全く自己を没却してゐる」女性を連想するからである。

このように秋子の価値観は、「上級」という意識から世間一般の多くの女性を見下し痛烈に批判するものである。もちろんこれは当時の回想として語られるものの、この場面の語りにあっても「平凡な女」批判を止めていない。その銀杏返しに秋子は結うのだが、その姿を見た顔なじみの芸者の福子は、「えゝ。能く似合つてよ。束髪よりか如何《どんな》に好いか知れない」と言葉をかけているように、それ以前の秋子は束髪だったことがわかる。束髪は洋装とともに普及した髪型で「優美を欠く所多ければ、次第に衰へて、女学生の如き一部のものに止まるのみにな」り、再び流行したものの「女髪結を要せずして手づから結ふべく、髷の飾りといふものも少ければ、呼んで倹約髷などゝ嘲るもあり[27]」という。つまり優雅さに欠け、高等教育を受ける女学生がする質素で合理的な髪型であることがわかる。女役人として一家を支え倹約する堅実さのあらわれであり、だからこそ、島田や銀杏返しに結う女性たちへの反発がことさら強かったのだと考えられる。

ただそれを「今日は何となくのんびりした気持」（傍点原文）で、銀杏返しに結っており、傍点でことさら強調されているように、特段深い考えもないままに、また赤坂の雰囲気に流されるように結っている。これはかつて自分が批判していた「自己を没却」することに他ならない。そして本作で時間に縛られた女役人の「冷やかな生活」と対比されるSさんへと向かう生活は、長閑、のんびり、暢気、気楽、悠然といった言葉が用いられている。これらはSさんや赤坂の土地やそこにいる芸者がもつ「情緒」として捉えられる一方で、冷ややかな頭でないこと、のぼせていること、明晰な思考を持ちえていないことでもある。

四　「赤坂」がもたらした変化――三味線

さらに秋子は「此年になつて何だか変な事は変」と感じながらも、三味線を習いたいと思うようになる。それは隣に住む質屋の大家夫婦が奏でる三味線と唄が漏れ聞こえ、湯屋で顔なじみになった芸者の福子と三味線の稽古について話し、その福子が通う常磐津の師匠の家が近所にあるといった赤坂という環境によるところも大きい。引越し当初、隣から音が聞こえてきた際には、「「気楽な質やだこと。」と思った」とさして気にも留めていない。むしろ、銀杏返し以上に三味線を弾く女性を「軽蔑《みくび》つて、三味線！と云へば直ぐ堕落を連想した位、酷く見下げてゐた」という。しかし、銀杏返し姿の秋子が、いつもの湯屋では誰と間違われたのか三助に芸者の席に通され、鏡に映る自分の姿に「笑《えみ》を抑えきれなかつた」ほど満足し、また福子にも似合っていると褒められ、すっかり気を良くしたことで、今度は三味線へと興味を向けていく。

福子から三味線を習うことを勧められ、一旦はそれを断りながらもその時、「潤ひ」という叔母の言葉を思い出しているように、三味線を習い唄や所作を身に付けることとは、叔母から足りないと言われた女としての「潤ひ」を補うものである。その意味では女性らしさを獲得しようとすることであり、Sさんあるいは世間から求められる女性像へと近づくものである。また、秋子はSさんに唄を習うことを勧めており、それは三味線と唄を奏でる質屋夫婦を想起させ、二人が夫婦になっていくことを連想させる。

しかしながら秋子にとって三味線を弾くことは「卑し」むことであるという認識であり、それを習うことに二の足を踏むのは、中学に行く弟や女学校に行く妹が驚くことや、一家を支える「主人としての権威を損なう」こと、「第一世間の聞えが煩《うる》さい」ことが挙げられている。つまり、世間一般の価値観からして三味線を習うことは、聞こえが悪いことであり、秋子は決して社会が要請する模範的な女性になろうとしているわけではない。三味線を弾く女に「堕落」を連想したというが、「堕落」とは社会規範からの逸脱に他ならない。

　また秋子が銀杏返しに結った際には、それを見たSさんを想像し、「さも自分の趣味に適つたやうに莞爾《にこく》として見上げた彼美しい晴々した顔が、如何《どんな》に私の感情を柔げるか知れない」と述べているように、Sさんの趣味に適うことは秋子の一つの喜びである。しかしながら、Sさんに三味線を習いたいことを告げた時に、「真実?偽でせう。それとも習ふ勇気がありますか、あるならおやりなさい」と反対こそしていないものの、驚きを持って受け止めている。

　このように「堕落」を連想する三味線習いは、特段Sさんの趣味に合うともいえない。ただSさんが乗り気でないもののそれを認めているのは、Sさんは絵描きで「世間とは没交渉の、悠然《ゆつたり》とした調子の者」であるからだろう。三味線を習うことは「堕落」とされながらも、しかしながらSさんに許容されることで、一般的な価値観から外れてはいるものの、一人の男性の愛の範疇に留まるのである。

　とはいえ秋子が歌いたいのは、「骨身に泌み渡るやうな哀つぽい謡」で「悲しい唄でも謡つて、しんみりした心持になりたい」（傍点原文）という。質屋夫婦のように二人で奏でることになるだろう音は、決して明るいものではない。「哀れ」で「しんみり」とした心情を抱えたまま、Sさんへと向かっている。

また秋子は「此上更にく明るい世界に顔を出したいと焦つてゐる」というように、Sさんとの新生活は明るさへと向かうものであるはずが、季節は秋から冬先にかけて移行していく。「霜月の冷たい風が裾にヒヤくする夕方」に、芸者の待合が並ぶ通りを横目に見ながら常磐津の師匠の家の戸をくぐるところで物語は終わるが、最後には「顔が赫《くわつ》として俄に身裡が熱くなつた」というが一文が置かれている。躊躇しながらも意を決して戸をくぐる秋子には、〈冷たさ〉でも、〈温かさ〉でもなく、〈熱さ〉という情熱のほとばしりがある。ここに世間体を省みず自分の意思のままに飛び込んでいく主人公の姿がある。それは「此頃此様事にばかり頭脳《あたま》を悩ましてゐる」ほど、悩んだ末の選択であり、世間と自己との葛藤の末、自らが選んだ道である。「平凡な女」批判の上に成り立っていた女役人としての冷徹な生き方でもなく、ましてや自己を没却した従属的な女性でもない。Sさんと愛情を育みながらも、自分の生き方に変化と明るさを求めて悩み邁進する姿がそこにある。

おわりに

以上、前半部では「赤坂」が発表された一九一〇年頃のエッセイから菊子の労働観の特徴をみた。事務員、代用教員、タイピスト、記者という職業経験を通じて、女性の労働の困難を痛感・熟知していたからこそ、女性解放や自由を主張することには慎重な姿勢を示していたことが確認できた。自他ともに〈新しい女〉という自覚、認識はなかったようだが、その一方で、職業経験を通じて労働の重要性と厳しさを理解し、女性の労働やそれに相当する「技倆」を持つことが精神的・経済的に自立へと繋がり、ひいては生の充足へと通じるものとして肯定されていた。

小説「赤坂」を取り上げた後半部では、主人公秋子が役所を辞して結婚へと向かう大筋において、しかしながら、そこに収まらないテクストの諸相をみてきた。芸者街であった赤坂という地への引越しによって、秋子の内面と外見に生じた変化を、銀杏返しや三味線習いといった風俗に着目し考察した。秋子の語りからは女役人であった過去を否定し切れず、一家の主人として自立し、また世間という規範に抗い自分の欲望を成就していく〈熱さ〉があることを指摘した。

エッセイで表出された労働や女性の生き方に関する価値観と本作で描出される女性主人公のそれとは一見すると大きく隔たりがある。主人公が潤いのある女性に変貌していく本作は、一般誌に「女流」作品を執筆するにあたり、男性中心社会ならびに文壇にあって、ある種それに見合う作品を書いたとも推察され、また菊子の持つ慎重さや穏当さのあらわれともいえよう。しかしテクストの細部を見てみれば、主人公は、異性との恋を育みながらも決して従属せず、世間の求める価値観とは異なる自らの願う明るい生活へと、悩みながらも邁進していくものであった。それを可能にしたのは、女役人として十年間に渡る苦労や困難の経験を経た、自立的な生き方のできる「技倆」を持つ女性だったからである。

［付記］

・本文の引用はすべて『中央公論』（一九一〇年一二月）に拠った。
・旧字体は新字体に改めた。
・引用文の漢字のルビは適宜省略した。

・本稿は、富山文学の会六月例会（二〇二二年六月一八日）での口頭発表に基づいて書いた論文「小寺菊子の労働観と小説「赤坂」における揺らぎの諸相」『群峰八』（二〇二三年四月）を一部修正したものである。

［注］

（1）「女流作家小説十篇」の掲載作品は、水野仙子「娘」、小金井喜美子「借家」、森しげ女「おそろひ」、国木田治子「鶉」、長谷川時雨「冬のくるころ」、岡田八千代「絵の具箱」、尾島菊子「赤坂」、永代美知代「一銭銅貨」、野上弥生子「人形」、小栗籌子「多事」である。
（2）小林裕子「「職業作家」という選択—尾島菊子論」『明治女性文学論』（翰林書房、二〇〇七年）。
（3）西田谷洋「小寺菊子の小説にみる結婚と少女の自立」『始更』（二〇二〇年十月）。
（4）杉本邦子「尾島（小寺）菊子解説」『日本児童文学大系　第六巻』（ぽるぷ出版、一九七八年）。
（5）塩田良平「解題」『明治女流文学集（二）』（筑摩書房、一九六五年）。
（6）高野純子「「中央公論」と〈女性〉——明治四十三年「女流作家小説十篇」を読む」「文藝と批評」（一九九四年十月）
（7）注（6）に同じ。
（8）注（6）に同じ。高野は「自己の生き方や納得のできる価値観の形成に関する彼女たちの試みが、屈折した形で収斂してしまうことの限界性は否めない」としながらも、当時の時代相を考慮すれば評価できるとしている。
（9）金子幸代「小寺（尾島）菊子の少女雑誌戦略——家出少女小説『綾子』の「冒険」」『小寺菊子作品集1　少女小説・小説』（桂書房、二〇一四年）。
（10）金子幸代「富山の女性文学の先駆者・小寺（尾島）菊子研究1——作品執筆年譜を中心に」『富山大学人文学部紀要』（二〇〇九年八月）、金子幸代「富山の女性文学の先駆者・小寺（尾島）菊子研究2——人と作品」『富山大学人文学部紀要』（二〇一〇年二月）、『小寺菊子作品集3随筆・評論』（桂書房、二〇一四年）の略年譜を参照した。
（11）小寺菊子「（四）前後三たびの帰省」『女性日本人』（一九二三年八月）→『小寺（尾島）菊子選集　第二巻（大正期Ⅰ）』

（富山大学人文学部比較文学・比較文化研究室、二〇一〇年）引用はこれに拠る。

（12）小寺菊子「娘時代」『美しき人生』（一九二五年七月）→『小寺菊子作品集3　随筆・評論』（桂書房、二〇一四年）引用はこれに拠る。

（13）尾島菊子「楽しき我が家」『婦人世界』（一九〇九年十月）→『小寺（尾島）菊子選集　第一巻（明治期）』（富山大学人文学部比較文学・比較文化研究室、二〇一〇年）引用はこれに拠る。

（14）尾島菊子「困難と戦ひし十年間」『少女界』（一九一一年五月）。引用は注（12）に同じ。

（15）尾島菊子「職業に依りて生活する婦人の状態」（一九一〇年二月）。引用は注（13）に同じ。

（16）尾島菊子「婦人の就職難」『婦人画報』（一九〇九年十月）。引用は注（13）に同じ。

（17）菊子は後に「人形の家」について次のように書いている。「当時イブセンの『人形の家』と共に、『故郷』は私たちの若い心を極度に刺戟し、あらゆる感激と興奮に酔はせたものであつた。いづれも束縛された女の過去の生活から解放を叫び、新旧思想の衝突を取扱つたものであるから、さういふ新しい劇を見るといふことだけでも既に若人の胸が踊つてゐるのに、須磨子の熱狂的な度強いほどの演技が珍らしくて、全く私たち文学の花園にあこがれる青年子女をすつかり現実からはなれた世界に誘ひ込んでしまつたのである。『人形の家』のノラも、『故郷』のマクダも、自分といふものに目覚めて家出を決行した女たちであつた。」小寺菊子「『故郷』を見る」『花犬小鳥』（一九四二年一月）。引用は注（12）に同じ。

（18）尾島菊子「日本の婦人として私達は今日の婦人問題を如何に考ふるか？」『新日本』（一九一三年一一月）。

（19）後に書かれたエッセイでは「職業につくつかぬは別問題として、あたゝかい幸福な家庭のヒロインとして立派に立つてゆく上にも、経済的に独立し得るだけの能力を持つてゐることは非常な強みでもあり、又一般女子の地位を向上させる唯一の手段であらうと思はれる」と述べている。「技倆」とは「経済的に独立し得るだけの能力」であり、それを「非常な強味」であり「一般女子の地位を向上させる唯一の手段」とより明確に書いている。小寺菊子「同性の眼に映じた女学生（一）翼を伸ばし行く女学生へ」『女性日本人』（一九二三年四月）→「女学生たちへ」『美しき人生』（一九二五年七月)。引用は注(12)に同じ。

(20)嵯峨秋子「尾島菊子さま」『處女』(一九一五年八月)。

(21)「文芸に現はれたる好きな女と嫌ひな女」『読売新聞』(一九一二年五月一五日)の記事で菊子は、「「天の網島」のおさん酒屋のおそのなど凡て純日本式の最も女らしい女が大好き」とし、「嫌いなのはイプセンの「ノラ」のやうな女」と書いている。このことは注(17)の引用にあるように「人形の家」を見た時の興奮とは相反するように思われる。しかしこの演劇が「全く私たち文学の花園にあこがれる青年子女をすっかり現実からはなれた世界に誘い込んでしまった」と述べているように、菊子にとってノラとは、文学の世界の理想であり、現実離れとして捉えており、それに対する反感であったともいえるだろう。

(22)注(2)に同じ。

(23)注(2)に同じ。

(24)「尾島菊子女史はこの間、赤坂区新坂町七十二から同区表町三の三十二へひつ越した」という記事がある。「新しい女(その十二)尾島菊子女史」『読売新聞』(一九一二年五月二九日)→『新らしき女』(聚精堂、一九一三年)。

(25)平出鏗二郎『東京風俗志』(冨山房、一九〇一年)中の巻「女髷」の項→『東京風俗志』(原書房、一九六八年)引用はこれに拠る。一一四～一一五頁。

(26)注25に同じ。一一一頁。

(27)注25に同じ。一一六～一一七頁。

小寺菊子の小学校教師時代

山本　正敏

一　はじめに

明治・大正・昭和と三時代にわたって著作活動を継続した小寺（尾島）菊子は、十六冊の単行本のほか、様々な種類の新聞や雑誌類に七三〇編以上の作品を発表掲載している。このような旺盛な執筆活動を継続した女性作家は日本の近代文学の中でも稀有な存在と言わざるを得ない。

特に明治時代晩期から大正時代初期にかけては、執筆収入で母、弟妹を扶養して一家の大黒柱として活躍したことは特筆してよい。大正三年に画家の小寺健吉と結婚して、夫の収入が安定するまで、おそらく十年ほどにわたって、まさに筆一本で家族を養ってきたのである。結婚してからも生活費は夫と折半するという、自立した女を貫き通した。

女性の社会進出の萌芽期に、知的分野とも言うべき作家活動に取り組んで成功するには、たとえ菊子が持って生まれた文筆才能に秀でていたとしても、様々な困難に直面したであろうことは想像に難くない。それでも、ひたすらに机に向かって格闘している姿を想像することができる。若くして一家を背負うという重い境遇に経済破綻せず、地道に、粘り強く立ち向かう姿勢は、それまでの菊子の様々なつらい経験が生かされており、もしかしたら、越中（富山）人特有の資質や風土にも裏打ちされているのかもしれない。

二　小寺菊子研究について

膨大な作品群を残した菊子であるが、没後七十年近く経つのにもかかわらず、その研究やまとまった評伝等の成果はあまり多くない。その中でも、近年の金子幸代氏が取り組んだ、菊子の職業作家としての活動面を評価する研究や、作家活動の中にみられる反骨精神といった精神性に光を当てる研究などが注目されるが、ようやく本格的な菊子研究が始まったともみられる。

小寺菊子の研究がなかなか進展しない要因としてはいくつか考えられる。

ひとつは小寺菊子が近代文学史上に残した業績を考えると、長く職業作家として執筆活動を続けながら、菊子を特徴づける、代表的な作品といったものを残してこなかった、別の見方をすれば、文壇や一般読者から高い評価を受けるような作品を残してこなかったことが近代文学史の膨大な砂の中に埋もれさせてしまったのかもしれない。

また菊子自身は詳細で正確な自筆年譜や自伝をほとんど公表していない。研究の基礎となる年譜作成についても、岡本悦子氏が苦労して取り組んだように、随筆や自伝的小説の中で語られることの中から、事実に基づく情報を拾い集め、つなぎ合わせていくという、手の込んだ時間のかかる作業をする必要があるためでもある。

「生活と戦ひつつ」によれば、菊子は日記を毎日書くことが楽しみであったようだ。結婚後も継続していたかどうか、現時点では不明であるが、もしこの一級資料が残っていたら、少なくとも上京後、作家として身を立てていく過程を復元するには、非常に重要な資料となることは間違いない。しかしながら、東京の自宅と疎開先の甲府と、二度にわたる戦災遭遇で身の回り品のほとんどを焼失していて、日記も遺存していない可能性が非常に高い。

結局、菊子の年譜を作成するには、前述したように、残された膨大な作品群のなかから、必要な情報を抽出して確認していく、という地道な作業を粘り強く進めるしかないのである。

小寺菊子の詳細な年譜を作成しようとすると、特に生地富山から上京後、文壇にデビューする前後まで、この間のことがあまりはっきりしない。随筆などで、何歳の時にあるいは何年前に何々した、という記述はあっても、それがいったい明治何年であったのか、絶対的尺度である年月日を明確に書くことはほとんどなかった。これには菊子自身が生年を明らかにしてこなかった経緯がある。菊子の容姿が年齢より若く見られた、あるいは年齢を秘密にすることが、自身や版元の販売戦略の一環であったのかもしれない。

三　小寺（尾島）菊子の小学校教師時代

今回、文壇デビュー前後のなかから、菊子の小学校教師時代について、残された作品などから読み解いていきたいと思う。

そこで最初に、菊子の初期自伝的作品として、「高等工業学校」（東京工業大学の前身）勤務時代に体験した理不尽な仕打ちや男性からの好奇の眼に晒されたことなどに基づいて執筆した『文子の涙』（金港堂、明治四十三年）からこの時期に関する記述をいくつか抜粋して、検討してみる。もちろん創作中の記述内容がすべて事実に由来するかどうかは、様々な視点から慎重に検討されなくてはならないのは自明の理である。なお引用に当たっては旧字表現をそのままとし、ルビは省略した。カッコ内は筆者の追記である。

①十一と十二になる弟妹を一時他へ預けて、文子（菊子）は母親と二人細々と暮らしてきた。今の學校（蔵前の高等工業学校）に勤める前に千葉で二年計り女教師をしてゐた事もある。（三十九頁）

②「文子さん、まあ些と休み玉へな、今月の少女雑誌に出た小説は中中巧く出來てましたな、前の床やでも讃めとつた。」と坂本が云ふ。（四十八頁）

③妹や弟の前途を開いてやる責任もある。大石（離婚した婿養子）と離別れて四年、今の學校に勤めてゐるが、（五十二頁）

④（職場同僚の噂話）「あれで廿六だと云ふから驚くぢやないか」（七十一頁）

⑤（過去の述懐）と思ふと、不圖五年前に千葉で小學校へ勤めてゐたことを思ひ出した。（八十九頁）

⑥愛宕の森に秋風の音淋しく、こほろぎの音も細うかれて行く。學校を退いてからの文子は一週間二週間と經つに従つて過ぎ去し四年間の勤務を顧みると、其餘りに無意味なのに呆れた。（二百三十五頁）

この小説『文子の涙』が刊行されたのが明治四十三年四月である。また文中⑥にあるように秋に学校を退職させられて、その記憶が生々しい内に執筆にかかり、翌年春に書き下ろして単行本化されたとすれば、自然な流れである。そうすると、退職が明治四十二年秋、もし四年間の勤務となれば、高等工業学校の勤務時期が明治三十九〜四十二年秋と仮定しておくことが可能である。この期間中、菊子はすでに少女小説の作者として、金港堂の「少女界」に一五編の作品を発表している。昼はタイピストとして働き、夜や休日は少女小説を執筆するという、大車輪の活躍であった。

次に尾島菊子が二十代のころ、一時期（二年間）千葉県銚子市近辺の小学校で教鞭を執っていたことは、菊子の諸作品からこれまでにも何人もの研究者が触れている。前述『文子の涙』①⑤にも書いているが、その他の作品からも確認しておきたい。

それから私はつくづく考えてみました。何してそんなに人が驚くやうな大きな聲になつたろう？と思つて見ると、成程分りました。私は十年の間に二年ばかり小學校の先生をいたしましたもの。ホヽヽヽ。

小學校の先生をすると、何うも自然に聲が高くなるようですね。

其時分から私は此少女界にぼつぼつ小説を書きました。

（「困難と戰ひし十年間」）

喋ることよりも書くことを好んで、毎日毎日殆ど朝から晩方まで日記ばかりをつけてゐたから、恐らくはそれが小説を書く源泉とも、誘引ともなつたらしく思はれる。

その後母と、妹と、弟とを呼び寄せて、一緒に暮らすことにした。そして、千葉縣のある小學校に奉職して尋常三年と四年との作文を受け持つた。生徒がなづいて來るので、私は子供が非常に可愛いものに思はれて來た。（「生活と戰ひつつ」）

過去を回想する随筆では、いずれも二年間にわたり、千葉県内の小学校に勤務していたことを記述しているのでこれは確実であろう。このことは、後年、やや大人向けに書かれた作品「漁師の娘」でも次のように書かれている。

數年前偶としたことから或漁村の小學校に教鞭を執つたことがある。尋常三年生を受け持って、五六人の劣等生の中に、長井とめ、と云ふのが特に出來なかった。其頃慥か十二三だつたらうと思ふ。（「漁師の娘」「ムラサキ第六巻第七號」）

菊子の最初期作品に同題の少女小説「漁師の娘」「少女界第五巻第三號」（明治三十九年三月）があるようだが、これは未入手で目をとおしていない。「ムラサキ」で取り上げたような、教師時代のことを題材としたと考えられる。もしかしたら、教師時代にリアルタイムで描いた作品かもしれない。なお確認できた中では次の少女小説が教師時代のことについて最も手掛かりを与えてくれる。

銚子の濱といへば、夏中休暇に避暑がてら、お出掛けになつたお方は既に御承知でせうし、又地圖を御覽になったお方は、署其見當がつくで御座いませう。利根川の流れに沿うて、東海の天に怒濤音悽く響き、魏然として崖の端に高く聳え立つて居るのは、これぞ數多の航海者が生命と信頼む、犬吠岬の燈明臺で御座います。

私は先年ゆくりなくも、都の俗塵を離れ、此のわびしげな漁村の濱風に誘われて、二年計り無邪氣なる、至つて質朴なる兒童を對手に、此地の小學校に教鞭を執つて居りました。で、其學校は千葉縣下でも唯一の盛んな女學校で御座いまして、女生徒の數は何時も八百人餘りも居るのです。丁度愛宕山といふ松山の麓に、新しく建つて居りまして、それはそれは景色の好い場所で御座いました。(後略)

(「みなし兒」)

一部抜粋したこの少女小説を検討してみたい。

勤務期間を二年間とするのは『文子の涙』や「困難と戦ひし十年間」などと同じである。いずれの記述も学校の場所を銚子市内とは書いていないが、「みなし兒」では利根川河口近くの東海岸、犬吠岬灯台に近い、漁村近くの小学校であることがわかる。

学校は女学校で、常時八百人もいたとあるのは、掲載誌「小女界」の読者層を考慮して、舞台を少し加飾しているようである。

勤務した小学校は「愛宕山といふ松山の麓に、新しく建つて居りまして」との記述がある。現銚子市近傍の海辺、犬吠崎の近くで、愛宕山という地名があるのは、旧高神村天上台にある景勝地愛宕山だけである。このことから勤務した小学校名の特定が可能になった。

地図で確認すると、愛宕山には標高七三・六メートルの三角点があり、現銚子市内で最も標高が高い山というか丘陵状の高台であることがわかる。明治時代の地形図をみても、丘陵地一帯は松林に覆われているのを見て取ることができる。現在では小学校跡地に「地球の丸く見える丘展望館」が建っているという。海を一望できる景勝地であり、「みなし児」の記述に完全に一致する。

ここには以前「高神小学校」があって、頂上からわずかに下ったところに、記念碑のような石柱が残されているという。愛宕山周辺にはほかに小学校はなく、菊子が勤務していた小学校は旧高神村立高神小学校であることが確実である。

高神小学校の沿革を学校要覧から抜粋すると次のようになる。

明治九年十二月十六日　高神小学校開校（賢徳寺）下等小学校を設置。
明治十五年六月二十一日　公立高神小学校設立（初等・中等・高等）
外川、小畑両付属校に初等科設置。
明治二十年四月一日　尋常小学校となる。外川、小畑両付属校は分校と称す。
明治三十八年四月一日　修業年限二カ年の高等科を併設して尋常高等小学校とし、位置を天王台に移す。
昭和十二年二月十一日　高神村と銚子市の合併により銚子市高神尋常高等小学校となる。

（『平成六年度　学校要覧』銚子市立高神小学校）

別の郷土史資料『銚子市史』によれば、高神尋常小学校は、賢徳寺を仮校舎として発足し、規模を拡大していったようであるが、「明治三十六年十二月に仮校舎が類焼の厄に遭ったため、翌年五月に高神天王台で校舎新築に着手し、同三十八年三月に竣成移転した」とある。菊子の「新しく建つて居りまして」の記述から、天王台に移転直後に赴任したとみれば、どんなに早くても明治三十八年四月以降となる。二年間の教師時代とすると、赴任期間は明治三十八・三十九年とみるしかない。数え年で菊子二十七・二十八歳の時である。

そうすると、前述した高等工業学校の勤務期間明治三十九年～四十二年の仮定からすると間が詰まりすぎている感がある。高神小学校の明治時代教職員の在籍簿でも残っていて確認ができれば即解決ではあるが、まだ調査をしてはいないし、存在自体も危ぶまれる。

勤務年が正しいとして、それぞれの勤務期間が年度ごとの満期ではなく、年度途中に採用・退職を繰り返していたと考えれば、それぞれ、足かけ二年間、足かけ四年間とみることもできよう。さらに細かな年月日の確定は今後の調査を待ちたい。

菊子の最初の作品が「破屋の露」であることは、菊子自身が述べている。その作品が掲載されたのが明治三十六年の「新著文藝第一巻第一號」で、時期的には高神尋常高等小学校赴任の前となる。また少女小説発表の最初が喜久子の筆名でだした「少女界第四巻第十一號」「秋の休日」（明治三十八年十一月）であるとすると、小学校勤務と並行して少女小説を書き出していたことがわかる。最初に尾島菊子の筆名で発表したとされる「漁師の娘」「少女界第五巻第三號」（明治三十九年三月）は未見であるが、教師体験をもとにした内容である可能性がある。

菊子の勤務先小学校名を特定でき、さらに勤務期間を明示三十八・三十九年と推定できたことは、今後の年譜作成について、一定の成果をもたらすことになる。

四　教師経験と少女小説

高神尋常高等小学校では、尋常科三、四年生女子の作文を受け持ち、生徒がなついて、菊子も愛情をもって接していたという。二年間の教師期間中、貧しい漁村の女子生徒を教えながら、彼女たちの境遇や生活の様子を目の当たりにした。さらにひとりひとりの個性や、希望、様々な悩みなどの生の声を身近に見て聞いて、多くのことを感じ取ることができたにちがいない。

この二年間の教師体験は、文学の世界で身を立てようとする菊子に多くの影響を与えたと考えられる。さらに重要なのが、思春期を迎える少女たちがどんな内容の読み物に感動し、涙するのかを実感したのだと思う。その両面が、それまでの児童向けの単なるお伽噺の世界から脱皮した、新たな思想に基づく新機軸の少女小説を、菊子が打ち出すことができた要因であろう。

雑誌「少女界」が日本で最初の少女小説雑誌として成功したのには、思春期少女たちの心をしっかりとつかんだ菊子の小説世界があったからに他ならないと思う。もちろん「少女界」編集にあたっていた、郷土文士の先輩三島霜川の骨折りもあったであろうことは想像に難くない。

少女文学という新たなジャンルにおいて文壇に足掛かりを得、さらにその後当初からの念願の純文学にも進出して、大正の三閨秀とうたわれるほどの発展を成し遂げる。尾島菊子の千葉県高神村における二年間の教師体験が、その出発点になったことは評価されてよい。

五　教師時代のもう一つの出来事

尾島菊子の小学校教師時代、もう一つの特記すべき出来事があった。後年になってから発表された「戀された少女のころ」から一部を抜粋して紹介しておきたい。

そこは都から四五十里離れた東海岸の港の街から、更に緑り濃い松山を越えた、そのうしろの砂丘に、たつた一軒ぽつりと建つたまだ木の香失せぬ新しい小さな家の中でした。（中略）私がその前の年、その土地へ行つたについてはいろいろの事情がありましたが、そこに落ちついてから、ともかくも此先き、或は一生かもしれない――他人に便らない獨立自活の道を撰ぶ、その第一歩の門出として、そこで小學校の教師をはじめたのでした。

Sさんはその日、土曜日の晩、東京からわざわざ私を訪ねて來たのでした。その前からもSさんから、此土地へ一時落ちついた私を訪ねたい、といふ手紙が度々來ていたので、やうやくその思ひを遂げると、久しぶりに語りたいことを，皆云はうとするので、Sさんは異常に興奮してしまつたのです。（中略）Sさんはまだ三十に間のある青年で、殆ど狂的に近いほどの深刻な思想と、おそろしく鋭い明晰な頭脳をもつてゐました。（中略）人生の最も嚴肅な探究者として生きる彼の最後の哲學は常に『死』でありました。凄いやうに底光りのする熱情をのこもった彼の眸で、ぢつと凝視されるとき、私は實際縮みあがるほどの畏怖を感じたのです。

（中略）

翌くる年の春、私は再び東京に戻りました。勿論Sさんに逢ひました。Sさんは大變に悦びました。ある夜、郊外にあつた彼の家からぶらぶら歩き出したとき、彼は私の態度についてはつきりした返事を要求しました。（中略）私はやつぱりまだ自分は誰とも結婚する意志がない、或は一生結婚しないかもしれない、ことを話して、彼を暗鬱な思ひに陷いれてしまひました。

（「戀された少女の頃」「婦人世界第十九巻第五號」）

千葉県の小学校に赴任するにあたって、諸般の事情があったと述べているが、それは婿養子を受け入れたにかかわらず、破局を迎えたことがきっかけになったと思われる。引用部分にはないが、教員として、母親と二人で新築の小さな家に暮らし始めた。高神村天王台に新築移転の時、おそらく小学校の規模拡大の必要性が起こり、県外から必要な教師を招聘するため、その教員住宅として一軒家を新築したのかもしれない。

高神尋常小学校二年目に東京から旧知のSさんがそこに訪ねてきた。Sさんは文壇の異才青年作家として知られていた。菊子が小説家として出発するためには無視することのできない先輩作家として、それまでにも様々な指導を受けている。

わざわざ東京から千葉県の東端まで来て、女性二人暮らしの家に上がり込み、夜を徹して文学のことや人生論を熱っぽく狂気じみて語る姿に、菊子はいささかもてあまし、恐怖感も感じたようである。Sさんのその心底には菊子に対する熱愛の気持ちがあり、自分との結婚についても暗にほのめかしたのかもしれない。

しかしながら、菊子はSさんを結婚相手として信頼することができず、受け入れることができなかった。

不幸な結婚を整理したばかりで、これから経済的にも独立してゆこうとする気持ちを変えなかった。翌朝砂丘の松林や砂浜を二人でそぞろ歩きしながら、Sさんには帰ってもらった。

Sさんとは、同郷の先輩作家、雑誌「少女界」の編集にも当たっていた、三島霜川であることは間違いない。当時霜川は生活状態においても不規則極まりなく、四六時中タバコを吹かし、一年中垢のこびりついた袷一枚で過ごすなど、文壇の奇人とみられていた。老人じみた風体の霜川に菊子はどうしても好意を持つことができなかったようである。

翌年の帰京後にもあきらめきれない霜川からまた結婚の申し込みがあったが、きっぱりと断った。そのことは、「文子の涙」にも

⑦處が昨年の暮岡村（三島霜川）は不圖（ふと）文子に結婚を申込んだ。其時文子は家庭の事情から自分の理想などを話して、「私は生涯獨身で暮らしたいと思ひますの。」と答へた。（六十五頁）

と書いており、作家としての才能や菊子の経済的基盤でもある「少女界」の編集者として立場を考慮しても、それまでのつきあいから霜川の生活実態を深く知るだけに、結婚して母や弟妹の人生までも霜川に賭けるわけにはいかなかったのである。

このあたりにも、ひとりの人間として誠実かつ真摯に社会に向き合って努力をして行こうとする菊子の気概や覚悟を明確に読み取ることができる。

［引用参考文献］
尾島菊子「みなし兒」「少女界第五巻第七號」（金港堂、明治三十九年七月）
尾島菊子「漁師の娘」「ムラサキ第六巻第七號」（讀賣新聞社、明治四十二年七月）
尾島菊子『文子の涙』（金港堂、明治四十三年四月）
尾島菊子「困難と戰ひし十年間」「少女界第十巻第六號」（明治四十四年五月）
尾島菊子「生活と戰ひつつ」「文章倶楽部第二巻第八號」（大正六年八月）
小寺菊子「戀された少女の頃」「婦人世界第十九巻第五號」（大正十三年五月）
『銚子市史』（銚子市、昭和三十一年）
『平成6年度　学校要覧』（銚子市立高神小学校）
岡本悦子「菊子「歸卿日記」を読む――生年の諸説を訂す」「富山史壇第一一八号」（越中史壇会、平成七年十一月）
金子幸代『生誕一三〇年記念　小寺菊子展――反骨の作家・小寺菊子の文学』（徳田秋聲記念館、平成二十一年十月）
金子幸代「富山の女性文学の先駆者・小寺（尾島）菊子研究2――人と作品」「富山大学人文学部紀要第五二号」（平成二十二年二月）
金子幸代「富山の女性文学の先駆者・小寺（尾島）菊子研究3――メディアとの攻防・「ふるさと」観の変遷」「富山大学人文学部紀要第五三号」（平成二十二年八月）
金子幸代編『小寺菊子作品集1～3』（桂書房、平成二十五年二月）

II 富山文学論

堀田善衞「鶴のいた庭」諸相

丸山　珪一

はじめに

「鶴のいた庭」は、堀田善衞の作品のなかで、入手もしやすく、よく読まれ、愛され親しまれていると言ってよい短篇である。作品には瑕もあり曖昧なところもないではないが、文章も美しく、作者にとって親しい世界を描いていることから来ると思われる、それを上回る好もしい読後感を残すようだ。しかし何度か読んでいるうちに、そこに大きな矛盾がはらまれていることに気づき、それを見極めたいと思うようになった。そして私はこれを作品の特異な成立ちに由来する構造的なものではないかと考えるに至った。短篇「鶴のいた庭」の初出を『世界』誌一九五七年一月号とする記述を見かけるが、私たちが現在、全集や文庫本で手にする「鶴のいた庭」は、同誌掲載のテキストとは異なり、その後短篇集『香港にて』（一九六〇）に収められた、書き換えられたテキストに拠っている。「鶴のいた庭」の構想は、もともと堀田の頭の中に発酵しつつあった長篇小説の構想に由来し、『世界』誌掲載のテキストは、その「頭の部分」であった。私たちの

「鶴のいた庭」は、曲折する複雑な前史を持っているわけである。

このことはすでに堀田自身によって単刀直入に言明されていた。

「鶴のいた庭」は、筆者の生家である北国の廻船問屋の歴史を、筆者自身にひきつけての連作による長篇小説の冒頭の部分として書かれたものであったが、著者の海外旅行中に逗子の自宅が火事で全焼し、資料の一切が灰燼に帰したために、頭の部分だけが残り、長篇の予定が短篇と化したものであった。筆者の生家が舞台ということもあって、筆者はこの一篇を深く愛していることを一言付け加えておくことを許していただきたいものである。なおこの作品と次に述べる「黄塵」とは、表裏の関係にあるであろう。

（堀田善衞全集第二期第三巻「著者あとがき・無常観の克服」）

これは作者自身にしか期待しえない貴重な証言だったが、この証言に基づいて、それをさらに究明することはなおざりにされて来た。堀田はここでその長篇が何を対象としていたか、どんなやり方で書かれるべきと考えていたか、予定された長篇が何故に挫折したか、ということを簡潔に明らかにし、その「頭の部分」から「鶴のいた庭」が生れたことを明言している。三年後に発表された短篇「黄塵」と表裏の関係にあるという指摘は、私たちがもとの長篇構想を考える際に何ほどかの示唆をもたらすにちがいない。

『世界』掲載のテキストは、現在私たちが読むテキストと比べると、とりわけ最終部に顕著な違いがある。だが何よりも末尾に（未完）という文字があって、作者がこれを完結した短篇小説として扱っていなかったことを示している。そうすると、現行の短篇「鶴のいた庭」は、雑誌初出の「鶴のいた庭」の継続への断念から生まれた、ということになる。このことは、「鶴のいた庭」は長篇小説への断念から生まれ、その「頭の部分」だったはずのものから転化したものだ、という堀田の上の証言と同じと言っていいだろうか。そうかもしれないし、必ずしもそうだとも言い切れないようだ。堀田の言葉は、「鶴のいた庭」の現行テキストにいたる複雑な過程を大きく概括して述べたもののごとくで、そこでこの短篇の成立ちの過程にいささか立ち入って検討しようというのが、ここでの私の課題である。

一 「鶴のいた庭」の成立ち――「長篇小説の頭の部分」から短篇小説への転生

その検討に先立って、堀田が「鶴のいた庭」のいわば出所である長篇小説の構想について語っていることをよく頭に入れておかねばならない。まずそれは「著者の生家である北国の廻船問屋の歴史」を対象としたものである。このことは、伏木の七軒問屋の一つであった廻船問屋の生家・鶴屋に伝わる文書、伝承、また周囲に残された過去からの遺品の観察などを主たる材料として生かしながら、北国の廻船問屋がたどった運命を描く歴史小説、あるいは堀田が別のところで言ったいささか激しい言葉を使えば、「裏日本百年間の物狂いの小説(1)」を意図したものと考えられる。歴史小説と言っても「筆者自身にひきつけての連作」とあるように、歴史そのものの展開に即するスタイルではなく、作者が「私」として作品の中に入り込み、自在に動き回り、随所で現在との結びつきに立ち返って、作者の問題意識を十全に反映させる枠組みを確保しつつ、話が進められるという形を取るのであろう。

『世界』に掲載された原稿の、雑誌編集部による朱入りの校正稿が残っている(神奈川近代文学館堀田文庫蔵)。

まず目を引くのは、表題の「さがしもの（一）」が線で消され、「鶴のいた庭」と変えられていることである。これはまぎれもなく、長篇小説の連載第一回であった。堀田はこの原稿を編集部に委ねて、一九五六年十一月、日本を後にし、インドに発った。ニューデリーで開催される第一回アジア作家会議にその準備委員として加わり、また会議に日本代表として参加するためであった。そして帰途、香港で逗子の自宅の全焼を知らされねばならなかった。

こうして私たちの前に、発表・未発表こきまぜて、大まかに言って一つの作品の三つのヴァリエイションがある。⑴『世界』掲載のための校正稿、⑵その発表である雑誌掲載稿、⑶『香港にて』以降の現行版、である。⑴と⑵は、連作小説の第一回分で、一九五六年十一月以前に書かれ、編集部に引き渡され、翌年一月号に掲載された。⑶は長篇小説執筆を断念し、独立の短篇へと書き換えたものである。これらの比較・検討を通じて、堀田のいう「長篇の予定が短篇と化した」ことの実状、つまり現行の「鶴のいた庭」の成立過程に迫り、その過程の曲折をできるかぎり明らかにし、また独立した短篇作品となることによって、もとの歴史小説の含意はどうなるのか、ということも考えてみたい。

以下、重要と思われる事柄を摘記する。

㈠、「さがしもの（一）」という表題。これはすでにインドへ発つ前に線で消されて「鶴のいた庭」に変更されていたから、長篇構想を考えるよすがとして私たちに残された贈り物と言えよう。校正稿は、四百字詰原稿用紙三七枚のものだが、他にもたくさんの抹消、補足・追加、書換え・訂正がある。なお別に「さがしものノート」と題された創作ノートが残されている。雑多な、しかし時に重要なメモ類の集成である。連載第二回目のためのメモをも含んでおり、これは帰国後ただちに続篇に向かうための用意であったと思われる。「鶴の死」「牡丹会」等の語が見られ、明らかに「鶴のいた庭」を受けた構想になっている。ノートそのものが長篇構想のための創作ノートであったが、ノートのうしろの空白部分は、長篇執筆を断念してからは、まったく別の用途に使われたであろうことは当然である。

それでは「さがしもの」とは何か。これは長篇構想の主題を問うことにほかならない。この言葉の意味についは、「ノート」のなかに明瞭な示唆があり、自註と言ってもよさそうだ。以下引用すると、「無常感、流転感、それが深いものとして存在したればこそ、それを疑い、たたかおうという気持もまたひとしおであったし、いまもある。この内面のたたかい、弁証法から私は何かを生もうとしているのだ。何を、自在な精神をこそ。それが私の〝さがしもの〟なのだ。」——表題によって投げかけられた、捜し求めるべきものは、無常感と闘う、あるいは闘いうる「自在な精神」であった。現行の「鶴のいた庭」の冒頭場面でも、幼い「私」に「幅も根も広く深い」「流転の感、無常の感」を表白させ、作のテーマをあらわにしている。「鶴のいた庭」は、置かれた位置から言っても長篇構想全体への序論的意味合いを担っていたと考えられる。

(二)、初出テキストから現行テキストへ。校正稿には、実に多くの手が入れられているが、基本的にはすべてインドへ出かける前に出来上がっていた通りに雑誌に再現されたはずである。だが、不思議なことに、雑誌掲載稿末尾に付された（未完）の語は原稿にないのである。もっとも内容上はあっておかしいというわけではない。長篇連作第一回目「鶴のいた庭」はこれで完結したが、その後も継続するのであるから、それを示唆したにすぎないと考えられる。だが、別なふうにも考えられ、「鶴のいた庭」自身にまだ続きがあるとことを示すと受け取れないこともない。実際にそのような内容の用意がなされてもいたのであるから、それを知る編集部の判断で入れられたのかもしれない。いずれにせよ、雑誌初出の「鶴のいた庭」の位置を示すのは、ひとつは表題の書換えであり、いまひとつは末尾の（未完）の語である。現行テキストのほうから見れば、長篇のしっぽを残した不完全な形に見えるであろう。

二つのテキストを比較すると、表現の細やかな変更や語順の入れ替えや特に表現を精密にする工夫が目につくが、ほとんど本質的な変化はない。だが、ずっと辿って行って、最後に来て大きな変化にぶつかる。つまり。作品を完結したものにする作業の中心というものは、当然のことながら最後の部分でなされるのである。少し長いが、目で確かめてもらうために、その最終部分を引用する。

《『世界』誌初出テキストより》

曽祖父とけっつあ老人の眼には、千と萬との二羽の鶴は、蒼海をゆく白帆とでも見えていたのであろうか。曽祖父は、大晦日に物見に上ったその翌日、すなわち大正十一年の一月元旦の朝、静かに息をひきとった。老衰である。数え年九十六歳、名を闡右衛門と云った。曽祖父と千と萬とのことは、この『家』と、そして関りの深かった裏日本のありし日、来し方の海と陸との一端を、私、という名のかたり手の身を通そうとする、この断続するものがたりの節々で、こののちもいくたびかはなされねばならないであろう。

《現行テキストより》

曽祖父は大晦日に物見に上ったその翌日、すなわち大正十一年の元旦の早朝、北の海に海鳴りの底深くとどろくなかで、物静かに息をひきとった。老衰である。数え年九十六歳、名を善右衛門と云った。

現行テキストは、雑誌テキストで前後にあった下線の文章が大幅に削除されるとともに、表現の精緻さが高められていることが感じられる。カットされた部分が続篇の存在を示唆していたことは明らかである。こうして「鶴のいた庭」は、形の上で完結した作品としての姿を明瞭にした、と言えるであろう。しかし一見小さいことのようだが、「闡右衛門」が実名の「善右衛門」に変えられていることに注意したい。（「善右衞門」でなく、なぜ「善右衛門」なのかということも気になる。）これだけでどうこう言えないところがあるが、歴史小説におけるフィクションの問題をつぶさに検討する場合には、ひっかかりが出るであろう。

なお作品の成立ちの問題には関わらないが、校正稿から判明する興味深い事実を付け加えて紹介しておきたい。それは、この作品の印象的な場面の一つ、けっつあ老人の鶴を追う声「よーそろー、よーそろー」が当初の「ほーい、ほーい」から執筆最中に変えられたことである。書いている途中で、元船員の誰かに教わったのだろうか。

成立ちの問題の発端にある長篇構想は、裏日本の近代を問う歴史小説、それも自家の廻船問屋という素材に即して現在の問題意識を自在に展開する、新しい種類の歴史小説、をこころざしていただろう、というのが、私の理解であった。その場合、事実とフィクションの問題はかなりの面倒を持ち込むであろう。短篇としての「鶴のいた庭」にも随所で実際の出来事とずらしたり、つながりを切ったりする工夫がなされているのを感じる。作品の大半をなしながら、作品のなかで事実上閉じた世界を形作る、曽祖父とけっつあ老人と鶴の光景は、一族の廻船問屋の興亡の核心に迫るためにしつらえられたフィクションであろうが、長篇への象徴的序説という役割が振り当てられていたのであろうか。見事な文章とも相まって純度の高い作品に仕上がっていると思うが、親族の事実関係や数多の歴史的事実との衝突は避けようがなく、長篇構想全体のなかでどう処理されるのか見たいものであった。独立した諸作品による連作という形式は、作品同士のあいだの矛盾、食い違いを許容するものだったのであろうか。

二　幻想小説としての「鶴のいた庭」

前章では、「鶴のいた庭」の成立ちにしぼって話を進めるように書き、しかもできるだけ中心を作品のもともとの長篇構想におくようにしたが、それでも終着点としての短篇「鶴のいた庭」の中身を度外視して書けるわけはなく、必要なかぎりで言及して来た。いよいよこれを正面に据えて、まとまった作品としての「鶴のいた庭」と取り組むべき場が到来したのである。これまでこの作品はその自伝性に重きをおいて受けとめられてきたといってよいようだ。しかしたとえば大江健三郎（『新潮現代文学』解説）や川西政明（講談社文芸文庫解説）の解する意味で、つまりもっぱら作者が幼時に体験した事実の記憶に基づいて書いたという意味でなら、そうではない。前章の最後に示唆したように、むしろ私の立場はそれとまっこうから対立するものである。

作品の成立ちに複雑な曲折があったことを記したが、出来上がった作品の構造そのものもかなり奇妙である。作品は大きく二つの部分に分かれている。三分の一ほどの前半部は、小学生が主人公であり、後半部の主人公は曽祖父で、もっぱらその曽祖父をめぐる話である。前半では、語り手は自らが幼き日を過した港町を愛着を込めて描き、小学生の自分を作中に登場させ、この主人公に自らを重ね合わせるようにして話しを進めて行くのだが、後半では、曽祖父の閉じられた世界が描かれ、彼が築き上げたその独特の世界とそれが崩れ傾いていく様子が示されている。両者は話の時期も異なり、中身も書き方も異なり、二人は顔を合わせることも口をきくこともない。この一見して断絶のある二つの部分を結びつけ、統一的な作品に仕上げるための基礎をなすのは、後半で一転して後景に退き、作中にまったく姿を現わさないとはいえ、作品の背後にいる同じ語り手であることは明らかだ。

前者が、主人公の年齢もほぼ作者の過去と重なり、自伝的な面をもつ作品の始まりにふさわしいと言えるとすれば、後者はまったく独立した「閉じられた世界」を形作る。祖父（当主）や父は登場するが、その苦闘の姿は描かれない。語り手の「私」が作中に登場することもない。江戸時代から代々廻船業を営んで来た一族の没落を曽祖父の最晩年の姿に凝縮し象徴させて描いているのである。この二つの並行した話がそのままでは統一した作品にならないことは自明である。作者はそれを統一した一つの話にするために、さまざまな試みをしている。その一つは作品を貫く一貫したテーマの設定である。

無常感との闘いは、「さがしもの」の意味として定式化されていた、もともとの歴史小説の構想を受け継いだテーマだが、短篇としての「鶴のいた庭」を収めた全集第三巻への「あとがき」も「無常感の克服」と題され、その受け継ぎを確認する形になっている。しかし受け継ぎつつも、「長篇の予定が短篇と化した」ことは甚大な結果を及ぼすことになるであろう。長篇においてこそ達成される無常感克服のための長期の「内面のたたかい」の場がそっくり消え去るのであるから。短篇で主体として登場するのが、前半では少年であり、後半では最晩年の曽祖父であってみれば、いわば一族の未来と過去を象徴する役割を担いはしても、「内面のたたかい」の展開を期待すべくもない。「鶴のいた庭」の冒頭で少年は自分の思いの表白という形で、このテーマの開示という仕事を課せられているのだが、まだ人生経験というほどのもののほとんどない身にはいささか荷が重すぎるようだ。「それを疑い、たたかおうという気持ち」がどのようにして生まれ、その

「内面のたたかい」からいかにして「自在な精神」を生むか、少年はその道行きのなお端緒に立っているのである。少年の内面については、のちに書くことになろうが、ここでの少年に課されたテーマの開示の役割は、明らかに作品の後半をにらんだ設定である。それを受けて、一族の栄誉を極めた曽祖父は、九六歳まで生きてその没落に立ち合わされるために、大正一一年の元旦に亡くなったという設定にされている。現実の善衞の曽祖父が亡くなったのは、ずっと早く、彼が生れる十三年前のことで、曽祖父は作品に劇的効果を与えるために、作品のなかでその後も生き続けさせられてもう一度死ぬのである。実際に生きていたら、九六歳くらいになるのだから、作者としても計算してのことであろうか。私は冒頭に、この作品を自伝的なものに重きをおいて読む人が多いと書いたが、作者のこのような作為も、彼が曽祖父の死に自らの体験として臨んでいたかのような錯覚を加えたであろう。

曽祖父は堀田善衞の想像力の産物である。この作品のテキストがもっともよく読まれるのは、講談社文芸文庫の一冊として出た『歯車・至福千年　堀田善衞作品集』であろうが、川西政明が巻末に「歴史への不安感」と題する力のこもった「解説」を書いている。川西は単独で日本近現代文学史を書くことのできる力量をもった人だが、「鶴のいた庭」の読取りでは、まったく堀田の策略にはまってしまい、次のように書いている。

二二（大正十一）年の元旦に曽祖父善右衛門が九十六歳で往生し、そして家そのものが没落していった。鶴を飼うけっつあ老人の「よーそろー、よーそろー……、よーそろー、萬、よーそろー、千」の声は没落する旧家への鎮魂の声のように聞こえる。この旧家の没落のなかで、幼い堀田善衞は、のちに身につく言葉でいえば、「万物は流転す」とか「諸行は無常なり」とかの言葉の領域にひたされていた。自分はどこへ行くのか、まだ杳として知れなかった。これが堀田善衞の原点であろう。

川西としては、いつもの念入りな調査をここでは怠ったために、堀田の策略をひっくり返せなかったのである。もう一人の名だたる読み巧者である大江健三郎についても書いておこう。彼は『新潮日本文学47（堀田善衞集）』（一九七二）の巻末に「解説」を書いていて、「鶴のいた庭」に「作家堀田善衞の前史」を求め、「歴史の永い廻船問屋」や「美とともにある旧家の生活感覚」を問題にしたあと、「しかし、もっと本質的なところで、『鶴のいた庭』から堀田善衞に深く重くつらなるものを見出すとすれば、それは崩壊期にあってこの廻船問屋の伝統を代表した曽祖父の人間像であろう」という。曽祖父が「中興」の人であって、「崩壊期」の人でなく、堀田によって死してなお呼び戻され、『崩壊期』に立ち会わされていることは先述の通りである。大江は堀田をよく知り、様々な点でそのよき理解者であると私は思うが、創作されたものから抽出した「曾祖父の人間像」をもって、作家前史時代の現実的関係を説明しようというのは、まったくの方法論的逆立ちである。作中のほうの「曾祖父の人間像」についてもどうやら意見の相違がありそうなことはさておくとして、堀田の前史に影響を与えたと想定されている「曾祖父の人間像」となると、どのように検証しうるかということすらつかめない難題である。要するに読みの深い諸氏もこの問題では枕を並べて討ち死にと言ったところだが、勝者は結局堀田の筆力ということになろうか。自伝的な小説や歴史小説などにおけるフィクションと歴史的事実の問題はまことに厄介である。この短篇の書出しは「いまでも私はありありと思い出し、その景を見ることが出来る。はじめて飛行機を見たのだ。」というのだが、この「私」というのは、誰のことだろうか。ふつうに主人公であり、語り手であり、作者でもある、と受取られるだろう。またそう言って間違いとも言えないだろう。しかし、語り手はただちに作者であるかどうかについては保証のかぎりではない。現にこの語り手は後半部で曽祖父のことを自在に語っているが、堀田自身は曽祖父を見たこともなく、せいぜい彼についての想像の糧となるいくつかの材料を手にしていただけなのである。

堀田がこの話のために創出した曽祖父、鶴、そして鶴を団扇の化け物のようなもので鳥屋へ追い込む「けっつあ老人」をも加えた、この三幅対が閉じた世界を形作り、後半部の話の核になっているが、曽祖父に言えることは同様に鶴にもけっつあ老人にも言えるであろう。鶴ははたして庭にいたのだろうか。作品としては実際にいようがいまいが、どっちでも成り立つだろうが、鶴をそろりそろりと鳥屋へ追い込むけっつあ老人の精細かつ印象的な場面を堀田の筆で眼に焼き付けるようにした読者にとっては現に自分の感覚として存在しているのである。私はかつて堀田本家に夫人（善衞の長兄夫人、嫂）をお訪ねしたことがあり、「鶴のいた庭」が話題になり、彼女の口ぶりを今でも思い出せるが、それによれば「若い人たちが顔をのぞかせて、いきなり鶴はどこにいたんですか」と聴くんですよ、というのであった。彼女は二度目の夫人で、戦後に堀田家に入った人で、いずれにせよ曽祖父の世界を知る由もなく、私がお訪ねしたのももちろん丘の上の新しい家だったが、彼女には本家旧邸の庭に鶴がいたことは思いもよらぬことで、町の人も含め誰からもそんなことを耳にしたこともなく、いればありそうなニュース種になったこともなかったのである。従兄弟の野口清は、堀田と同年で幼い頃泥んこになりながら遊んだ相手だが、彼ののちの回想にも鶴のことはまるで出て来ない。さらに身近な例で言えば、母くには庭で催した一族の桜の宴で、一族郎党百人を前に華麗な舞を見せることになっているが、彼女の回想にも鶴がいたことやいっしょに舞ったことなど書かれていない。

つまり鶴のことを書いているのは、堀田ひとりだということである。「若き日の詩人たちの肖像」でもこの鶴のことを書いているのは、これも小説だから、どうということはないが、晩年のエッセイ（『故園風來抄』に収められた「ひさかたの……」）にも繰返し書いているとなると、話はまことにややこしい。バルザックが臨終の床で「先生を呼べ」というので、その場にいた人たちが大急ぎで呼ぼうとしたものの、はてどの先生なのか見当もつかなかったという話があるが、それもそのはず先生は自分の創作中の人物だったのである。堀田もあるいはその口だろうか。自伝的小説でのそれは、晩年のエッセイで繰り返されるだけでなく、書き慣れた洗練の度を高めてさえいるが、それらの淵源はおそらく歴史的長篇の構想のための創作ノートにあって、彼の内心に蓄積され、ずっと潜在していたのではないかと思われる。

テキストは「私」の少年時代の回想から始まり、代々続いた「家」の没落と結びつく無常観が吐露されるが、テキストのおよそ三分の二を占める、それに続く曽祖父の場面はあえて言えば幻想的様式的で、歴史的転換の真っ只中で没落に抗して苦闘しているはずの祖父も父も事実上排除されている。善衞の祖父は大正十二年の正月、作中の曽祖父と一年違いで亡くなる。作中では最後に望楼に上って見渡したいという曽祖父を階段の下から押し上げる役などをやらされているのがおかしくもあるが、後半部の狙いが裏返しの形でそこにストレートに出ているのだと言えよう。「大正X年」などと歴史的時間が銘記されることで、作中にかえって要らぬ混乱を呼び起しているようだ。そこここに歴史的諸事実が問題性をもって浮かび上がってくるのである。前記の引用に波線で印した闡右衛門という虚構の名が実際の堀田家の家長名である善右衛門に置き換えられたことなども、そのことによってむしろ歴史的伝記的性格が強められ、せっかくの見事な完結した象徴的表現の世界を前にしながら、読者にこの短篇を伝記小説として読ませるような逆方向への動きを指し示しているとしか思えない。家長名のこの変更は、どうやら堀田が言及した「黄塵」と関りがあるようだ。

短篇としての「鶴のいた庭」の初出は『香港にて』だったが、その冒頭に「黄塵」と並べておかれている。「黄塵」は丸善の『聲』誌第8号（一九六〇年夏季号）に掲載され、この短篇集に収録された。「鶴のいた庭」はこの短篇集を編むに際して、書き換えられたのだろうと推測される。「黄塵」にも鶴屋善右衛門が登場する。堀田は両者が「表裏の関係にある」と書いていたが、どんな意味でそう言えるであろうか。「黄塵」には、廻船業の先祖の足跡を求めて、四国の多度津にやって来る、作者を思わせるような人物の姿が描かれている。彼は先祖がかつて石垣の一つと銅製の燈籠を寄進したとされる金刀比羅宮を訪ねるのだ。一千六百何十の段々を、右、左、とひとつひとつ石に掘られた文字を確かめながら上る難儀をしたにもかかわらず、探し求めていた鶴屋善右衛門の名は見当たらない。石は新規に寄進されたものと取り替えられ、銅の燈籠は戦争に召し出されてしまっていた。しかし、宿に帰り、久しぶりに血が騒いだわが身を顧みて、先祖とはいったい何だと思う。主人公は時間の入り組んだ形で歴史が自分の身体のなかをも通っているのを感じるのである。堀田はエッセイでは石段に鶴屋善右衛門の名を見つけたと書いているのだが[2]、この短篇ではあえて見つからなかったというフィクショナルな設定によって主張を強めようとしたのだろう。

「黄塵」に、「鶴のいた庭」との連作について考えさせるような文章が挟み込まれている。

鉄道からはずれたさびれてしまった、古い日本の港町を根気よく訪ね歩いたものであった。島原の口ノ津、薩摩の坊ノ津、加賀の金石、遠州の相良などの古い港は、いずれもみな港としての機能をほとんど果さなくなってしまっている。せいぜいが漁港であり、金石などは、いったいどこに銭屋五兵衛がその巨船の群れを舫いさせたものか見当もつかぬほどである。萩間川河口にあった遠州相良の港は、天竜川河口の掛塚港とともに江戸へ米、炭、木炭、椎茸などを運び出す港であり、坊ノ津はかつて日本三津の一といわれ、天平の遣唐使たちが出で立って行った港であった。が、いずれもみな鉄道からはずれ、港としては亡びてしまった。従って、それらの港にあった廻漕問屋もまたほろび、相良港一の問屋であった杉浦家の後裔であり当主である人は、宝塚音楽歌劇の音楽部長をしていた。

ここから連作における「鶴のいた庭」と「黄塵」の関係が明瞭に読みとれる。「鶴のいた庭」が連作の第一作だとすると、「黄塵」はその後の連作の諸篇の任意の一作であり、それがもう一つの短篇として仕上げられたのである。諸々の港町の名をあげながら、伏木の名があがらないところが何とも面白い。なお堀田は、「黄塵」を書きながら、随所で連作の町のことを思い起こしており、このことも「鶴のいた庭」の短篇への書き替えをうながすきっかけにつながったと考えられる。小学生が主人公だった「鶴のいた庭」前半は、一族の話となるとまるで空白に近いが、『私』にひきつけての連作」という長篇構想のもう一つの面に明らかにつながり、連作の発端としては悪くない。

少し脇筋に入り込んだかもしれないが、その必要性は納得していただけると思う。小説の本筋に戻って、前半の少年像をもう少し確かなものにしておこう。少年は旧邸の古い建物に愛着を持ち、それが壊されることになって丘の上の新しい家に引っ越したことを悲しんでいるが、古いから価値が高いと思っているのではない。むしろ冒頭の飛行機の場面が示すように文明の産物たる新しいものへの強い関心を抱いている。白い壁で周りから際立っている避病院（伝染病感染者の病院）にヨーロッパを感じ、そこへ入ってみたいとさえ思うのである。旧邸への愛着はそこにこもる一族の歴史的な伝統を感じているのであろう。それが少年の心に葛藤を引き起こしているのである。夏の最後の蜃気楼が現われ、そこに赤い屋根の建物が見え、それをかつて父といっしょに行ったウラジオの町だと思うのだが、それはどう見ても錯覚だろうが、彼が変幻する蜃気楼と水平線のあわいをひたすら注視しようとしている、その眼差しはやがて生きた力として働くだろう。

作品の基調が暗い印象を与えないのは、苦闘と没落の現実の暗い場が描写されず、曽祖父と鶴をめぐる象徴的様式的場面に筆が集中されているからでもあるが、そうした少年の姿勢とも関わるものと思われる。

三　作品における接合問題——複式夢幻能に学ぶ

この作品のもっとも大きな問題は、前半部と後半部のまったく異質な二つの世界をどのように接合するかということにある。

私には謡曲の複式夢幻能とこの作品の接合の仕方にある種のアナロジーがあるように思われる。堀田自身、当時の裕福な市民の家庭によく見られるように、幼い頃、謡曲を習わされ、また家にはよく能楽をやる人間が滞在していたようだ。そして鶴見俊輔との対談では、「幽鬼の世界というものとこの世を、形而上と形而下をつなぐ、そういうかなりなパワーをもっていましたね。霊的な力もあったし。」と語っている。(3) 日本の古典文学をめぐる未完の随想集『故園風來抄』(集英社、一九九六)では、「形而上と形而下をつなぐ」複式夢幻能の代表的な作品である「井筒」をとり上げている。世阿弥はこの「井筒」のために伊勢物語第二三段の、他愛もない男女夫婦の純愛物語を下敷きにして、これを在原業平と紀有恒の娘との霊異物語に変貌させたのだが、堀田はこの「井筒」を読むたびごとに、「世阿弥が工夫した、あるいは装置をほどこした夢幻世界への通路設定の見事さには、いつも舌を巻く思いをさせられる」と記している。堀田の目がつなぎ目、「通路設定」に向けられていることは明らかだ。これは「鶴のいた庭」の前半と後半の接合を見る際に、堀田が「工夫をした、あるいは装置をほどこした通路設定」の問題として浮かび上がってくるだろう。謡曲では「諸国一見の僧」が南都から初瀬へ行く途中、在原寺という由緒ありげではありながら荒廃した寺で安らう。寺には里女がとぶらいに来ている。僧は墓に花水をたむける里女に業平との由縁を感じとり、「業平のことおん物語り候へ」と迫る。これによって「里女はほとんど一挙に紀有常の娘と化し、数百年の時空は、遡るというよりはむしろ超えられて、僧の存在する時間はそのままにして、それを含んだ上で、業平と紀有常の伊勢物語の世界へと僧もろともに没入して行くのであった。

堀田の場合は、小学校一年生の「私」が丘の上に立った新しい家の屋根の上に坐っているときのことを三十年後に回想する場面から始まり、街並みや海を眺めている「私」の眼に望楼のある旧い生家が留まったのをきっかけに、さらに記憶が遡り、暗い仏間で祖母の傍らにいる「私」の姿が浮かんでくる。そして直接にはこの幼い「私」の前に、祖母のたたく木魚の音に誘われるように、旧家の広い庭の光景がたち現われて来る。こうして読者は「曾祖父幻想」を内実とする「鶴のいた庭」の世界へと誘われる。小学校一年生の「私」も暗い仏間に坐るさらに幼い「私」も姿がかき消え、時をへだてた現在の時間はそのままにして「鶴のいた庭」の世界へ没入して行くのであり。ジャンルも異なり、幼い少年と祖母の関係を僧と里女の関係に無理になぞらえることもないが、「曾祖父幻想」の出所が祖母の孫への語りにあるのではないかと推定してもそれほど乱暴ではないだろう。堀田は、意識的にか無意識的にか「通路設定」は複式夢幻能から学び、曽祖父のことは祖母から聞かされていたのではなかろうか。

おわりに――牧野信一「鶴がいた家」に関わる補足

十数年前に初めて手にした「鶴のいた庭」は私を堀田ファンにし、同時にちょっと不思議な作品だなとも思い、いつしかそのとりこになって、何度も繰り返し読んだ。その間に私は仲間を語らい「堀田善衞の会」をつくり、また金子幸代さんを中心に「富山文学の会」の結成にも加わるとともに、「鶴のいた庭」について前者の会で報告、会誌『海龍』にも発表し、後者の研究会で報告し、機関誌にも発表した。また富山県立図書館から講演を依頼されたときにはこの作品を演題に選び、高志の国文学館が研究プロジェクトを募集した折にもこれを課題の焦点において取組んだ。本稿は、枚数の制限もあり、作品の詳論は避けたが、その「不思議」の解明に挑んだ、上記の諸々の取組みの一応の総決算の試みである。作品は主人公も内容も書き方もまったく異なる二つの部分から成っており、一では作品の成立史をたどり、二では作品の三分の二を占める、誤解の多い曽祖父の物語について主として説明し、三では異質な二つの部分の接合構造の問題と取り組んだ。つまり私の考えでは、この短篇作品の「不思議」は、作品のもとの長篇構想から、曽祖父の「閉じた世界」の特徴から、そして二つの部分の接合の仕方から生ずるのである。

さて、最後に上記とは位相を異にするもう一つの事柄をここで補足として指摘しておきたい。それは牧野信一（一八九六～一九三六）から堀田への影響、わけても牧野の短篇「鶴がいた家」への応答関係である。

堀田への牧野信一の影響については、よく知られているようでもあり、それにしてはほとんど問題にされていないようにも思われるので、まず堀田自身の言葉を思いつくままにいくつか紹介しておこう。

日本文学では、葛西善蔵と志賀直哉、牧野信一など、特に眼玉に力を入れて読みました。

（「歴日」、『三田文学』一九五二・五）

戦争中、小説をいくつか書きましたけれども、そのころ牧野信一が好きで、その影響を受けた作品をいくつか書きました。それをある人のところに預けておいたわけです。そのある人というのは吉田健一氏なのですけれども……

（「私の創作体験」、新日本文学会での講演 一九五三年春頃）

私の父は福沢諭吉の弟子で、田舎にいて、田舎にいながらも、ロンドン・タイムスを読んでいるような明治風なインテリゲンチャであった。そういう点で、私は牧野信一のいろいろな作品に他人事ならぬ、肉体的な愛着を感じている。牧野氏は「いつの間にか、少年雑誌のセント・ニコラスや、『ニューヨーク・タイムス』のハッピーフリガン漫画などを笑ひながら読めるようになっていた」、そしてアメリカに長く放浪していた父と「何ダイ、オ前ニハ女学生ノ友達ガヒトリモイナイナンテ、随分気ガ利カネエハナシダナ……」「ソレハ甚ダ有リガタウ、私ノ親愛ナル父サンヨ……非常ニ私ハ女ノ友達ガ欲シイヨ」というような会話を英語でかわしたものらしい。それほどでは勿論なかったが、私にとっても事情は幾分かは似たものが、精神的になくはなかった。

（「混沌と欲求」、『文芸』一九五七・一）

いずれも戦後になって戦中の文学体験を振り返って述べたもので、若き日の自分に対する牧野の影響が力を込めて語られていると言ってよいだろう。牧野を「特に眼玉に力を入れて」読んだこと、惜しくも空襲で焼失したけれども、その強い影響下にいくつかの小説を書いたこと、それらには、ある種の育ちの共通性もあって、牧野への肉体的な愛着といったものに発する類似の精神的なものが働いていたと感じていること等々、堀田の側からする強い執着が伝わってくる文章である。なお神奈川近代文学館には、当時堀田が手にしたと思われる牧野の三巻全集（一九三九）や『心象風景』（一九四〇）、『南風譜』（一九四一）が寄贈されており、先述の「さがしものノート」にもこの全集への参照を求める指示が見られる。

さらにここに、堀田が仏文科に移って、すぐに仲良くなった土屋慎一郎のことが付け加わる。彼も法科から来たという経歴を同じくし、小説を書いていた。土屋は牧野信一と親しくしていて、堀田への牧野の影響もここから発している可能性が高い。彼は骨董などに興味をもって老成した感じを与え、酒に強かった。八王子の織物問屋の子息だったらしく、「若き日の詩人たちの肖像」の機屋のモデルで、食いものの亡くなって行く日々に、二人で大きな犬のための食い物探しに動き回る様子などが描かれている。その土屋が一九四二年四月に亡くなり、心から話し合える相手を失ったのである。酒がもともと弱かった身体をさらにひどくしたようだ。堀田は彼から牧野の本をもらい受けた。

堀田は直接自分の作品への他の特定の作品からの影響を語らない、語ることを好まない人で、それだけに牧野についての堀田の自己証言、また牧野の短篇「鶴がいた家」を思い起こさせる、この「鶴のいた庭」という表題は彼との結びつきをことさらにあらわにしたものと言えるであろう。土屋の早逝もあり、牧野の影響を受けて書かれた堀田の小説が失われてしまい、作品に即してこれ以上の解明は断念せざるをえないが、ここに補足として付け加えさせていただく次第である。

本稿は、これまで何度も取り組んで来た「鶴のいた庭」論の私なりの総決算の試みで、それらの取組みの過程で、神奈川近代文学館の堀田文庫蔵の「鶴のいた庭」の諸資料を活用させていただいた。使用許可をいただいた堀田百合子氏に改めてお礼を申し上げます。

［注］

（1）堀田善衛「北前船主西村屋の人びと――『海商三代』西村通男著」、『歴史と運命』（講談社、一九六六・二）所収。この書評エッセイの最後に（一九六四・五・四）と記されているが、同書は掲載紙誌名を一切省くというまことに残念な編集になっている。筆者の見当をつけての照会に対し、金沢学院大学図書館の矢倉氏のご尽力で，掲載誌紙を確定できた。「裏日本百年の物狂い 三代にわたる色どり豊かなロマンス 堀田善衛『北前船主西村屋の人びと『海商三代』西村通男著』、『週刊読書人』五二四号」。この場を借りてお礼申し上げる。この書評は『堀田善衛全集』第十五巻（一九九四）に収録されているが、「解題」ではやはり「初出誌未詳」となっている。堀田の書誌にはなお課題が多い。

（2）前注のエッセイを参照されたし。

（3）対談「ゆっくりした重さと軽い素早さのあいだに」、『ちくま』一九九一・五。

「貧しき小学生徒」論——横山源之助の文学的出発点

黒﨑　真美

一　文筆で社会に立つ

横山夢𩿐の筆名で描いた「貧しき小学生徒」（『家庭雑誌』一八九四・九・一九）は、横山源之助が初めて文学者として世に出た作品である。「貧しき小学生徒」の執筆時期は、祭りの賑わいを描いた次の描写から推測することができる。

此日は歓天喜地の大祝日なれば、日本帝国の大祝日なる憲法発布式、若くは　皇上の銀婚式よりは春秋二度のお祭は、渠等の為には大吉日

明治天皇の大婚は一八六八年十二月二十八日であるが、その大婚二十五年祝典は、一八九四年三月九日に開催された。「第四節　伺候・参列」[1]には、

明治二十七年三月九日
是日栄一、宮中に於ける大婚二十五年祝典に召されて参内す。

とあり、「皇上の銀婚式」が一八九四年三月九日であったことが裏付けられる。また『魚津町誌』（一九一〇・一〇　復刻　新興出版　一九八二・一）の「魚津明理小学校沿革史略」の明治二十六年の記録にも、「三月九日は、天皇皇后両陛下のご結婚満二十五年に相当し、銀婚式と唱へたりしが、当日本校に於ては、祝賀式を挙行したり」とあり、当時、日本各地で明治天皇の銀婚式を盛大にお祝いしていたことが推測される。「憲法発布式」は一八八九年二月であるが、「貧しき小学生徒」の中でこれらと祭りの賑わいとを対照させて描いているということは、少なくとも一八九四年三月九日に原稿を執筆中またはそれ以降の執筆ということになり、おのずと執筆時期は一八九四年の春から夏に絞られる。

小説を書くきっかけを源之助は後に「真人長谷川辰之助」（坪内逍遥・内田魯庵編『二葉亭四迷――各方面より見たる長谷川辰之助君及其追懐』易風社　一九〇九・八）の中で次のように書いている。

矢崎君に勧られて、短い小説を書いたこともあつた。（貧児とかなんとか題して、矢張民友社から出てゐた家庭雑誌の附録に出たやうに思ふ）

長谷川辰之助こと二葉亭四迷のもとで知り合った矢崎鎮四郎（嵯峨の屋おむろ）に勧められて、徳富蘇峰が主幹をする民友社から「貧しき小学生徒」を発表した。民友社の雑誌『国民之友』に社会問題に関する記事が載っていたことも、源之助が同社の『家庭雑誌』に掲載する理由の一つであったようだ。法学士を目指して魚津から上京した源之助が、二葉亭を訪ねたのは一八九一年の夏頃とされる。「浮雲」（金港堂　一八八七・六～一八九一・九）に感銘を受けて二葉亭を訪ねてから、源之助の人生の進路が大きく変更したといえる。二葉亭のもとで矢崎と出会い、松原岩五郎等と交流を持つ中で、源之助は弁護士ではなく文筆で社会に立つことにしたのだ。

二　明治の魚津

魚津から上京してから八年後に創作された「貧しき小学生徒」には、当時の魚津町を彷彿させる描写がいたるところにみられる。

作品冒頭には、美しく豊かな春が描写される。

春は那処を眺めても心地のよきものぞかし、まして此処は田舎なるをや。都会と違ひて下駄踏み鳴らす音の騒がしく、砂烟天にたちて正面に眸子を襲ひ来る心配もなし、気は闊く心寛かに、春の自然を味ひ得るは唯だ此処——神の不用意に粧飾せられし田舎なり。看よ、東南の一面屏風を立てたらん如き山又山を、平地には今を盛りと桜の花の咲き乱れてあれど、山の絶頂は夕日の名残を止めて、まだ消へやらぬ雪の白皚々として、日に映じながら矗然として蒼天に屹立てり。

当時流行りの美文調で描かれた田舎の山村風景は、立山連峰に囲まれた魚津の景色が思い起こされ、これは源之助が魚津に懐く心象風景を表したともいえる。源之助にとって郷里魚津は、自然豊かでいつでも暖かく受け入れてくれる場所だ。疲弊した心身の療養のために、一八九九年六月から魚津に一時期帰郷していたことからも、郷里に対する源之助の信頼感は自明である。

立花雄一は「この作品の背景描写が筆者の記憶とくらべても精確であり、ほとんどフィクションのないことに一驚する」（立花雄一「解題」『横山源之助全集』第九巻　法政大学出版局　二〇〇七・一一）と記し、その正確な描写に言及している。

主人公の義坊が住むのは、

越中の国にて戸数の三四千もあらんといふ一都会より、更に十余町も離れたる本郷村といへる寒村にて、家数の四五十計ある田舎の田舎也

という。作品世界は「戸数の三四千もあらんといふ一都会」と「十余町も離れたる本郷村」を行き来する。『明治廿六年富山県下新川郡統計書』（十二月三十一日現在）に魚津町の「現住戸数」は三三二九戸とある。一八九六年秋に魚津を取材して書いた「地方の下層社会」（『毎日新聞』一八九六・一〇・二五）の中でも魚津町の総戸数を「三、二一五」と記しており、完全に一致するわけではないが、取材に基づいた数字であるといえそうだ。

作品の舞台となっているのは「本郷村」であるが、『下新川郡史稿下巻』（一九〇九・九　復刻　振興出版　一

九八四・四）には「本郷」の表記について、「元本郷なりしを、魯魚の誤りによりて郷の草書と江とを書き誤れるに由ると云ふ」と記されている。また、当時の魚津には新川原町本江村と下村木村近在の本郷村の二か所があったが(2)、次の尋常小学校の描写より、下村木村本江村が舞台として描かれたと推測される。

尋常小学は隣りの村に四五ケ村合併のがありて、此村に建てられてないのはチト肩身狭けれど、なんの是れ皆な共同の小学校なりと聞けば、夫程己が村の不名誉でもなし。高等小学校へ通ふは町まで出ねば仕方なけれど、是とて此村斗りにないのでなく、何の村にもないことなれば町だけは別物、他の村の者共に自慢せらるゝ心配もなし。

義坊が通った尋常小学校は「隣りの村に四五ケ村合併」のもので、当時、下村木村近在の本江の通学区となる小学校は、一八七三年十一月に成業小学校として開校した下野方尋常小学校である。一八九〇年九月に竣工された校舎は本江村七五番地にあった。その後再編合併を経て、一九五五年九月に魚津市本江町一〇四に魚津市立本郷小学校と改称して移転新築されている。当時の下野方尋常小学校跡には県職員住宅が建ち、当時を偲ぶものはその一画に建つ二宮金次郎像の一体のみである。また義坊が通う高等小学校は、魚津城跡に建築された魚津明理小学校をモチーフとして描かれている。魚津明理小学校は、一八七三年四月開校当時、魚津町で唯一の高等小学校であった。開校以来、分割・合併や等級分けの改編、改称を繰り返しているが、一八九四年には、尋常・高等科の魚津町立明理尋常高等小学校と称していた。二〇一八年に魚津市立よつば小学校に統合され、廃校となったこの小学校には、一八七七年から一八八一年頃に源之助が在学したと推測されるが、源之助の入学や卒業、在籍の記録等は未だ見つかっていない。

高等小学校のある町には村にはないさまざまな商店があり、義坊は通学の度に胸を躍らせつつも、村との違いをまざまざと見せつけられて複雑な感情を持つ。

酒、酢、醤油、石油、或は、蠟燭、線香、糸、針、など購ふにも一々町へ出ねば用の便ぜざるは不都合此上なけれど、酒屋へ三里豆腐屋は五里といふ片山里に比べると、なんの此処は極楽天上界。別に町へ出るにも股引艸鞋の面倒もなきぞかし、暮を見掛けて着の身着のまゝ一寸町へ行ツて来ようや、艸履をツひと爪先に突かけ、手を懐にしながら、悠然出掛けて埒明き得れば、村と云ふも其実町も同様なり。

住んでいる村は「不都合此上な」いといいながら、「其実町も同様」と強がる義坊の内心は、町が羨ましくて仕方ないのだ。その羨ましさの最たるところが「立派な建物」である。

それにしても町と云ふ処は羨ましい、郡役所もあれば警察署もある、裁判所もあれば収税局もある、病院、会社、郵便局、倶楽部、有るぞ〳〵立派な建物が沢山あることぞ

町には高等小学校をはじめとしてさまざまな施設があり、義坊は「立派な建物があることぞ」と眼を見張り、憧れるのだ。義坊が羨むこの「立派な建物」は、実際に明治期に魚津町に建てられていた施設と照応している。「郡役所」は下新川郡役所である。『下新川郡史稿下巻』には、

田方町にあり、明治十一年始めて下新川郡を置かれたるときは、区務所（大町にありて元は藩主の旅屋なりき）を其儘郡衙に充てられ、二十五年四月十八日に至り、現地（此建物は元病院なりき）に移転せり。

と下新川郡役所の沿革が記されている。一八九二年の移転から『下新川郡史稿下巻』が刊行された一九〇九年まで下新川郡役所があったのは、現在、富山県魚津総合庁舎の建つ地である。合同庁舎玄関の自動ドアを入ると左手に、下新川郡役所だった建物の正面の破風に取り付けられていた「懸魚」(3)が展示されており、当時の面影を残している。「警察署」は魚津警察署であり、『下新川郡史稿下巻』に次のように記される。

明治四年十一月、新川県を置き邏卒と称するものを設け、目下の警察事務を執り、（中略）同十三年六月、現今の位置に新築して此に移転せり。

一八八〇年に新築された魚津警察署は一九〇九年までは同地にあったことがわかる。「裁判所」は「明治十年三月の開庁」（『下新川郡史稿下巻』）の魚津区裁判所であり、現在は富山地方法務局魚津支局がこの地にある。また、「収税局」については『魚津町誌』に、

越中地方に於ける収税機関たる官所設置は、明治四年。（中略）明治十四年八月、租税局出張所を福井に設け、（中略）十八年七月に至りて、（中略）検査員出張所を設く、是れ此地に収税事務を執る、官署の

設けられたる始めにして、下新川郡を管轄せり

と記述されており、「収税局」という名称ではないものの魚津税務署の前身を指しているものと考えられる。その所在地は、開庁から一八九七年に魚津町大字荒町の「民有家屋」（『魚津町誌』）に移転するまで、「県収税部出張所」（『魚津町誌』）だった民家にあったと記録されている。

「郵便局」は、『魚津町誌』に、

明治五年七月魚津郵便局設置（中略）明治十一年九月五日電信局を、大町に設置せられ、郵便の事業大に拡張せられ、次で両局を合併して、郵便電信局となり

と、また『魚津市史資料編』（魚津市役所　一九八二・三）の「魚津郵便局の沿革[4]」から、一八九四年には「魚津郵便電信局」としてその存在が確認できる。

「郡役所」「警察署」「裁判所」「収税局」「郵便局」について、その番地まで確定できないものもあるが、作品のモデルになった「立派な建物」は一八九四年の魚津町に実在した。

「病院」「会社」「倶楽部」について、当時の施設をモデルとして特定するには資料が不足しているが、それと推測できる建物はいくつか実在した。

一八九四年に魚津町で開業していた「病院」の呼称のある建物は避病院だけだった。避病院について、『魚津町誌』に次のように記されている。

明治十九年七月、本町字杉野端に於て、避病院三十坪を金四百五十円にて建築し、以て当時流行せし、虎列刺病等の患者を収容したり、然るに該避病院は、位置、不便なる而巳ならず、汚損且つ狭隘に付、明治二十八年六月、更に諏訪濱に之を建設す

隔離病院であり、「汚損且つ狭隘」と表現される避病院が、義坊の羨む「立派な建物」であるとするには疑問が残る。また、モデルに近いと考えられる魚津病院は、一八五七年に藩立金沢の出張魚津病院として設立されたものである。だが、藩置県後に廃院となり、その後一八七二年に好生舎として設置されたが翌年閉院、一八八七年に郡事業として魚津病院を再興し下新川郡役所の隣地に設立するも、一八九二年に閉鎖した。つまり、「貧しき小学生徒」の背景となっている一八九四年には、魚津病院は開業していなかった。また、ほかに医療施設としては、源之助が通学したと考えられている魚津明理小学校近くに、阿波加医院があった。阿波加医院の医師阿波加脩造は、魚津明理小学校で一八七三年には「副師範心得」として教職にあり、後に魚津文庫設立の際には源之助と共に発起人に名を連ねる町の名士である。しかし『魚津町誌』の「虎列刺」の治療法を紹介する記述の中では「阿波加家療法」と記されており、「病院」とは認識されていなかったとも考えられる。

明治十年代になると「会社」が次々に設立したことが『魚津町誌』に記されている。

明治十四年五月に至り、始て久榮社を設立し、株金を集めて資金を募る、之れ本町に於ける資金営業会社の嚆矢となす、次て興新社の設立（中略）久榮社に至りては、永続して予定の年限に至る迄、本町金

融の上に便益を興へたり、其後明治十七年五月郡益合資会社を組織（中略）明治廿五年に至り魚市会社の北洋社有磯社を合併して、水産株式会社を組織

この記述からは義坊が羨む「会社」がどこなのか一つに絞り切れず、特定するには新たな資料の発見が待たれる。

さらに「倶楽部」については、それがどのような目的のどのような建物であるか特定する材料が乏しい。当時、魚津には下新川倶楽部という政治組織があった。下新川倶楽部について、『下新川郡史稿下巻』には次のように記されている。

田方町にあり明治十四年秋、呉羽山以東即ち越中東半部の有志相謀り、自治党を組織す（中略）有志相集合する為に、一集会場を設け、之を下新川倶楽部と称せり十五年呉羽山以西の有志と合し、自由党に対主して越中改進党と改称せり、後呉羽山以西の党員は立憲改進党に合したるも同山以東の有志は依然独立の改進党と称し一団たりしが、二三年にして法律の改正により解散せり、其一部は立憲改進党に入り、後憲政本党と改称し、倶楽部は其党員の集会所となりしかば、倍々建物の陜隘を感じたるを以て、三十五年秋、現建物を新築して今日に及べり

このように下新川倶楽部の集会所があったことは確認できるが、「陜隘」な「党員の集会所」が「立派な建物」と言えるとは考えられない。同時期の一八九五年に、源之助が『毎日新聞』に載せた記事では「倶楽

部」を次のように書いている。

我労役者が社交倶楽部とも曰ひつべき湯屋の側面を悉して到れりと覚えられ候へ共、地方湯屋の状況尚ほ此句に意味せらる外に於て申上ぐべき事共不尠（夢蝶「戦争と地方労役者」『毎日新聞』一八九五・一・一七）

ここでは、社交場として「湯屋」を「労役者が社交倶楽部」と表現している。また別の記事では、

今や上流の者のみならず中流の者と雖も何歟の折に直に上に羽織るは黒の三ツ紋、仙台平の袴、頭天に山高帽、其言語と雖も軽快なる都音を学び敢て旧来の緩語を為さじ、相談あれば倶楽部に集り若くは料理店に会して手軽に事を纏む（天淵「都会と田舎」『毎日新聞』一八九五・八・一〇）

と、相談ごとがあると「倶楽部」に集まって「手軽に事を纏む」と記している。源之助は、複数の人が集まって話をする場所を「倶楽部」と表現していたようだが、義坊が見た建物はどの施設を指すのか特定には至らない。

以上のように見てくると、特定こそできないものもあるが、大凡において実際の一八九四年の魚津町が描かれているということができる。源之助が東京へ出てから八年後に描かれた魚津の姿は、源之助の脳裏に強く残っている故郷の情景だったのであろうが、上京後も郷里と密に連絡を取り、魚津の最新の正確な情報を得ていたことが背景描写からわかるのである。

三　貧困と教育

「貧しき小学生徒」の重要なモチーフの一つに「祭り」の賑わいがある。この村の春祭りが賑やかであればあるほど義坊の家の貧しさは際立つ。

賑わう村の「祭り」は、祭礼の準備を整え飾り付けられた神社や、晴れの日の食事や着物に朝から胸躍らせて立ち動く村の大人や子どもの様子から、鮮やかに描写される。

流し簾数十本社然に立てられたるが、折々風の為に翻るめり、其中には紅ひのもあり白ひのもあるべし、中にも遠き樹の間より際立ちて見ゆるは紅い簾なりけり

神社周辺には紅白の「流し簾」が設置され、華やいだ情景が描かれている。社前には、

町の十文菓子屋殿の此天気と此祭節とを的睨んで一儲せずんばあるべからずと、朝まだ小供の眼醒ぬ頃より宮の前に陣取り、台を出して十四五組列をなして扣へ居るなり。

と、たくさんの屋台が並ぶ大掛かりな祭礼の様子が描かれている。

舞台である本江村の鎮守は一三八〇年に建立された「神明社」であり、現在も下野方本江にある。しかし

「流し簾数十本」を社前に並べたり、「十四五組列をな」す屋台を置いたりするほどの敷地はない。これに対して魚津町の郷社「神明社」の祭礼は非常に大きなもので、「新明宮春季祭禮は、六月三日にして其余興として、山車を各町より曳き出し、之れを各町に曳き巡」（『魚津町誌』）し、演劇や本格的な浄瑠璃が催され、近隣の村からも多くの人が集まったという。

黒田源太郎『盧邊夜話』（一九三三・一〇）には、源之助について次のような記述がある。

小学校卒業後、神明町醤油醸造業澤田六郎兵衛の徒弟に遣はされたが、此間毎年五月末執行さるゝ郷社神明宮の大祭に、催物として各町から曳出す山車の上で、演ぜられた子供芝居へ君は撰ばれて数回出演したが、女形としての技芸と台詞が優秀なので、観衆拍手せぬものなき好評を博した

源之助の奉公先澤田六郎兵衛宅は、魚津町の神明社の門前といえる場所に建つ。奉公先の眼前に在り、参加もし、源之助が親しんだ神社は魚津町の神明社である。また次の酒宴の描写も神明社を想起させる。

芽出たいものは蕎麦の種三角重なる〱、芽出たいものは芋の種末葉は開く元に子が出る〱と謡へば、喝采湧くが如く、拍手の音の夥しきは、恰も秋の祭の社前の花相撲で贔屓角力者の勝利を喜ぶ騒ぎに似たりき。

宴席の賑わいが秋祭りの花相撲の勝利を喜ぶ騒ぎと同様だとあるが、神明社の秋季大祭では実際に「花相

撲」が興行されていた。[5] これらのことから「祭り」の描写は魚津神明社の春季祭礼が映されたものといえそうだ。

もっとも、「本年の火祭（一月二十六日）に太鼓を張り換へたが能く鳴る」という描写は、神明社ではなく愛宕神社[6]の鎮火祭のことである。源之助が通った魚津明理小学校の校庭にあった愛宕神社の「火祭」は、源之助にとって身近な行事だったと考えられる。各町内で独自に工夫を凝らして作られた御幣を、町内ごとのお祓いの後に燃やす鎮火祭は、全国でも奇祭の一つに数えられている。当時は御幣を設置する台車には太鼓が乗せられ、子どもたちが太鼓を叩きながら町内を練り歩いたという。幼い日の源之助も御幣とともに金屋町内を練り歩いたのであろう。この愛宕社の鎮火祭は、多少変化しているものの、魚津神社に移転された現在も一月二十六日に行われている。

このように、村の春祭りもまた「立派な建物」と同様に、実際の魚津町が描かれている。文筆家源之助の、出来事の描写の正確性はその出発点から揺るぎがない。

作中では、春祭りという村一番の晴れの日の、浮足立った大人や子どもの様子が、詳細に繰り返し描かれる。「彼等が格外に銭を遣ひ得るは、正月と盆と春秋二度の祭礼の時斗り、また佳い着物きる事の出来るも此時」と、子どもたちはお祭り小遣いを得たり、晴れ着を着せられたりと、朝から落ち着かない。それは子どもたちにとって「盆と正月とを除きて、第一の嬉しい日なる祭時」だからであり、

　百幾十人の小供の喜び、楽み、若し世に極楽の図を書きたいと思ふ人あらば、此日の遊びを見せてやりたし。太鼓の音の朝より鳴り響き居るは、神主の来て鳴らし居るにあらず、小供の行きて代り〳〵鳴ら

し居るなり

と、その喜びようは隠しようがない。また女性たちは、

日も午後の三時頃になれば、鶏の鳴き声も太鼓の音に埋められて、全村何となく浮き立ち、家々の女房、娘、婆様に到るまで襷あやどりて厨さわき忙し。

と、準備も嬉しさにあふれ、「春秋二度のお祭は、渠等の為には大吉日なれば、此夜は鯛、鰈の如き上品なもの」を食卓にのせる。酒宴が始まれば、

家外は人の歌ひ騒ぐ声喧しく雪駄や下駄の音絶ゆることなし。面無千鳥でもして浮かれ戯むるゝにや、断間なく小供の叫ひ声聞えて八釜し。孰れの家も既に酒宴でも開きて酣なるものか、なまめく節の声やさしく、麦歌の声は手に掬る如く聞えけり

と、大人も子どもも日常を忘れて「歓天喜地の大祝日」に陶酔するのである。「麦歌」は五箇山民謡の「むぎや節」であろうし、そこで歌われた祝歌「芽出たいものは蕎麦の種三角重なるく、芽出たいものは芋の種末葉は開く元に子が出るくと謡へば、喝采湧くが如く、拍手の音の夥しき」もまた当時魚津町で歌われていた。(7)

「貧しき小学生徒」において、春祭りは本郷村の子どもたちにとって、「盆と正月とを除きて、第一の嬉しい日なる祭時」であり、小遣いをもらって買い物ができる待ち遠しい日である。「佳い着物」を着て、朝から鳴り響く太鼓の音に浮かれ、「今夜に限りては村の衆が飲む酒も何時もの濁酒にあらず、肴も何時もの肴にあらず」というように、子どもばかりではなく村全体が賑わっている。

村中が非日常の春祭りに酔い痴れる一方で、義坊は一人日常の中に取り残されている。義坊の家では「寂寞」として人の声さえしない。囲炉裏にくべる柴は残り少なく、畳の上の蓆は泥で汚れ、茶釜も薬缶もしみにまみれている。祭りの日であっても「平常着」の外に着物はなく、ご馳走や小遣いがないどころか日常の生活がままならないほど、義坊の家は困窮していた。母の薬を買いに出かけた義坊は同じ学校の朋輩から、「手前の家は祭りでないの歟」「何故何時もの着物で居るのだ、何故佳い着物を着ないのだ」「此村に居て祭りせぬものは此村の者でない、此村のものでない者が何故此村に居るのだ」という無邪気な悪意ある言葉を投げつけられて、傷つけられる。「義公の家は貧乏だから佳い着物は着られないのだ、貧乏人の児と遊ぶと貧乏が伝染る」と、貧乏であることが悪いことであるかのように、皆ではやし立てる。義坊は貧しいゆえにいじめられ、集団から排除されるのだ。

このように義坊が村の子どもたちに虐められる場面について立花雄一氏は『評伝　横山源之助』（一九七九・四　創樹社）の中で、「横山源之助のその頃のシチュエーションをおもわせる」と記している。源之助の養父は、腕のよい左官職人であり、職人としては比較的豊かな暮らしをしていたことが知られている。しかし、当時の高等教育は富裕階層のためのものであり、職人の子どもや徒弟の受けられるものではなかった。源之助も義坊のように、同級の子どもたちから虐められたこともあったかもしれない。職人や労働者など社会の下層で生きる者と、士族出身者や資産家といった上流階級との対立の構図を、源之助は幼少期からすでに肌で感じていたのではなかろうか。後の社会問題に対する源之助の鋭い視線は、この当時から育まれていたに相違ない。

義坊が悔しい思いに耐えながら買い物を済ませて帰宅すると、家では母が暗い中にうなだれていた。

また何時もの様に朋輩に、虐められて居るのではないか、あの児も真に不幸な子だ、祭時だと云ふのに余所の小供の様には遊ぶことも出来ず、一枚の晴れ衣も着せてやることの出来ぬとは、あゝ何たる因果だらう、それに四五日前より癪が起りて、此身の不加減、幾程不如意だとて身体さえ健康なら、また仕様模様もあらうものを、何たる前世の業ぞ

と、母親はわが身の病身と、家庭の貧窮のために困難を強いられる息子を不憫に思って嘆いている。義坊は貧しさのために虐められ、せっかくの祭りに晴れ着を着ることも、遊びに行くことも出来ない。義坊の歯痒さや辛さを感じるほどに、母親としての悲しみは倍増する。その上さらに母の胸に応えるのは、義坊の家族への気遣いである。「母ちやんは食べないのか、己斗り食べるのは嫌だ父ちやんも還つて皆と一同に食べなきあ嫌だ」という義坊は、貧しさゆえに父母が食事を減らしていることも知っているのであろう。ただでさえ荷運の職は収入が少ないのに、義坊を学校に通わせるための授業料が吉田家に大きな経済的負担を与えていることを、義坊は十分承知しているのだ。

一八九九年に源之助がまとめた『日本之下層社会』（教文館）によれば、「常傭」の「運送人足」が稼ぐ一

日の賃金について「大抵五十銭を取り、四十銭なるは少なし」と記している。これは東京の日稼人足の場合であるので一概には言えないが、義坊の父吉田孫右衛門が得る一日に十五銭という賃金はあまりにも少ない。さらに『日本之下層社会』では、夫婦と子ども一人の一日の生計に必要な費用を三十三銭三厘とも記している。義坊の家計がいかに困窮しているのかは、この数字だけを見ても明らかである。その上に小学校の学費などとうてい支払えるはずがないことは、父孫右衛門も分かっていたはずである。義坊が町の学校へ入学する時には、「痛く村の輿論囂しかりければ両た親は大に難儀した」という。それでも、

己が仲間では書物など読むは要らぬ事、葉書が書けて人の名が読めればそれで沢山、町の学校へ出し、一月に十五銭の授業料取られるは、贅沢此上なし、学校へ出させる暇があるなら、親主の手伝させた方が、どれ程片腕になつて為になる歟

という村の価値観の中で、「楽といふを知らぬ阿呆の随一なり」と罵られてまで貧しい家計を圧して進学させることは、義坊の父母にとって大きな決断であったことは想像に難くない。もちろん義坊の、「町の学校へ上げて被下と手を会わさぬ斗りに願ひける」様子に、情を絆されたのであろうが、同時に「此児に学問させて、此貧乏の暮を、昔し語りとして見たい」という打算的な気持ちも働いていたことも間違いない。しかしそれ以上に「三度の食事を二度に減らし」、母が「内職をして手助をする」ことで、「思い切て町の学校へ出すこと」にしたのは、息子の喜ぶ顔を見たいという親の愛情ゆえに他ならない。

学制が発足したのは一八七二年であるが、魚津町では、翌年四月に魚津尋常高等小学校が大町に開設され

たのが最初であった。作者源之助が卒業した魚津明理小学校は、一八六三年四月に魚津第一番小学校として創設された児童数百七十三名の大きな学校であり、一八八六年の記録によれば、その授業料は尋常小学校が年額一円二十銭以上二円四十銭以下、高等小学校が年額三円以上六円以下であった。実際は月額二十五銭の学費であったが、作中において「一月に十五銭」であったとしても、村の者たちが言うように義坊一家にとってはそうとうの「贅沢」であった。そして、この「贅沢」は母の発病と共に中断される。授業料を滞納し、「四五日の内に納めざれば、児供を退校さすべしとの厳命」を受けてしまう。「席順何時も三番より下がりしことなく、就中算術が大上手にて、学期中答案を間違ひたことのなければ」というほどの成績優秀者であっても、貧しければ学問が続けられないのである。村の春祭りに晴れ着を着るよりも、ご馳走を食べることよりも、

母ちやんの病気が愈りて、二た月滞つて居る授業料が払へれば、夫程嬉しい事はない、それから又算術の本も買つて被下れば、大変に嬉しいけれど

という義坊の学びたいという欲求も、貧しさには屈するよりほかないのである。

この日、父は何時もより多くの賃金を得て帰宅する。この日手にした五十銭の中から授業料を払うことが出来たとしても、義坊にとってその後も学校に通い続けることができるという保証はまったくないのである。父の得た予想外の収入によって、それまでの暗く「湿つて居た家庭も俄に笑ひ声」が響き、つかの間のささやかな祭り気分を味わうのであるが、この家族の将来に救いは見出せない。

村という共同体が家族の生活に大きくかかわる明治期に、村の祭りを共に祝うことができない貧困は、辛く厳しい現実であったに違いない。祭りの賑わいが大きければ大きいほど、義坊の貧困の厳しさが浮き彫りにされる。一日十五銭の賃金で荷運びをする、日雇い労働者の父の得る収入は僅かであり、その生活は不安定である。その中で一月に十五銭の授業料と病気の母の二銭の薬を買えば、晴れ着や酒や鯛が買えるものではない。この日父は旦那様からのご祝儀を得て、ようやく義坊も非日常の祭りを感じることができるが、それは束の間の「晴れ」であり、根本的な貧困の解決にはならない。

四　文学的出発点

「法律家に為る」（「真人長谷川辰之助」）という夢を抱いて上京した源之助は、弁護士を断念して文筆家になった。そこには長谷川辰之助、矢崎鎮四郎、松原岩五郎、川島浪速等の存在が影響したのであろうが、その目指すものにぶれはなかったのではないか。上京した最初から「徳富蘇峰氏の平民主義には、魂を打ち込んでゐた」（同前）が、弁護士を諦めた後も「社会党などの行動が眼にちらつ」（同前）き、「貧民とか労働者とかいふと、無性矢鱈に身にしむ」（同前）という。長谷川辰之助の「人道主義」（同前）に惹かれ、「弱者に同情があつたのも君の美徳の一ツ」（同前）と二葉亭を慕う源之助自身も、生涯の記述の中で弱者に目を向け、社会へ向けてその報告をし続けた。

「貧しき小学生徒」では、貧困によって引き起こされる様々な問題が描かれる。貧困ゆえの村からの排除、教育による貧困からの脱出、「町の旦那」「親方」による救済など、その後の源之助の取材テーマになる問題が数多く作中にちりばめられている。貧困をどのように解決していくかは明確に描かれていないが、いくつかの示唆を見出すことができる。これは源之助がその後もルポルタージュを書いていく中でも、一貫した表現方法なのである。

また、表現するときには取材した事実をそのまま文中に記している。小説の中の主人公として生み出された「義坊」が生きる空間は、実際に源之助が眼にした明治二十七年の魚津町なのだ。情景や出来事を記すことに関して、小説としては正確さを要求されないのかもしれない。それでも源之助は小説にもありのままを記すのである。そしてその後の労働者や貧民の取材報告でも一貫して正確で詳細な執筆に努めている。

源之助の文筆家としての執筆姿勢は、処女小説「貧しき小学生徒」からすでにあらわれ、執筆テーマも表現の仕方も頑なに変えなかったのではないだろうか。

＊本文引用は、『横山源之助全集』第一巻〜別巻二（社会思想社・法政大学出版局　二〇〇一・三〜二〇〇七・四）による。

＊引用文の読みにくい表記は、適宜、旧字体を新字体に、カタカナ表記をひらがな表記に改めた。

［注］

（1）『渋沢栄一伝記資料』第二十九巻第二編第三部第二章（渋沢栄一伝記資料刊行会　一九六〇・一）。また、その日の渋沢栄一の様子を娘穂積歌子も次のように記している。

はゝその落葉　穂積歌子著　第六二丁　明治三三年二月刊

○上略　久かたの天のお柱めぐり〳〵て。廿年あまり五つとせと云ふにならせ給へバとて。やがて其年の春三月九日。御祝典取行はせ給ひ。

（2）もともと一つの「本郷村」が行政区画の変更により分割され、それぞれに「本郷」の地名が残ったようである。
（3）『広辞苑』第4版には、「懸魚」について「破風の拝の下、またその左右に付ける装飾。棟木や桁の先端を隠す。」とある。また展示された「懸魚」の説明書きには次のようにある。

この彫刻は、懸魚（桁隠し）といって、建物から火を避ける意味で、この場所にあった下新川郡役所正面の破風頂部に取り付けられていたもの（平成十六年三月　富山県）

（4）「魚津郵便局の沿革」には、明治五（一八七二）年七月一日に二等格の魚津郵便役所が魚津町大字荒町八三番地に位置したこと、明治六（一八七三）年七月に三等格に降格したこと、明治八（一八七五）年一月に魚津郵便局に改称したこと、明治二三（一八九〇）年四月一日に郵便電信局が合併し魚津郵便電信局に改称したこと、明治三八（一九〇五）年一〇月三一日に移転し魚津町大字神明町六八番地に移転したことなどが記されている。
（5）神明社秋季祭（八月廿七日）に興行する所の花相撲は、今より凡そ百二三十年前に、起りしものをなりと言へ伝ふれるども、未だ起原を詳細にするを得ず、然れども或古老の説によれば、天明の頃、八月に入りなば、毎夜同社の前に於て、多くの小供相集り、互に相撲を取りたるに、恰も暑気堪ふべからざるの時節とて、町内の人々も、亦同社前に集まり、納涼旁々其小供相撲を見物するを常とせし（中略）春季祭（四月）には、山車を曳き廻して、神明社祭の余興となせしも、（中略）小供相撲を拡張して、以て例年八月廿七日に興行し、以て諏訪社への奉納にすべきを主唱したる結果、遂に実行せられる、是れ即ち現今の神明相撲の起原なりと云ふ。（「附説　神明社相撲沿革の大要」『魚津町誌』）
（6）愛宕神社について、『魚津史談』第一八号（一九九六・三）に、次のような記述がある。

愛宕、実相院は永正二年六月、（一五〇五年）、真言宗、長遍によって開基され、魚津城の東丸の一部として、物見櫓としても活用され、城門の守りを固めてきた（略）

明治二年（一八六九）、神仏混淆禁止の公布に基づき、愛宕社神宮へ引渡し、再建の堂宇に、本尊を安置（略）

友道・愛宕神社由来によれば、その御縁起として、当山安鎮の鎮火神（塞ノ神…火災災難を防ぐ…さえぎる神の意）、愛宕大権現すなわち、軻遇突智命は、その昔、弘法大師（空海…俗姓は佐伯氏）、の御作力にて、霊験あらたかなるご尊像なり。（西野榮永「魚津市・友道地内の「真言宗」・「愛宕・実相院」について」）

（7）『下新川郡史稿上巻』第十一章風俗に「第五節 歌謡 二 祝歌」として次のように記されていることから、「謡」もまた、当時の魚津で実際に歌われていたものであることがわかる。

凡て慶事のありし時、酒宴の席上にて一同声を揃へ、手を拍ちて歌ふ、田植の際及其酒席にても、亦歌はる。

○目出度いものは　大根種〳〵　花さへ済めば　たはら重なる〳〵

囃「さえゆる〳〵手を拍て囃す（さえゆるは栄ゆるなり）

○目出たいものは　芋の種〳〵　末葉広がり　元に子がなる〳〵

○目出たいものは　蕎麦の種〳〵　花さへ済めば　みかど重なる〳〵

［付記］本稿は『富山文学の会　ふるさと文学を語るシンポジウム報告書』（富山文学の会　二〇一〇・三　）に掲載した「横山源之助の描いた子ども――「貧しき小学生徒」と『群峰』第2号（富山文学の会　二〇一六・三）に掲載した「「義坊」の魚津を巡る――「貧しき小学生徒」と魚津町」を併せて加筆修正を加えたものである。

原典の書き込みから見る小泉八雲「常識」
――ヘルン文庫調査から

今村　郁夫

一　「常識」の原典

小泉八雲は日本で『怪談』[1]をはじめ十以上の著作を残している。それらの作品の多くは再話[2]という手法を用いて書かれたものである。《臥遊奇談》の〈琵琶秘曲泣幽霊〉からの「耳なし芳一のはなし」、《玉すだれ》の〈柳情霊妖〉からの「青柳のはなし」[3]などがよく知られている。こうした八雲作品の原典となった《臥遊奇談》や《玉すだれ》などの和漢書三六四冊、洋書二〇七一冊、計二四三五冊に上る八雲の旧蔵書が富山大学附属中央図書館のヘルン文庫に収められている。

筆者はヘルン文庫の和漢書について、書き込み調査を行った。その結果、《宇治拾遺物語抄　上巻―下巻》（書架番号2115、2116）に多いことがわかった。《宇治拾遺物語抄》の〈猟師、仏を射る事〉は八雲の『骨董』所収の「常識」の基となった重要な作品であることが、富山大学附属図書館編『富山大学附属図書館所蔵ラフカディオ・ハーン　ヘルン（小泉八雲）文庫目録　改訂版』[4]や平井呈一[5]らに指摘されている。しかし、

「常識」の原典については、小泉和弘が「ハーンの『常識』に関する考察」（『芝浦工業大学研究報告人文系編』三六巻一号、二〇〇二）で、『今昔物語集』の巻二〇の「愛宕護山聖人被ル謀野猪ニ語第十三」であると指摘している。

なぜ、「常識」の原典として複数の説があるのだろうか。それは、〈猟師、仏を射る事〉と『今昔物語集』の巻二〇の「愛宕護山聖人被ル謀野猪ニ語第十三」が非常に似た話だからである。『宇治拾遺物語　古本説話集　新日本古典文学大系42』[6]の付録の「宇治拾遺物語類話一覧」でも指摘されている。[7]

しかし、ヘルン文庫の書架番号2110、2111の《今昔物語　上―下》[8]には『今昔物語集』の話が全て収録されているわけではない。上巻の凡例に「此書を載る所の事。著聞集。宇治拾遺。十訓抄等を出たるをバ皆略して記せず」「此書数巻。急に印刻しがたし。（中略）日本部三十巻を梓行す」[9]と書かれているように、いわゆる抄録本である。巻二〇は仏法部に当たり、資料1に示したように

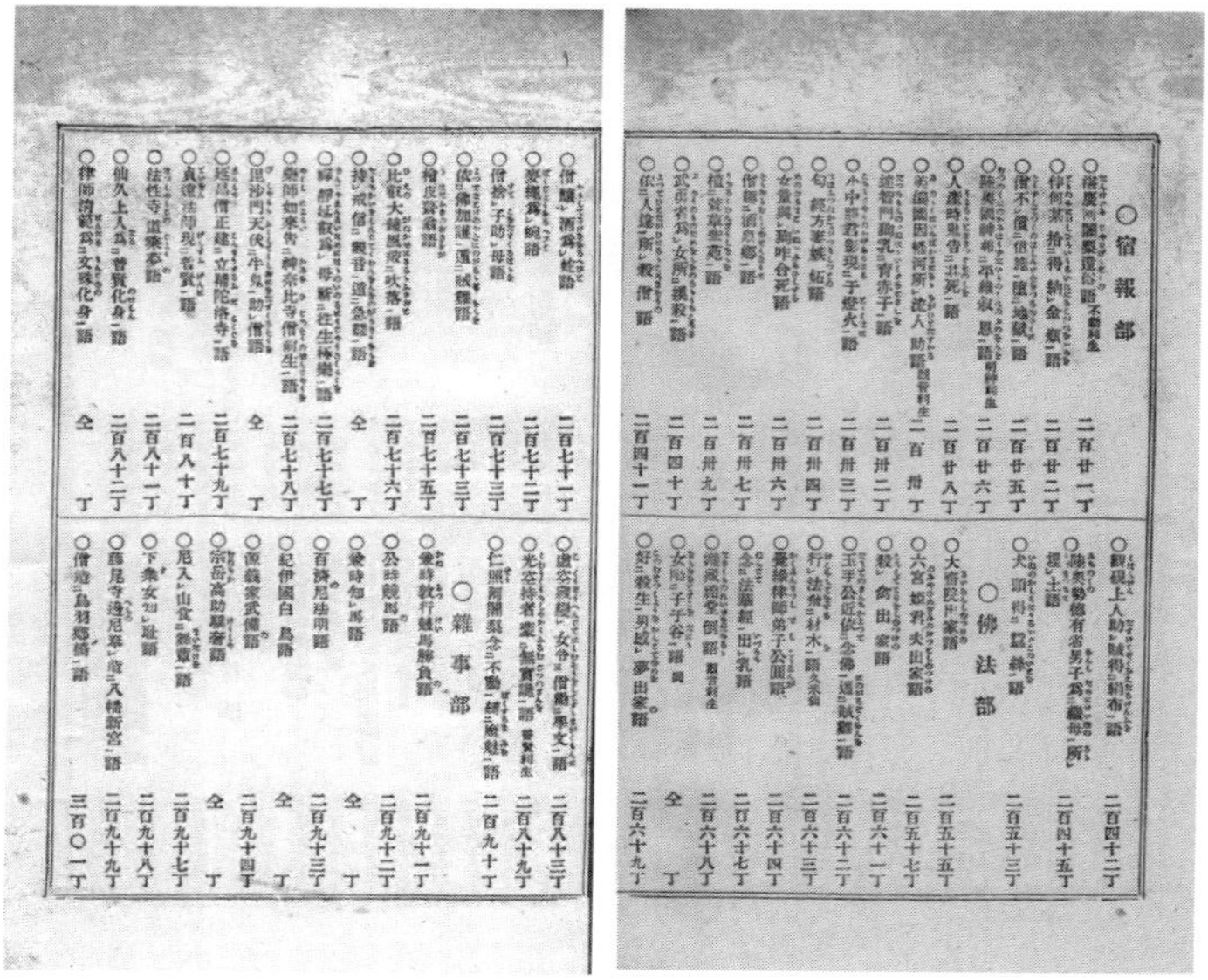

資料1　《今昔物語　下》「仏法部」の目次

「常識」の原典との説がある「愛宕護山聖人被ル謀野猪ニ語第十三」は《今昔物語　上—下》には収録されていないことがわかる。つまり、八雲は「愛宕護山聖人被ル謀野猪ニ語第十三」を読んでいなかったと思われ、原典は《宇治拾遺物語抄　上巻—下巻》の〈猟師、仏を射る事〉と推定できるのである。

二　誰の書き込みか

次に筆者が調査して分かった原典への書き込みについて見ていきたい。〈猟師、仏を射る事〉への書き込みは資料2の通りである。

「常識」の原典となった〈猟師、仏を射る事〉は約四ページの話であり、全体にわたって書き込みされていることが分かる。〈猟師、仏を射る事〉への書き込みについては、ヘルン文庫蔵の《宇治拾遺物語抄　上巻—下巻》が「富山大学学術情報リポジトリ」(10)でPDF公開されているので、確認してほしい。

頁	言葉	場所	書き込み内容
下巻1	「(一) 獵師、佛を射る事」という題名	頭	×
	おこなふ聖	右隣	務　行をしている僧
	年比行ひて	右隣	年久しく
	坊	右隣	寺
	餌袋	上の余白	餌袋＝之＝鷹　餌ヲ入レテ持歩ルヲ轉テ食物ヲ入レテ持チ歩ク袋
	「經をたもち奉りて」の「たもち」	右隣	読
	菩薩	右隣	ぼさち
	「よに、たふとき事」の「よに」	右隣	甚
下巻2	やうく	右隣	漸々
	「いかゞは」の「い」	右隣	ア
	「いかゞは」の「ゞ」	右隣	論
	をいく	右隣	あくく
下巻3	「火をうちけつごとくにて」の「けつごとく」	右隣	すと同じ

資料2　《宇治拾遺物語抄》の「常識」関連部分への書き込み

ここで、この書き込みが誰によるものかということが問題となってくる。候補としては、①和漢書をもとに作品を書いた八雲自身、②八雲に読み聞かせていたと考えられる妻のセツ、③古本であるので以前の所有者、の三者が考えられる。

この中で八雲自身である可能性は極めて低いと思われる。これらの書き込みにはひらがなや漢字、「ヲ」が使われている。しかし、八雲が妻のセツに宛てた手紙を見ると、八雲はひらがなをほとんど使わず、助詞の「ヲ」も使っていない。[11] 一方、染村絢子[12]が一つの書き込みを例に『つ』が『ち』となるのは『英語覚書帳』でも見られる」と指摘しているように、セツの癖が表れている部分があり、それ以外のものもセツによるものである可能性が高いと思われる。ほかに決定的な証拠がなく、以前の所有者である可能性も捨てきれないが、後述する「常識」と書き込みの関連の深さから、私はセツの書き込みであると考えたい。

三　八雲の「常識」と原典との比較

では、「常識」とはどのような話なのだろうか。あらすじは次の通りである。

愛宕山の信心深い和尚は最近普賢菩薩が寺にやってくることを訪ねてきた猟師に話す。猟師は不審に思うが、その夜、和尚が言ったように普賢菩薩が現れた。和尚と小坊主はひれ伏して経文を読んでいるが、猟師はその後ろから普賢菩薩を矢で射てしまい、射られた普賢菩薩はたちまち消えてしまう。翌朝、その場所から矢に射抜かれたタヌキの死骸が見つかった。信仰にあつい僧侶も簡単にだまされるが、無信仰な猟師は常識を持っており、それを見破ることができた。

このような内容の「常識」と原典について、原典に書き込みがあった部分を比べてみたい。◇は八雲が書いた原文である「COMMON SENSE」[13]の文章、（　）内は訳文である「常識」[14]の文章、◎は原典の「猟師、仏を射る事」[15]の文章である。○以下は書き込み内容を含めた考察である。なお、傍線は八雲によって加えられた部分、破線は削除された部分、波線は表現などが大きく変更された部分である。

㈠削除

◇該当なし（該当なし）。

◎年比行て坊を出づる事なし。

○「年比行て坊を出づる事なし」の「坊」の右隣に「寺」と書き込みがある。「常識」では、この部分が削除されているが、次に指摘する㈡の部分などで「寺」という言葉が使われているため、「坊」は「寺」だという説明をセツがしたと考えられる。

㈡追加

◇The little temple in which he dwelt was far from any village ; and he could not, in such a solitude, have obtained without help the common necessaries of life. But several devout country people regularly contributed to his maintenance, bringing him each month supplies of vegetables and of rice.（その住んでいる小さな寺は、人里から遠く離れていて、そんな寂しいところでは、たれか（ママ）世話でも見てくれるものがなければ、日々の暮しもなにかと不自由がちであった。が、さいわい、信心ぶかい山家の人たちが、月々、かならず米や野菜をもってきては、

この坊さんの暮しを見てやっていた。）

◎該当なし

○新たに背景説明が書かれており、㈠で指摘したように「temple（寺）」という言葉が加えられている。

㈢変更と削除

◇One day, when this hunter had brought a bag of rice to the temple, the priest said to him.（ある日のこと、この猟師がお寺へ一袋の施米をとどけに行くと、和尚がこんなことをいった。）

◎久しく参らざりければ、餌袋に干飯など入てまうでたり。聖悦て、日比のおぼつかなさなどの給ふ。その中に居寄りての給ふやうは、

○「餌袋」という言葉の上の余白に「餌袋＝之＝鷹　餌ヲ入レテ持歩ルヲ轉テ食物ヲ入レテ持チ歩ク袋」と書き込みがある。一方、「常識」では「a bag of rice」（一袋の施米）となっている。八雲は、「餌袋に干飯など入て」を解釈しなおして「一袋の施米」としたようである。セツが書き込みにあるような説明を八雲にし、「食物を入れて持ち歩く袋」という説明を聞いた八雲が、西洋の読者にもわかりやすいように、「干飯」を「米」にしたのではないだろうか。[16]

㈣追加

◇it is possible that what has been vouchsafed me is due to the merit obtained through these religious exercises. I am not sure of this.（勤めの功徳かとも思われるが、まさかにそんなはずもあるまい。）

◎経をたもち奉りてあるしるしやらん、

○「經をたもち奉りて」の「たもち」の右隣に「読」と書き込みがある。「常識」では、その前の部分で「読経と三昧」となっている。セツが「たもち」の意味を「読む」と説明したものと思われる。

㈤追加

◇that Fugen Bosatsu comes nightly to this temple, riding upon his elephant.（毎夜当山へな、普賢菩薩が白象に召されてお越しになられるのじゃて。）

◎この夜比、普賢菩薩、象に乗りて見え給。

○「菩薩」の右隣に「ぼさち」と書き込みがある。このことについては、染村絢子[17]が「『つ』が『ち』となるのは『英語覚書帳』でも見られる」とセツの書き込みである可能性が高いと指摘している。

㈥変更

◇And, in another moment, the elephant with its shining rider arrived before the temple, and there stood towering, like a mountain of moonlight—wonderful and weird.（と思ううちに、光り輝くお姿をのせた象は、早くも寺の門前へお下がりになって、ちょうど月光の山のように、あやしく、ものすごく、そびえるように高だかとお立ちになった。）

◎見れば、普賢菩薩、白象に乗て、やう〱おはして、坊の前に立給へり。

○「やう〱」の右隣に「漸々」の書き込みがある。『新大系42』の脚注によると、「しずしずと。おもむろに」という訳になっている。しかし、八雲はより多くの情報を入れて詳しくしている。

㈦追加、削除、変更

◇Then the priest and the boy, prostrating themselves, began with exceeding fervour to repeat the holy invocation to Fugen Bosatsu.（和尚と小坊主とは、その場にひれ伏して、一心不乱に経文を読みあげている。）

◎聖泣く〳〵拝みて、「いかに、ぬし殿は拝み奉るや」といひければ、「いかゞは。この童も拝み奉る。をい〳〵。いみじうたうとし」とて、

○「をい〳〵」の右隣に「あ〳〵」の書き込みがある。㈥と同様に『新大系42』の脚注によると、「はいはい」という訳になっているが、八雲は会話の部分を書いておらず省略しているようである。

㈧追加と削除

◇Immediately, with a sound like a thunder-clap, the white light vanished, and the vision disappeared. Before the temple there was nothing but windy darkness.（たちまち、落雷のような大音響とともに、かのこうこうたる光りはぱっと消えた。とたんに、菩薩のすがたも、かき消すごとくに消え失せた。あとにはただ、門前にさつさつと吹きすさぶ夜風の闇があるばかりである。）

◎火をうち消つごとくにて光も失せぬ。谷へとゞろめきて逃行音す。

○「火をうちけつごとくにて」の「けつごとく」の右隣に「すと同じ」と書き込みがある。つまり、「けつ」は「消す」と同じだという意味であると考えられる。「常識」では「disappeared」（かき消すごとくに消え失

せた）となっており、書き込み内容が反映されていると言えるだろう。

以上、八雲の「常識」と原典となった『宇治拾遺物語』の「猟師、仏を射る事」について、書き込みがあった部分を比べてみた。

語注など一部の書き込みについては、セツがこれらの書き込みに沿って読み聞かせたと言える。(18) ちなみに、《宇治拾遺物語抄》への他の書き込み内容は、上巻八〇ページの「おどろき」に対する「目のさめる」や上巻八三ページの「つゆ」に対する「少しも」、下巻二四ページの「あてやか」に対する「上品」など語注が多い。そのほか、下巻二四ページの「えい」を説明するために絵も描かれている。

このように、書き込みは語注などが多く、原典の内容をより理解するためのものであると考えられる。原典をセツから聞いただろう八雲が書いた「常識」は、原典よりも詳しく具体的になっており、書き込み内容の影響を強く受けていると言えるだろう。

今回は原典に書き込みがあった部分について、追加や削除、変更内容を見てきたが、今後は書き込みがない部分も含め、全体を通してそれらを見ていきたい。この過程で、八雲が原典をどのように理解し、何を読者に伝えたかったのかが明らかになるのではないかと考えている。

［主な参考文献］

田部隆次『小泉八雲（第四版）』（北星堂書店、一九八〇・一）
森亮『小泉八雲の文学』（恒文社、一九八〇・八）
小峯和明校注『今昔物語集四　新日本古典文学大系36』（岩波書店、一九九四・一一）

富山大学附属図書館編『富山大学附属図書館所蔵ラフカディオ・ハーン　ヘルン（小泉八雲）文庫目録　改訂版』（富山大学附属図書館、一九九九・三）
小泉時、小泉凡編『〈増補新版〉文学アルバム小泉八雲』（恒文社、二〇〇八・一一）
染村絢子「『原典』――活字本から版本へ」（「へるん」二五号、一九八八・六）
小泉和弘「ハーンの『常識』に関する考察」（「芝浦工業大学研究報告人文系編」三六巻一号、二〇〇二）

[付記] 本稿は、拙稿「小泉八雲『常識』研究――ヘルン文庫書き込み調査から」（「富山大学大学院人文科学研究科論集」第九集、二〇一一・二）を基に行った富山文学の会第四九回例会の発表要旨である。

[注]
（1）八雲に関連する作品等の本文内での表記については次のようにした。八雲の著作は『　』、その中の個々の作品は「　」、ヘルン文庫所蔵の書籍は《　》、その中の個々の作品は〈　〉でくくった。
（2）森亮『小泉八雲の文学』（恒文社、一九八〇・八）には「『再話文学』という用語は平井呈一氏が使い始めたものらしい」と書かれている。平井は「八雲と再話文学」（『日本雑記他』所収）で「『再話文学』とは（略）"retold tales" あるいは "twice-told stories" の意味でありまして、八雲独特の作品形式、あるいは手法を、かりにわたくしがそう名づけたものである」と述べている。
（3）田部隆次『小泉八雲（第四版）』（北星堂書店、一九八〇・一）。
（4）富山大学附属図書館、一九九九・三。
（5）平井呈一訳『怪談・骨董他』（恒文社、一九八六・四 第二版）の「参考資料」。
（6）三木紀人、浅見和彦、中村義雄、小内一明校注、岩波書店、一九九〇・一一。
（7）ちなみに『新大系42』の脚注には次のようにも書かれている。「愛宕の事件となっているが実は外国種の話らしく、これの類話がミヒャエル・エンデの『満月の夜の伝説』として見える。インドの民話にもとづく物語という。本話はこれと同源でもともとは仏典にもとづくものか」。もしかすると、八雲は同じようなインドの民話も読んでいた可能性もあるが、ここでは言及しない。

（8）井澤節校訂纂注、出版者は辻本九兵衛、一八九六。

（9）国立国会図書館デジタルコレクションでも確認できる。〈URL：https://dl.ndl.go.jp/pid/1939054〉（二〇二四年八月確認）。

（10）「ヘルン文庫」のWebサイトにリンクが貼ってある。直接は、上巻〈URL：https://toyama.repo.nii.ac.jp/record/13213/files/2115_Ujishuimonogatarisho_1.pdf〉、下巻〈URL：https://toyama.repo.nii.ac.jp/record/13213/files/2116_Ujishuimonogatarisho_2.pdf〉（二〇二四年八月確認）参照。

（11）小泉時、小泉凡編『〈増補新版〉文学アルバム小泉八雲』（恒文社、二〇〇八・一一）を参照した。

（12）「『原典』——活字本から版本へ」（「へるん」二五号、一九八八・六）。

（13）西田義和編註『L. Hearn's SHORT STORIES』（文化書房博文社、一九九八・一）。

（14）平井呈一訳『怪談・骨董他』（恒文社、一九八六・四　第二版）。

（15）三木紀人、浅見和彦、中村義雄、小内一明編注『宇治拾遺物語　古本説話集　新日本古典文学大系42』（岩波書店、一九九〇・一一）。

（16）小泉が原典と考えている『今昔物語集』では、「菓子」となっているようで、「（菓子）というのは、現代では果物のことで、猟師が持参するには気が利き過ぎていると考えられるので、ハーンはより現実的な（米）に変えたものと考えられる」と述べている。

（17）「『原典』——活字本から版本へ」（「へるん」二五号、一九八八・六）。

（18）書き込みについて考察するためにはセツがどの程度教養を備えていたかを検証することが必要である。今後の課題としたい。

幸田文「木」「崩れ」をめぐって

高熊　哲也

一

単行本『崩れ』は、幸田文が亡くなった翌年（一九九〇年）に講談社から出版された。もともと雑誌『婦人之友』に十四回にわたって連載された（一九七六年一月〜一九七七年一二月）随筆を一冊にまとめたものである。実地の取材に基づき、紀行的要素を盛り込んだルポルタージュとも言える形式の作品である。[1]

安倍川の大谷崩れの風景に衝撃を受けた文は、資料探しと崩れの現場の見学に奔走し始めた。その中で由比ヶ浜の大崩海岸や富士の大沢崩れを訪れたりするうちに、常願寺川の上流の鳶山の崩壊、男体山の薙と呼ばれる崩れを知るようになる。いつもは和装の文が、山を訪れる際にズボンをはかねばならぬ苦労を語った挿話、若い頃浅間山に登った思い出や、伊皿子の自宅の土砂崩れの回想などをはさみ、新潟県の松之山町の崩壊跡、秋の大谷崩れ、日光男体山の崩れを語ったあと、いよいよ鳶山に向かうことになる。鳶山の前のいくつかの山行きでも、自分の体に許されるコース立て、必然的に他人の手を煩わさざるを得ない状況について述べて、それでも崩れを見ておきたいという自らの思いが強調されてはいる。しかし鳶山では完全に他人に負ぶさるって行くほかない。なぜそうまでして崩れの風景を文が見たかったのか、またそれを語りたかったのかがこの作品の主眼でもあり、最も強く表れているのが鳶山の章段であると言えよう。分量的にも全部で十四回のうち四回分が鳶山の章段に当てられている。その後、長野県の小谷の稗田山崩壊、浦川姫川の暴れの記述を機に、災害と人の営みの関わりにまなざしを注いで、桜島の噴火・降灰、北海道の有珠山の噴火を語って連載が閉じられた。

富山ゆかりの鳶山の章段は「崩れ」全体の中核をなすと言ってよいと思われるが、まず文が崩れの風景になぜ執着を持ったのかから検討してみたい。

先に作品の梗概を紹介したが、安倍川の大谷崩れに接した文が、富士の大沢崩れを訪れる際に、富士砂防事務所の所長に「だいたい崩れるとか、崩壊とかいうのはどういうことなんですか」と質問する場面がある。所長の「地質的に弱いところと言いましょうかねえ」という答えを聞いて、文は、

ふしぎなことにこの一言が、鎮静剤のように効いて私は落付いた。はっきりいえば、弱い、という一語がはっとするほど響いてきた。私はそれまで崩壊を欠落、破損、減少、滅亡というような、目で見る表面のことにのみ思っていた。弱い、は目に見る表面現象をいっているのではない。地下の深さをいい、なぜ弱いかを指してその成因にまで及ぶ、重厚な意味を含んでいる言葉なのだった。知識をもつ人ともたない者との、ものの思い方の違いがくっきり浮かんでいて、私のあたふたした騒がしさは消されたのだろうと思う。弱いという言葉は身近にいつも使う言葉だが、その言葉からの連想といえば、糸なら切

れる、布なら破れる、器物なら壊れる、からだなら痛々しい、心ならもどかしい、ということになろうか。

という感慨を記す。

まず気づくのは「知識をもつ人ともたない者との、ものの思い方の違い」という一節が、文が父露伴の思い出語りを機に文筆に携わりはじめたときから（もちろん生活者としては、文筆に携わる以前に身につけていた）一貫する対象を把握する姿、勢を示していることであろう。父露伴に掃除の仕方を習うエピソードが有名[2]だが、物事を知り、習得し、実践可能にするのは、観念的な知識ではなく、日常的訓練の繰り返しの中に、掃除なら掃除という行為を成り立たしめている論理を納得していくことに他ならない。ここで言う論理とは、ある具体的な行動の形には、目的に対して合理的な意味や理由が存在しており、その合理性がある種の倫理観に支えられているということである。日常の起居や世間との交渉において、ある行いが一つの形を取るのは、そこにある考え〈価値意識〉が働いているからであり、その形がその考え〈価値意識〉を実現したきっちりとした形を備えるかどうかは、その〈価値意識〉に基づいて生活していく覚悟を持てているかどうかによるのだ、というい具合に還元されていく。そして、その形は表面的には行動の目的とそぐわないかのように見えたりもするし、身につけるための訓練が、理不尽とも言えるような努力を要請したりもする。しかし、ここで述べたいことは、父露伴の影響ということではない。本来母親からしつけられるべき家事・生活の取り仕切り一切を、明治の文豪父露伴から仕込まれた文、という昭和の女性の生き方に関わる主題を立てることも可能なのだろうが、むしろここで注目すべきは幸田文が自分が書くことの対象に選んだものに、どのような姿勢で臨んだか(3)ということである。

崩れというものの本質に迫ろうとするとき、「弱い」という言葉は文自身が発見したものではないが、山の崩れの世界を科学的な事象としても熟知し、その歴史的な経緯や、人々の生活への影響までも視野に入れた専門家の経験知を集約した言葉に文は敬意と重みを感じ取っている。さらに「弱い」を日常生活の糸や布にあてはめ、山の崩れをその言葉で言い表し得ることに「ぴたりと定着し、しかも目の中にはあの大谷崩れの寂寞とした姿が浮んでおり、巨大なエネルギーは弱さから発している、という感動と会得」を喜んでもいる。日常の生活を基盤とした身体知として、崩れを捉えていこうとすることが窺われる。鳶山の崩壊の章段十からもそのことを示す例を引いておこう。鳶山の崩壊を見て帰途に就く折、それまで聞いた崩れの音をもとに、鳶山ではどのような音を立てるのだろうと、深い恐れにかられた時のことを後で反芻したことを記す部分。

あれはきっとからだ中で、あの風景に呑まれまいとして抵抗していたのかと思う。(中略)目と耳は引ずられたのだから、ここが私の弱さだろうし、いい方をかえれば、感覚過敏だったといえる。首と腰は突張ってこらえたのだから、多分目や耳より頼もしかった——(中略)首も腰ももっていかれてしまっては、それこそ私の崩壊になってしまう。五感は私のただ一つの大切なよりどころだが、五体もまた大切な防護の役をしてくれる。

この部分にも弱さという言葉が出る点が興味深いが、日常生活の中の身体性に裏付けられた反応や対応=

自分の身体感覚[4]に対して、崩れの風景が破格の存在であるところに、文は「こわいところ」と感じてもいるし、五体は自己の存立を支えるものであることも明示されている。

さて、以上述べてきたように、幸田文は身体的な知覚で崩れという存在を捉えていこうとする姿勢について見た。では文は崩れのうちに何を見ようとしていたのであろうか。先に富士の大沢崩れの一節を引いたが、「弱い」をからだに当てはめると「痛々しい」と言い、こころならば「もどかしい」と言う。そしてこの富士の大沢崩れに出かけた時、林野庁広報課を通じて、建設省（当時）の富士砂防事務所に連絡を取ってもらう際に、「――幸田さんは年齢七十二歳、体重五十二キロ、この点をご配慮――どうかよろしく」というユーモアを交えた伝言に、文は「目のさめるようないい電話だった」と記している。老境を迎え、身体が思うに任せない自覚があり、他人の手を煩わせるのを承知で崩れを見に出かけようとしている決意に留意しておきたい。鳶山の章段ではそのことが最も端的かつ切実な思いとして描かれている。素人が山に入る危険、優しさや思いやりに満ちた人々との出会いが語られ、他人の背中に負ぶさっても崩れを見ておこうとする情熱の裏に、自らの身の丈を知る謙虚さ、さらには他人に頼る思い切り、力を借りる人への絶対的な信頼がないと実行に移せない山行きである。「大勢の方々の配慮を得てこそ、絞り出せる勇気」という言葉が作品にある。

文が見たかったものは、一義的には崩壊の相だったのだろうが、その相を見に行く自分自身が荷厄介な存在であり、下手をすると崩壊を起こしかねない自分の五体でもある。してみると、崩壊の相は、災害と絡めて語られる桜島や有珠山の章段で強調されるように、人間の微力の前に圧倒的な力を示す自然のありさまでもあるが、一方、自らの足下に瓦解が迫る不安の徴でもある。トロッコの終着地水谷に着き、自然にできた平地に安堵感を感じた文が、この平地も堅固になることはなく、次第に崩れつつあることを知らされ、雨水に削られている現場を見せてもらう。

こわごわ行ってみる。もしも自分の体重五十二キロで踏んだとたんに、ざっときたらとと思うとおっかない。手をかしてもらって、のぞくとぞっとした。ざらざらの、見るからに粘り気の乏しそうな土が、急角度に切立って、表面から小さい砂粒をほろほろところがし落していた。今さっき、平地の安らぎを喜んだばかりなのに、その土地も脆いと知らされた。

先ほど見た「弱い」をからだに当てはめ、こころに当てはめた部分に続けて「人生」あるいは「生涯」に当てると、いつのまにか足下に死が迫っている老いへの不安に行き当たりはしまいか。痛々しい、もどかしいの次にはどのような形容詞が想定されるのか。今引いた部分に、自分の体重五十二キロで踏むことが書かれているが、ここには五十二キロという生々しい身体性を伴った存在、まさに自分という存在そのものが崩れることへの怖じ気が描かれていると言ってよかろう。文は父の看取りを作品化しているし、「おとうと」の碧郎の死は老いとは次元を異にしたものではあるが、それでもやはり命が崩れていく様へのまなざしを抜きには論じられない。さらに文は「闘」で結核に倒れていく人々の群像を描いてもいる。「崩れ」一編が死への恐怖を語ったものだという性急な結論を導くわけにはいかないが、山という大自然の崩壊の相の暗示する、人の命の崩れやまたのそことに対する恐れ、さらに老境にさしかかった自覚を前に、どう処していくのかという思いが文にあったことは指摘できると思われる。

二

この思いの内容を探る手がかりとして、「崩れ」と前後して雑誌『学燈』に連載され、「崩れ」の翌年に単行本にまとめられた「木」を取り上げてみたい。連載が始まったのは「崩れ」よりも五年前、終わったのが七年後で、「崩れ」より長い期間にわたって書き継がれた。しかし一九七六〜一九七八年に執筆されたものが大半を占め、「崩れ」と執筆年代が重なる部分も多く、同じ山行きに取材されたケースもある。「木のあやしさ」（一九七七年一月発表）はまさにそのケースで、安倍川の大谷崩れ、鳶山の崩れの取材を踏まえ、それまで「……いろいろな樹木の、良質な感動に巡りあうことができた。それはこころのよごれを洗われることであり、心中に新しい養分を補給されることだった」という木たちとの出会いとは趣を異にした内容を有する。安倍川の大谷崩れという崩壊地のいたましさを目にした文は、

どの木を見ても、何か真底あかるくはなく、何か不安な気分をともなって眺める。つい、まさかこの斜面は崩壊すまいなとか、もしやこの川岸は削り流されるのではあるまいか、などという気が先立つのである。崩壊が起きれば、美林もひと薙ぎで逆さに払われるし、洪水になれば川添いの松や柳は、苦もなくそぎ落とされる。地形河流が気になって、ひとりでに青いもののいのちを気づかわしく思うのだろう。

と記している。文が植物とりわけ木に寄せる思いには特別なものがあった。木の魅力や木に触発されるさま

ざまな思いが、時に自分の感受性を育んだものへの追憶を交えながら語られているが、命あるものとして迎えるべき死についても言及が多い。「木」の冒頭を飾る「えぞ松の更新」では、親木が若木を育てる床として自らのからだを大地に横たえ、倒木上に一直線に若木が育つさまが描かれている。朽ちていく老木が、最後まで木の性質を残しながらも養分と若木が育つ環境とを与え、次世代に命をつなぐ。若い木の成長するエネルギーに侵食され、「死の変相を語る、かつての木の姿」のいたましい「無惨絵」に文は向き合おうとする。先の引用と対照してみるとき、崩れを背景とした木の命のはかなさを想起することと一脈通じるものがあるし、それ以上に山の崩れが時の流れの前に抗い得ない力・相を示すさまを捉える姿勢が共通している。鳶山の崩れに初めて出会ったとき、部分ではなく全体が、自然のエネルギーの法則に従う他なく、下方へ（重力）ずり落ちていくところに、「崩れ」の本質を見て、文は「異様というか、奇怪というか、神秘というか、自然の威厳というか、生まれてはじめてみる光景」と息を呑んだ。

木が、その死のいたましい無惨を迎えることを描いたものとして、もう一編「たての木、よこの木」を挙げることもできる。宮大工西岡棟梁に材としての木の生命、死の話を聞いたエピソードにつなげて、北海道の野付半島のとど松の集団枯死を語り、さらに蓼科の奥の縞枯山の不思議な光景に筆が及ぶ。直線に並んで灰白色に立ち枯れた列と、その枯れた親世代の木を凌ぐかのように、勢いよく緑に樹勢を伸ばす列が交互に重なって縞をなす風景に、文は「木の生死とは、なんとこわいものか」と深く感じる一方、若木の生命感に安堵の思いも記す。「えぞ松の更新」と「たての木、よこの木」に共通するのは、山の崩れにつながる枯れや死の無残さと親木が枯れ土に戻っていく痛ましさが、若木の生命と成長を支えて世代交代が果たされることである。山の崩れは何か新しい命を生むものではなく、その意味では木の枯れとは異なる。しかし崩れを見つめようとするまなざしは、木々が新しい命を育むために、親木が無惨な姿をさらす姿に注がれるそれと通底していることは押さえておいてよかろうと思われる。

もちろん「木」ではその生命力や育ちに着目した考察もあり、そこにも文独特の感覚が働く。ほんの少しの生育環境の違いによって、真っ直ぐに伸び優秀な材となり得る檜に対して、傾いて育ったために歪みを生じて材としては使い物にならない「アテ」と呼ばれるものがある。せっかく苦しい環境に耐えて、百年単位の年月を経て育った木を厄介者と呼ぶことに、文は人の生きていく苦しみを重ね同情を寄せる。しかし、一方でアテが材として使い物にならないことを、通常は製材機にかけないアテを実験的に製材する場面を見せてもらって執拗に追求し、「アテの業」「た、ちの悪さ」を見極めようともする。命あるものがきれいごとでは済まされない生き、様を示し、さらにその終わりを迎えることを受け止めようとする強靭な精神力と眼は、老いと重ねて崩れの本質を見極めようとする時にも生かされていると言えよう。

このように木の生命力と世代の受け継ぎを主題の一つとする木の執筆に、「崩れ」のための取材が生かされているのであるが、自然の営み、特に痛ましい姿を捉える一群の作品のもととなった体験を書くことについて、文は「今度のこの崩れにしろ、荒れ川にしろ、また種が芽が吹いたな、という思い」だと言う。斑鳩の法輪寺の三重塔再建に奔走したのは、父の代からの「もの種」が芽を吹いたものだと振り返りながら、心の中にある種が何かに触発されて芽吹き、思わぬ力（行動力・文章への表現意欲）を発揮する一例、そのようなことを心に惹起する対象として崩れを位置づけているのである。しかもこの種の芽吹きは、それまでの創作活動とは趣を異にしてもいた。

この崩れこの荒れは、いつかわが山河になっている。わが、というのは私のという心でもあり、いつのまにかわが棲む国土といった思いにもつながってきている。こんなことは今迄にないことだ。私は自分がどんなに小さく生き、狭く暮してきたか、そしてその小さく狭い故に、どうかこうか、いま老境にたどりつけたと、よくよく承知している。（中略）それがいま、わが山川わが国土などと、かつて無い、もののの思いかたをするのは、どうしたことかといぶかる。しかし、そう思うのである。

「小さく生き、狭い故に」という表現に、これまで言及してきた、対象を身体感覚で捉えようとする文の資性を捉えてもよかろうし、身の丈にあった生活や振る舞いを全うできることをよしとする生活倫理とでも言うべき価値意識を見出すこともできる。その一方、ここには自ら育った国の自然に対する深い思い入れがある。幸田文は、向島の生まれで、「崩れ」の執筆時は小石川に居を構えていた。明治から戦後にかけて近代化に伴って変貌を遂げていく都下にあって、季節や自然の風物に接したことを題材にさまざまな作品も残してはいるが、林業が営まれるような山間地や、人の手の入らない原生林や、ましてや崩壊地などとは無縁だった。きっかけがあって自分の日常の生活とは次元の異なる自然に接して、次第に「わが山川わが国土」という親近感をいだくようになったのは老境に至ってからだというのである。「崩れ」の後半は、稗田山の崩れの被害への思い遣り、さらには桜島や有珠山などの噴火と絡めて、災害における人の暮らしのありように筆の力点が移る。自然の圧倒的な力の前にいかにも無力であって、いつ基盤から崩れ去るような危機が訪れるかも知れなくても、人間は暮らしを立てていかなければならないという認識が、人生の時系列の流れにおける立ち位置に重ねられていったことを物語る側面があるのではなかろうか。

実は、引用部分は「崩れだのあばれ川だのという、大きな自然は書く手に負えない」ことを言うための枕にあたる部分で、大谷崩れは専門家の手による記録の紹介によって、読者に規模の具体的なイメージを抱いてもらいたいと続けられる。自身の言葉では語られないのか？という印象さえ残すのだが、一方それほど崩れの風景の前にたじろぐ作者を逆説的に浮かび上がらせる効果があるとも言える。ともかく崩れの相をなんとかして表現し、読者に伝えるのが文筆家としての責務だという思いがあふれるのである。

同様の内容がが鳶山の崩れを語る章段の冒頭にもある。

わが住む国にはこういう山、こういう川があり、人はそこへどう応じているかを、伝え、訴えることができたらと思う。

先に言及した、鳶山に出かける勇気が多くの人々の配慮によって「絞り出せる」ものであると述べる謙虚さを導く部分にある表現である。「崩れ」の中核をなす鳶山の四章段は、恐れるに足り、避けたい存在ではあるが、そこにこそ人のありようの本質も垣間見え、崩れゆくことへの寂しさや痛ましさを最もよく示す。文は行きずりの観光ではなく、自分の体を他人に委ねる思い切りをもって鳶山行きを選び、その無惨と美しさが奇妙に共存する山河を、「わが棲む国土」という思いで広く読者に紹介しようと筆を執ったもののようだ。

富山に住んでいるからといって、鳶山の崩れを間近に見る経験は簡単に持てるものではない。立山砂防事務所（国土交通省北陸地方整備局）(5) がその事業内容や意義について広報活動を展開しており、立山カルデラ砂防博物館開館が開設（一九九八年）され、県内外の一般の人や生徒児童などに、急流河川域にある地域の特性や防災について学びの場を提供している。「崩れ」はそのような地域を知るよすがとして、格好の材料でもある。しかし、むしろその価値は、崩壊地という地勢に心を揺さぶられ、率直に恐れや不安をも認めつつ、目を背けたり恐れたりしがちな人の生の営みに向き合う作家の姿勢が結実した作品である点にある。火山活動で形作られた急峻な山を、水（川）が抉ることで形成されていく日本の典型的な地形・地勢の上に、さまざまな地域的な特性が加わって多様な風景が生まれる。その根源を探るような営みであるところに作品の普遍性が存するのだが、富山はそういったいわば原風景を比較的身近に目にすることができる地であり、江戸文化の名残を残す東京に生まれ育った幸田文が、地域の山河と人のありようをより深く見つめ直す機会を与えてくれていると言えよう。

［注］

（1）文が取材内容を如何に作品化していく際、書き手としてどのような位置に立つかを分析し、幸田文とルポルタージュというジャンルの関係に着目した論考として、佐藤健一「境界に立つ――序説・ルポルタージュと幸田文」（金井景子他編『幸田文の世界』翰林書房、一九九八年所収）がある。

（2）単行本「こんなこと」に収録された「あとみよそわか」など。

（3）清水良典の「崩れとしての文――幸田文とは何者か」（注（1）前掲書所収）は、幸田露伴の娘という出自を負い、戦後のジャーナリズムの復活にのって世に出た文が、どのような創作意識から自然・人間観を言葉に紡いだかを論じた優れた論考であり、参考としたところが多い。

（4）清水良典（前掲論文）の他、小説「流れる」における身体感覚を論じたものとして、小林裕子「体の重みと動く身体

――「流れる」（注（1）前掲書所収）がある。

（5）立山砂防事務所ウェブサイトhttp://www.hrr.mlit.go.jp/tateyama/を参照すると詳細を知ることができる。

［付記］「崩れ」「木」のテキスト引用は、『幸田文全集』（岩波書店、一九九四〜一九九七年）による。

富山ゆかりの詩人を研究すること——宮崎健三小論

金山　克哉

一　詩の研究について

大学時代、文学部に進学した私は伊勢物語における歌と物語の関係性を研究したいと考えていた。歌の発生について関心があったし、それが物語の中でどのように機能するのか知りたかったのだ。

近代文学の講義を受けた際に、詩について考える機会を得た。そのときに「詩とは何か」という問いにつきあたった。古典文学について学びたいと思いながら大学に進学したが、気がつけば近代文学の研究に時間を費やしていた。特に近代詩の研究にのめりこんだ。「新体詩抄」「於母影」から始まり、北原白秋、萩原朔太郎、三好達治、中原中也、富永太郎、立原道造などに親しんだ。言文一致の試み、訳詩の可能性、漢語や造語の創造、自然主義後の潮流、口語自由詩の模索、ダダイズムやモダニズムの影響などについて考えた。

詩を書くこと。それはいまだ言葉にならざるものに言葉を与えていく行為だ。主観を客観化する行為。本来、外在化した姿を持たないものに言葉という輪郭を付与する行為。言葉と言葉の結合によって、認識の地平を拓く行為。つまり、一種の名付けだ。しかしその言葉は、流通することによって他者と価値を共有するという言語が持つ社会的な目的からは脱落しているため、どこか異形のものとなる。詩が読みにくいモノとされるのは当然のことだ。和歌と違い、宴の中で共有されるルールというものもない。だからこそ、未知であるがゆえに研究の対象となる。

しかし、その異形もいつしかステレオタイプとなる。そしてさらなる表現を求め始める。が、そのような詩史の変遷の中で優れた詩は言葉の風化作用を生き延び、現代を生きる私たちの心にも響く。詩を読むことの可能性、その読まれ方のバリエーション、どのような時代・地貌性・言語状況、人的ネットワークの中でその作品が形成されたかを知ることで研究主体である自分自身が視ることのできる風景が増え、今生きている生の時間に奥行きが出てくると思う。

二　富山の詩人

『万葉集』にまで遡れば大伴家持という巨人がいる。富山に赴任して、優れた和歌を詠んだ。『万葉集』の成立にも深く関わっているという。

が、万葉ロマンに思いをいたさずとも、富山の近現代には優れた詩人がいる。雪国の厳冬を詩に読んだ高島高はよい。医師になるために東京遊学をするが、その間に詩を多数書き、発表している。関東の乾いた風土で学びながら、湿潤で雪深い北方の世界を詩の中に見事に出現させた。関東にあってその詩は、独自の表現として関心を呼んだ。萩原朔太郎、北川冬彦、佐藤惣之助、千家元麿らにも評価された。富山に帰り医業を継いだ後も詩作を大切にし、「文学組織」「文学国土」などの詩誌を編んだ。東京時代に知遇を得た文化人を故郷滑川に迎え、文学談義に花を咲かせた。郷土研究雑誌である「高志人」の詩の欄の選者として活躍し、主宰者である翁久允や富山を代表する文化人の中山輝とともに富山の文学を盛り上げた。時代が戦争に傾斜していったため、戦争に関する詩も書いた。軍医の視点を交えて書かれた詩がとくに魅力的だ。応召の疲れと日々の職務の多忙さからか病を得、残念ながら四十四歳の若さで没した。

小説家・井上靖が若い頃に富山県石動町で詩を書き始めたというのは有名な話だ。硬質でありながら詩情をたたえた井上の小説の底辺を流れるのは詩を書いた経験だった。ところで、井上靖が詩を書き始めたころ、いっしょに活動していた人に宮崎健三という人がいる。井上靖研究者ならばだれもが知る人だが、主に井上靖の活躍を傍証するポジションで語られることが多い人だ。しかし、この人の詩が魅力的なのだ。宮崎健三は、もっと多くの人に読まれていい詩人だと思う。本論では、宮崎健三の魅力を少しだけ語ることとする。

宮崎健三は富山県高岡市出身で、若き日の井上靖が拠った詩誌「日本海詩人」（一九二六年・大正十五年十二月～一九三二年・昭和七年一月）を編んだ大村正次のもとで詩を書いた。自身も「北冠」（一九二九年・昭和四年十一月～一九三〇年・昭和五年十月）という詩誌を編集した。高岡中学校（現在の高岡高校）在学中、詩を書き、東京文理科大学進学後は長く詩から遠ざかり、五十八歳に至り、突如詩集を六冊（『北濤』『鬼みち』『古典』『類語』『天狼』『望郷』）も刊行した人だ。職業は国語教師で長く教壇に立ち、和光大学の教授も務めた。『小説の教え方』（右文書院・一九六八年・昭和四十三年十一月五日）・『古典の教え方』（右文書院・一九七二年・昭和四十七年五月十日）は国語科教員必携の書といえる名著だと思う。詩論集『現代詩の証言』（宝文館出版・一九八二年・

昭和五十七年十一月二十五日）は難解な表現に傾斜し、内容が空疎になっている現代詩に対する告発として貴重な論集である。晩年は高岡に帰ることを夢見たが果たせずその生涯を閉じた。東京に住みながらも、富山の詩人たちとも多く接点を持っていた。「女人詩」の方等みゆき、「北国帯」の早川嘉一、「詩と民謡」の中山輝など、昭和初期の富山詩壇を彩った人たちとの交流もさかんだった。晩年、『井上靖全詩集』（新潮社・一九八三年・昭和五十八年八月二十五日）の解説を書いたり、井上靖選詩集『シリア砂漠の少年』（教育出版センター・一九八五年・昭和六十年八月二十五日）を編集したりもした。井上靖とは、年をとっても詩友だった。

三　宮崎健三の歴史観（井上靖との比較を通じて）

井上靖には歴史を扱った小説がある。日本の古典に材を取ったもの、あるいは西域を舞台にしたもの。個人的には『額田女王』や『蒼き狼』、『天平の甍』が好きだ。人間ではなく古代都市そのものが主役となった『楼蘭』も捨てがたい。自然の猛威を描いた『洪水』もいい。井上靖の歴史小説を読んでいると、怜悧な目で出来事を記述し、そこに展開される現実の中に清冽な詩情を汲み取る点に感動を覚える。人間など歴史のうねりの中では大河の一滴にすぎないということが思われる。石化し、完結した時間性の中に物語は閉じ込められ、人間は愛情と悲哀にその身をゆだねる以外ない。その厳然とした時の流れの中では、人間は切なくも力弱い。

さて、宮崎健三に「雨月物語」（詩集『古典』一九七八年・昭和五十三年十月三十日　所収）という詩がある。長い詩だが、物語性に富んでいるので全文引用する。

雨月物語

真間の手児奈さんの
雨ざらしのベンチに腰をおろすと
顳顬に青筋の走る
上田秋成に似た老人が
私の隣で指呼する
あれが真間の井
あれが真間の継橋
そしてあれが勝四郎の一本松だ

「浅茅が宿」の落雷の松が
梅雨の雲間の　たぶん
七夕のヴェーガ、アルタイルの
星かげに照らしだされて
奇怪な姿で聳立している
七年の流浪から帰って来て
妻の死をまだ知らない勝四郎が

生身そっくりの妻の亡霊を抱き
明けがた　廃屋に目をさますのは
その松風の下だ

少年時代　私の生家には
近郷での通称　天狗の杉
落雷で真っ二つに裂けた杉の
三十度に傾いた老木があった
焼け焦げた大きな空洞が
ひとり遊びの私の遊び場だった
真夏の日照りを避けて
しばし涼んで行く人や
夕立の雨宿りをしてい行く人があって
いつも燐寸の軸が残っていた
だが　その杉も戦中に伐りたおされて
赤蜻蛉の夕焼けとともに姿を消し
私の望郷は無残に傷ついた
とり返しのつかないものを追って

近年私が足しげく訪ねるのは
下総国府台の下
葛飾真間の故地だ

私はポケットから
文庫本の『孔雀船』を取り出して
伊良子清白の自序をひらく
　昔　上田秋成は年頃いたづき
ける書　深き井の底に沈めて
かへり見ず、われはそれだに
得せず……あはれ、うつろな
る此ふみ、いまの世に見給は
ん人ありやなしや
秋成は　ある日おかした誤診のショックで
翻然　多年の医業を廃し
文学の修羅場へ身を投じた
『孔雀船』の詩人は
同業先輩の跡を慕いつづけて

誤診をかさねながら
カラスのように戦禍におびえ
貧しい漁村の診療所を捨て
山間の無医村へ飛び
寒夜往診の自転車みちで
医業の生涯を閉じた

「雷に摧かれし松」という言葉は
学生時代　能勢朝次先生の講義
『雨月物語』の「浅茅が宿」で
落雷とのそれのように
遭遇した鮮烈な言葉だ
一代の碩学　能勢先生は
ことわってもよい大学の学長に懇請され
死ぬために着任して
ぐうたらな部下の醜聞の心労で
教学に殉ぜられた
見事な自己誤診だった

私はへそ曲がりの秋成が好きだ
秋成を慕ったへそ曲がりの清白が好きだ
誤診の正直者が好きだ
そして自己誤診の能勢先生を哭く
だから
誤診の歴史につらぬかれた真間の地を
しばしば訪ねて
私のためのベンチに腰をおろす
そこに
狷介で鳴る上田秋成と
『孔雀船』一巻で不滅の清白と
「浅茅」と号された能勢先生が
だまって坐り合っている
だれも口を切らない

言わずと知れた上田秋成は江戸の文学者で『雨月物語』の作者だ。医業に従事していたが、ある日おかした誤診のショックで文学に転身した、と詩に言う。『雨月物語』「巻之二」に「浅茅が宿」という話がある。

妻を下総国に残したまま京の都へ金儲けに出かけた夫。秋には帰ってくると約束したのに、結局夫は帰らなかった。不安定な世相の中、七年ぶりに故郷である真間に帰ってみれば、かつて妻と住んだ家がまだ残っている。もしかしたら妻が今も生きて自分を待ってくれているのではないか、と思い家の扉を開けてみると、かつての美しかった姿とはすっかり面変わりし、やつれた妻が出迎えた。そして妻は、長年帰りを待ち続けた夫との再会の喜びを語る。が、一夜明けてみれば妻の姿はなく、家も閑散としたあばら屋となっていた。近所に昔から住む老人に尋ねたところ、妻はすでに亡くなったという。悲しみにくれる夫の脳裏にふと疑問が浮かぶ。では昨晩現れた女は誰なのか。妻の霊魂が別れを告げにきたのか。かつて、何人もの男に言い寄られたが誰の思いにも応えられず、心を痛めて自害した真間の手児奈の純真になぞらえつつ、妻の一途さを幻想的に描いた話だ。

伊良子清白は詩集『孔雀船』（一九〇六年・明治三十九年）の詩人だ。明治・大正・昭和を生きた。『孔雀船』には、詩中に引用されているように、上田秋成に言及した章句が見られる。戦禍を避けて山間の無医村で医師をしたが、誤診を多々重ねたという。疎開先の三重県度会郡にて、往診に向かう途中、脳溢血のため急逝する。

能勢朝次は昭和時代を生きた古典文学や能楽の研究者だ。宮崎健三とは同業で『日本文学概史』（博文堂図書　一九五一年）は二人の共著だ。晩年、大学経営にあたりその激務と心労で体を壊してしまう。「浅茅」と「朝次」（ともに「アサジ」の読み）で掛けている。一読すれば分かるが、『雨月物語』は『万葉集』『古今和歌集』『伊勢物語』『源氏物語』『徒然草』をはじめ、「長恨歌」や七夕の伝説など、和漢の古典と歴史の知識がちりばめられた引用と本歌取りの融合体である。能勢はそのような『雨月物語』の研究に情熱を注いだ研究者だったことが推し量られる。

この、全く別の時代を生きた三人がこの詩の中では「誤診」というキーワードを軸に邂逅する。「誤診」に傷つき医業を離れ、文学に向かった秋成。「誤診」を繰り返しながらも、生涯現役の医師として生き、そして死んだ清白。「自己誤診」とされる仕事上の苦しみを引き受けて過労に斃れてしまった能勢。この三人はすべて『雨月物語』でつながっている。幻想性に富み、現実と異世界との境界線があいまいになる『雨月物語』の世界観。この三者が一堂に会すること自体がすでに幻である。そして、その辛苦を含んだ幻から抽出される人生の深み。ままならない人生の悲哀をたたえたこの三人のコラボレーションを生みだしたことこそがこの詩の魅力であり、希有の詩法なのである。そして、宮崎自身の投影である詩中の「私」もまた、傷ついた望郷の念を抱きつつも、この三人とベンチをともにする。取り返しのつかない人生のペーソスを無言の内に共有しているのだ。

井上靖の歴史小説と、宮崎健三の古典に材を取った詩とを見比べてみれば、その違いは明白だ。「雨月物語」では出会うはずのない四人が見事に出会っている。時代や地域を超えて、形而上的な出会いがなされている。まさに詩的な創造力のなせるわざである。「雨月物語」をこのような視点で描くことを、他の誰が思いつくだろうか。井上靖の硬質で叙事的な筆致とは対照的に、宮崎健三の思考はあくまでも柔軟で変化に富み、縦横無尽に歴史や古典の中を泳ぎ回る。宮崎にとって歴史や古典は単なる過去ではなく、時代と時代、人物と人物が互いに浸食しあって新たな出会いを創り出すインスピレーションの沃土だったのだ。

もうひとつ、宮崎の詩を紹介する。

現身し神に堪へねば（『万葉集』）

うつせみし神に堪（あ）へねば　さかり居て
朝嘆く君　さかり居てわが恋ふる君……
—万葉集巻二　天智天皇崩時、婦人作歌—

一人の女性が
不意に
距離感に追いつめられ
絶句している
生の向こうへ
一人で勝手に去った男を
「神」と言ったのは
やり場のない怒りの
暫定的な比喩だ
男の死とは
男の生身が亡びて
彼女の生身がいっそう生ぐさくなったことだ
現実の生身が

納得づくの順序をとばして
神に変質したとは
そんなことがあってよいものか
うそにきまっている
自分の生身の歓苦を自ら逃げた男
彼女の生身を見殺しにして行った男を
彼女はほんとうは
遣るかたなく憤っているのだ
「現身し神に堪へねば……」
私はこの言葉が好きだ
生身の感じをせつなく抱くとき
この言葉を頬ばり
貪婪に咀嚼する

詩集『天狼』（一九八五年・昭和六〇年三月二十五日）所収

中大兄皇子の名でも知られる天智天皇が崩御したとき、天智を愛した女が和歌を詠んだ。詩作の契機となった『万葉集　巻二』一五〇番歌を引いてみる。

天皇の崩りましし時に、婦人が作る歌一首
姓氏未詳

うつせみし　神に堪へねば　離れ居て　朝嘆く君
離り居て　我が恋ふる君　玉ならば　手に巻き持ちて
衣ならば　脱く時もなく　我が恋ふる　君そ昨夜　夢に見えつる

（現代語訳）

天皇が崩御された時に、婦人が作った歌一首
姓氏は分からない

人の身は　神に逆らえないものだから　離れていて　朝からわたしが慕い嘆く大君　残されて　わたしが恋い慕う大君　玉だったら　手に巻き付けて持ち　衣だったら　脱ぐときもないほどに　いつもいつもわたしが恋い慕う　大君がゆうべ　夢に見え給うた

（『新編　日本古典文学全集6　万葉集①』小学館　一九九四年五月二〇日）

切実な挽歌だ。そして、その挽歌を頬ばり、貪婪に咀嚼する宮崎がいる。古代日本の中央集権国家をつく

りあげた天智天皇は、ひとくせもふたくせもある政治色の強い権力者タイプの人として描かれることもある。そして、その側には、旺盛な野心と求心力で時代の中心に君臨した天智を愛した女がいた。だが、天智の死によって二人には抗うことのできない距離が発生する。生身の肉体を残した女と、神として崇められる不在としての天智。歌には、ひとときも離れたくないと願う女の想いが反映されている。さらには、夢の中で天智の魂と逢うことができたという幻視が痛いまでに刻まれている。また、この詩の中の「私」は、今は亡き天智の体温を求める女の情念を読み取り、生きていることの尊さを実感している宮崎自身の感性を代替している。身体としての〈性〉は〈生〉の実感を生み出すが、愛する男の肉体は消滅し、あとに残された女は、ひとり、どうしようもないまでに生きて在る肉体の実在感に苦しむ。女としての生身が匂い立つほどに、死して神格化された男の肉体の遠さが際立つのだ。その隔絶を、宮崎もまた洞察しないわけにはいかない。まさに、古典が現代に生きる私たちに肉迫してくる詩法である。宮崎が描く歴史には、かつて生きた人間の体温が現代と地続きになって残っているように思う。

四　富山文学研究とは

優れた作品を残しながらも、いまだ十分に知られていない富山ゆかりの文学者はたくさんいる。その人たちに光をあて、そのことによって研究主体である自分自身の認識も豊かになっていくような研究活動ができればよい。また、多くの人が富山ゆかりの文学に関心を抱いてくれればなお幸いだ。詩は単なる感情表現でもなければあざとくも作為的な比喩の産物でもない。言葉による現実認識の再構成の結果であり過程である。

一篇の詩を読むとき、図らずも、私たちが何気なく生きている日常がまったく別の姿をもって立ち現れてくることがある。例えば、宮崎健三を知ることによって、歴史や古典が過去の凍結された時間性によって遠ざけられたものとしてではなく、体臭や湿り気を持ち、血の通ったぬくもりのあるものとして感じられ始めるだろう。研究対象との出会いは、私たち自身の認識の方法を変化させてくれる。文学研究によって、対象を視る私たち自身もまた更新されていくのだ。

富山には、わたしたちが味わい尽くしていない滋養がまだまだ眠っているのだ。

本郷旧六丁目「奥長屋」の三島霜川

野村　剛

一　霜川の同時代人の本郷六丁目

三島霜川の事績の掘り起こしは、金子幸代先生の励ましにもかかわらず、まだまだ手つかずに近い状態である。ここにエッセイの形で報告するのは、一九〇一（明治三十四）年の霜川の動向の一齣と、その周辺である。

一九〇一（明治三十四）年、三島霜川と徳田秋聲は、「本郷区向ヶ岡弥生町三番地ト十一」で同居し、霜川は「民声新報」に秋聲は「読売新聞」に関わり、ライバル意識をもちながら創作活動を行なうのですが——当時は二人ともまだ文壇に広く知られる存在ではありません——霜川の妹たちもいつしか同居同然となり、二人の同居生活は数か月で解消されます。（このときのことを、秋聲は後年「白い足袋の思出」（一九三三）に書いています。）

この同居解消後、秋聲は前にいた神楽坂近くの下宿に移り、霜川はしばらく近くの叔父の家に同宿し、その後帝国大学前の「本郷六丁目九番地」に引っ越していきます。

「(旧)本郷区本郷六丁目九番地」に入り込む前に、注の代わりに一九〇〇年、一九〇一年の霜川の動向を私製の霜川年譜(『/第五回ふるさと文学を語るシンポジウム報告書』富山文学の会/二〇一四)で、もう少していねいに見ておきます。

●一九〇〇(明治三十三)年

いつの頃からか、本郷区湯島三組町に住む。隣に住むことになった詩人の高橋山風と知り合う。なお、山風と霜川、秋聲との交流が明治四〇年過ぎまで続く。佐久間秀雄の口利きで、年末より国木田独歩が編集長の『民声新報』に三面記事の主任として勤める。

●一九〇一(明治三十四)年

民声新報では、霜川の遅刻や無断欠勤が編集長独歩を怒らせ悩ませたというが、多くの場合、霜川が出社すると忘れたように二人は談笑したという。(三月、国木田独歩が『武蔵野』民友社/刊行)三月、本郷区向ヶ岡弥生町三番地ト十一(現:文京区弥生二丁目)で秋聲と共同生活を開始。兄を頼った妹らも同居するようになる。七月、家主から立ち退きを求められたこともあり、秋聲との同居生活を解消。霜川は一〇月より帝大赤門前の本郷六丁目九番地奥長屋(現:文京区本郷五丁目の法真寺右横の長い路地の奥)へ転居。山風に長い信書を送り、秋聲へのライバル意識を記すとともに、雑誌の創刊をほのめかす(一〇月二六日付)。年末に金策に秋聲を訪ねるが、急遽旅立つことになった秋聲の荷造りを手伝うこととなる。

一八九四年に文学に志し上京した霜川は、翌年の突然の父の死で方向を見失いますが、徳田秋聲、小栗風葉、桐生悠々らと交わる中で文学への志向を取り戻し、一八九七年に処女作ともいえる「ひとつ岩」（この時点では未発表）を書き上げ、翌年には『新小説』の懸賞小説として「埋れ井戸」が二等当選作となり、文壇に第一歩を印す。そうした中での一九〇一年です。ときは日清戦争と日露戦争のはざまの、社会のありようが大きく変わっていく時期でした。

「本郷六丁目九番地」での生活は短いものですが、霜川を後世から追いかける私にとってはかなり重い意味をもっています。一つは、なぜか九番地の隣地（十番地）に霜川が本籍を移しているらしいこと、今一つは、《霜川と秋聲》を考える場合とても大切な意味をもつ書簡をこの地から発信していること、です。本籍の件は、まだまだ確認せねばならぬことが多いので割愛しますが、本郷六丁目九番地発の《高橋山風宛ての手紙》のことをきっかけに少しこの本郷での霜川の生活ぶりを書いてみたいと思います。

「小生は病また病、窮迫更に窮迫」という状況にありながらも、「詩想雲の如く湧き従って頭脳にも一大革命」を起こし「現文壇なるもの根底より顛覆して彼等を新聞の続き物書きなる名誉職に封じねば相成り申さず候」と意気軒高な霜川がいる一方、その準備として「生は是より隠遁者流の態度にて静に修行致すべく候」と隠忍自重な思いを手紙につづり、明治三十年代後半のいくつもの挑戦的な作品づくりに姿態を整える霜川がいるのです。

なお、高橋山風（高橋隆之祐）（一八七八〜一九五七）については、後の足尾鉱毒事件との関わりのこともあり、遺族の方から貴重な資料をいただいており、いずれ報告したいと考えています。

なお、この霜川書簡の引用は、野口冨士男「三島霜川私見」（『三島霜川選集』下、三島霜川選集刊行会／

一九八〇）によります。

千葉住まいの山風宛ての手紙の最後に、霜川はこう書いています。

貴兄よ、上京相成らば恐らく御来駕なされ候わんか。貴兄の姿を見る長屋の人々は一個の顕紳の来駕とも見て、眼を側《そばだ》て申すべく候。

窓の下は古墳塁々として卒塔婆海苔《のり》麁朶《そだ》の如く立つところ、一種の臭気を含む湿気は境に充満し居り候。併して生は此処に清新の詩想を養い且つ雑誌に注ぐ金と精力とを貯える心算に御座候。なお委しくは拝眉の上心肝を吐露すべく候。かくは単《ひとえ》に御訪問の折に、貴兄の吃驚を防がん為にその一端を申し上げたるものに候。生は徹頭徹尾マラーの如き意志を以て文壇に当り申すべく候。（一部略）

草々頓首　本郷区六丁目九番地奥長屋　　三島才二

「マラー」は、ゾラの翻刻誤りかと思われますが、霜川は住所と名（本名である三島才二）の上にこのように追記しています。

もし御訪問の折は九番地に入り奥長屋と聞き下されたく候

そもそも「九番地」というのは、本郷通りから西側に入り込む奥行約一〇〇メートルほどの両側に安普請の家作の並ぶ袋小路の路地そのもの、つまり一本の小路とその両側の家並みだけからなる細長い棒状の区域なのですが、この「本郷六丁目九番地」がどういうところなのか、実見しようと、十五年ほど前に初めてこの地を訪ねて「えっ、本郷に、しかも東大の赤門のまん前に、異空間のごとき路地が昔の姿のままに残っていた!?」という驚きの場所だったのです。

この路地は、百年前どのような状態だったのか。「長屋と申しても最も劣等なる種類」と霜川は書き出して、山風宛ての手紙はこの路地の実態を伝えています。貴重な記録です。

> 生は本日を以て長屋居住を決行致し申し候。長屋と申しても最も劣等なる種類にこれ有り。其は鮫が橋に見られる穢屋《あいおく》にござ候。屋賃は一個は七十五銭、一個はより上等にて八十五銭、都合二軒にて合計一円六十銭、いかに廉価に候わずや。一個は家族住む。一個は生が書斎にござ候。其れは屋根裏を見て天床を見ず、一棟都合六軒いわゆる九尺《くしやく》二間《にけん》の屋台骨にござ候。昨日まで新聞記者として且つ文士として門戸を張りし生は、今や俄然車夫、土方の仲間入りをなし彼等と城壁なく談ずるの光栄ある身分と相成り申し候。

余談ですが、霜川のこの一九〇一（明治三十四）年の記述は、その二年前に公刊された同郷人横山源之助の『日本之下層社会』（教文館）を彷彿とさせる、というより横山の報告を前提にしたかのような書きぶりである。横山源之助は、「四谷鮫ケ橋」を東京の三大貧民窟の筆頭として挙げ、「車夫」を人足・日雇稼ぎに次ぐ下層民の代表的な職業だと書いているのです。

霜川が住んだこの赤門前の路地は、本郷通りから入り込んだ長い袋小路ですが、九尺二間の一戸が六軒で一棟の長屋となり、この棟がさらに奥に連なる形になった小路で、路地二か所に共同井戸があり、袋小路の突きあたり辺りが霜川のいう「奥長屋」なのです。

ところで霜川がこの《本郷六丁目九番地》の奥長屋に住んだのは、霜川二十六歳の《一九〇一（明三十四）年十月下旬から翌一九〇二年五月までの半年強の期間》と推測されます。この期間の始期は、山風宛て手紙の「本日を以て長屋居住を決行致し申し候」の「本日」＝明治三十四年十月二十六日を採り、終期は、小石川表町での秋聲との第二次共同生活、秋聲『黴』の舞台の始まりをそれとしました。霜川が、表町での同居生活に入る前にすでにこの奥長屋を出ていたことも考えられますが、ここが家賃が低廉なこと、母親、姉妹と一緒であることからその可能性は低いと思われます。

霜川の高橋山風宛て書簡の野口冨士男によるその公表は、それまではエピソードばかりが語られ具体的な活動の掘り出しのおこなわれていなかった霜川の生に一つの具体像を浮かび上がらせる貴重なものだったのですが、なんとこの当時の霜川の路地暮らしを語る同時代人の資料がほかにも存在したのです。語るのは斎藤弔花。弔花は国木田独歩との親交で少しは知られてはいるものの、高橋山風同様その名も忘れられかけている明治の文人といってよいでしょう。弔花の『国木田独歩と其周囲』（小学館／一九四三）にも霜川の本郷「奥長屋」での生活が書かれているのです。（この本に、霜川のことが記されていることを、私信で教えてくださったのは、黒岩比佐子さんでした。感謝を込めて特記しておきます。）

霜川は紅葉門下とはいうものの、外様で、徳田秋聲に兄事していた一人、偏屈人で、赤門前の裏長屋に住んでいた。本郷の通りにこんな長屋があったことは今の人は知るまい。両側に汚い二間宛の家が五六軒づつの割長屋で、その奥に古い槐《えんじゅ》の大木が風にピューピュー鳴っていた。霜川の家庭は母と妹達は向いに住まわせ、彼は南側の一軒二間を占領していた。彼の家で手洗盥や、歯磨、楊枝はみたことはない。万年床の綿がはみ出している。反古の山の中に座って夜っ徹《ぴ》て何か書いていた。鶏の啼く頃、くるりと万年床に潜り込んで寝る。年中戸締まりをしたことはない。夜遊びに更けて、帰るに家のない連中は、本郷のこの槐長屋の家に泊まり込んだ。

弔花の文は、山風宛て霜川書簡と符合する点の多いことに気づきます。

霜川が「屋賃〔家賃〕は一個は七十五銭、一個はより上等にて八十五銭、（中略）一個は家族住む。一個は生が書斎にござ候。」と書いているように三島家は、二軒借りていました。一軒は霜川がみずから書斎として使用するための家、もう一軒は家族のためのものです。ここを訪れた弔花は、実見によってこう書いています。「霜川の家庭は母と妹達は向いに住まわせ、彼は南側の一軒二間を占領していた。」

併せて読むと、霜川自身は路地に並ぶ割長屋の南側、より上等な家賃八十五銭の家。家族（母と妹たち）は、北側、家賃七十五銭の家に分かれて住んでいた……（家賃は逆の可能性がありますが、霜川の書斎で来客もある方が、条件の良い物件だったと考えてよいでしょう）。

霜川がおおよそ半年ほど住んでいたこの「奥長屋」のことが、霜川自らの手紙と弔花の回想文によって照明があたったように鮮明に眼前に現れてきました。それにしても霜川の《本郷六丁目九番地　奥長屋》の住まいについてこれほどのことがわかろうとは驚きの限りです。

「東大の赤門前にこんな一画が」という現代に生きる我々の驚きは、「本郷の通りにこんな長屋があったことは今の人は知るまい。」という明治の弔花のメッセージにつながっていくること、これまた驚きです。

二　霜川の二十五年前の、そして三十年後の本郷六丁目界隈

それにしても弔花は、霜川が路地の南側（左手側、法真寺側）に住んでいたということまで記録に残しておいてくれました。有り難いことです。「窓の下は古墳塁々として塔婆海苔麁朶の如く立つところ、一種の臭気を含む湿気は境に充満致し居り候。」と、霜川が書いたのは、隣の法真寺の墓地のことなのです。法真寺の右横の路地「九番地」に住んだのが霜川だったとすれば、法真寺の左横前の本郷六丁目「五番地」に四〜九歳の幼少期を過ごしたのは、樋口奈津（一葉）でした。霜川がこの地に住む二十五年前のことです。一葉は、後年この法真寺近くの住まいを「桜木の宿」といって懐かしみましたが、晩年の「ゆく雲」（一八九五）にこの法真寺のことを描いているのです。霜川は、一葉ゆかりの法真寺の右横の小路に寺の墓地を背にして住んでいたのである。

そんなことを知ってか知らずか霜川は、上京当時の一葉人気について次のように回想している。紹介しておきます。

丁度鏡花氏の「夜行巡査」が現われると同時に、一葉女史の「たけくらべ」が文芸倶楽部に現われた

と思う。――尤も「たけくらべ」はその前に文学界に連載されていたと思うが――この一篇が現われると、才名文壇を風靡して、一躍して、天才の名を博し、文壇諸公為めに顔色なしという有様であった。私も当時一葉女史の崇拝者で、女史の名が雑誌に出ると、大概その雑誌を買って読んだ。

※三島霜川「私の文壇に接触した時分」（『新潮』一九一〇（明治四三）年十二月号）

霜川が、本郷六丁目九番地に住む二十五年前に、その近くに幼少の樋口一葉がいっときを過ごしたとすれば、霜川の約三十年後に本郷六丁目九番地に住んだ作家がいます。島木健作である。霜川の本郷六丁目の周辺を、文学史と地誌の両方からぐるぐるぐる廻っていた時、目に飛び込んできたのが島木健作の名前だったのです。

島木健作の本郷での生活は、四年前に治安維持法違反（三・一五事件）で検挙され仮釈放（一九三二（昭和七）年三月）されて以後のもの――彼の獄中でのいのちを守るための転向声明は、仮釈放をもたらすが、その後の彼の精神を傷つけることになる――である。彼の兄・島崎八郎が本郷通りで古書店を営み、健作はそれを助けるのである。

この古書店「島崎書院」は、本郷通り赤門前の今の扇屋菓子店のところにあったと思われ、健作はそこから少し離れた《本郷六丁目九番地》の路地奥に住んだようなのである。（なお、島崎八郎はのち、一九三九年に神田神保町に支店を出している。）

詳しい情報を探していた時、そこに一枚の地図が与えられた。本郷界隈を案内していただいた地元の梨木紫雲さんにいただいた多くの資料のなかにそれはあった。『（本郷）旧六丁目町会隣組明細図』（「昭和十八年」の記載がある）――。推測するに、戦時中に作成された手書きの住宅地図様のものを、この地にお住まいだった歯科医で郷土史家だった故松岡博一さんが活字にして整理されたものであろうと思われる。

この地図の「九番地」に「島崎」の名がある。健作がそこを出たあと、兄の名になっていたのであろう。そして本郷通りに面した「四番地」に「島崎（古本業）」の記載があります。この地図に残る両「島崎」の記載は、島木（島崎）兄弟の居所と仕事場であることは間違いないと思われる。

ところで、路地の両脇に長屋が並ぶ「六丁目九番地」の島木健作が居た場所が私なりに特定されてみると、ある仮説を書いてみたくなります。「明治期、この六丁目九番地にいた三島霜川家族（霜川の母、霜川の妹たち〈二人もしくは三人〉）が住んでいたまさにその家が、のちに島木健作の住んだ家ではないのか……」と。

煩雑すぎるので論証は細かく挙げませんが、霜川がこの地から出した書簡と、この地に霜川を訪れた斎藤弔花の回想を読むと、本郷通りから西に伸びるこの路地の奥に向かって右手（北側）奥のつきあたり近くの家に霜川の母親と妹たちが住み、道をはさんだ真向かいの左手側（南側）に霜川が住んでいたことになります。そこに地図の諸情報を加味すると、「霜川母親たちの居所＝島木健作の隠棲の場所」となるのです。ちなみに、島木健作が「本郷六丁目九番地」に住んでいたその頃、前の住人・三島霜川は、一九三三（昭和八）年三月七日、中野区西町の鍋屋横丁で「暮れ初めて鐘鳴りわたる臨終かな」と辞世の句を絞り出して亡くなるのです。

最後になりましたが、「小路」「路地」と書いてきた東大赤門前に現代も長屋形式を彷彿とさせながら残存するこの路地が、「稲荷横丁」という親しい名で、呼ばれてきたという歴史もご報告しておきます。

この路地の突きあたりには、お稲荷さん固有の赤い鳥居を残す藤之森稲荷が、御神木と思われる大きなケヤキ――落雷によるものでしょうか上部が失われています――と共に、鎮座ましましていました。この稿に何度も「袋小路」と書きましたが、この小路の突き当たりは藤之森稲荷の鳥居と小さな神祠、そして大きな御神木だったのです。

斎藤弔花が「奥に古い槐《えんじゅ》の大木が風にピューピュー鳴っていた。」と書き込んだ大木は、御神木ケヤキのことだったのではないだろうか。

東大赤門前の霜川ゆかりの路地をしばらく訪れていないが、おそらく同じ異空間が今も現存していることだろう。

最後に、一九〇一年直後の霜川、秋聲、そして尾島（小寺）菊子の動静を、霜川を中心にこれも私製の「霜川年譜」から摘記しておきます。

●一九〇二（明治三十五）年
二月、少年雑誌『少国民』に、主筆であった竹内紅蓮（富山県入善町出身）の後を継いだ形で掲載を持つ。その後、金港堂の『少女界』の編集を手伝い、児童向けの小説を手がける一方、同社の『文芸界』『青年界』などにも掲載がみられるようになる。こうした少年雑誌、児童雑誌に関わったいきさつは不明ながら、児童文学への関与は、生涯形を変えながら続いていくことになる。三月に発表した「聖書婦人」が好評を得る。

四月末、大阪から帰郷した秋聲と伝通院東裏・小石川区表町一〇九番地（現・文京区小石川三丁目）で再び同居開始。霜川の縁で手伝いにきた小沢さちの娘はまと秋聲が恋仲となり、秋聲・霜川の関係がこじれ、霜川は小石川表町の家を出る。

●一九〇三（明治三十六）年

七月創刊の文芸雑誌『新著文芸』（弘文社）に、秋聲「すきぶすき」、霜川「塩田」、秋香女史「破家の露」（菊子の処女作）、高橋山風の作品が掲載されており、『少女界』の編集者として知った同郷の尾島菊子をこの雑誌（編集者稲岡奴之助）に紹介したと考えられる。この年を中心に、翌年の短編集『スケッチ』（新聲社）に収録される作品や「山霊」など、力のこもった中短編が、金港堂、博文館、春陽堂、新聲社などの有力な文芸雑誌に多く掲載される。

新発見資料　瀧口修造の短歌

萩野　恭一

生の朝夕

第四學年　瀧口修造

しみじみと力が欲しくなりにけり小き野草の繁るを見ては

停車場に護送され來し囚人のニヤリと笑ふ目の凄さかな

亡き父の太きみ聲もきくを得でガランとしたる我が家暮れゆく

零落！零落…何ものか耳に囁けり暗き軒端にズイチヨ鳴き居り

淋しさに吹きてみぬればハモニカの音の悲しも月けぶる秋

短歌　　　　　　　　　　　第五學年　瀧口修造

あめぐものうすさけ光るひるまへをふもとにちかく雞なくきけり

夕風は吹きいづるらしみぞはたののこぎりばなのしづめる赤さ

（いずれも原文とおり）

この短歌七首は、瀧口修造が旧制富山中学校に在学していた頃の作品で、「文武会誌」（同校の校友会の雑誌）の三一・三二号（一九一九・二〇年の各一二月二〇日発行）に掲載されたものです。みすず書房の『コレクション瀧口修造』には掲載されていない新発見の資料で、また現在確認できる瀧口の短歌はこの七首のみと見てよいでしょう。「自筆年譜」には、以下のとおり、少年期に短歌に親しみ、自らも作っていたことが記述されています。

一九一八年（大正七）一五歳

漢文のK教師に、きっかけを忘れたが週に一度ほど短歌を見て貰った一時期がある。先生はあまり訂正せず、朱筆で読後感を書いてくれた。啄木の影響などがあったように憶えている。

一九二〇年（大正九）一七歳

この前年あたりから一年上級の高崎正秀を知る。牧水の歌をたからかに朗誦してくれた。私は茂吉の「赤光」を読み短歌に新しい衝動を感じるが一時で止む。

この記述にある短歌への衝動が（しかも「一時で止む」とされている衝動が）、まさに作品として残されていたことになり、この七首は「自筆年譜」の記載を裏付ける、貴重な記録といえるでしょう。この記述を踏まえて改めて七首を読むと、確かに第四学年の五首には啄木風の素朴な感傷が感じられ、第五学年の二首には茂吉の「赤光」の影響も指摘し得るように思います。後の二首では率直な叙情よりも写生の姿勢が顕著となり、一年の間でかなり手の込んだ歌を作るようになっていることから、短歌にかなり熱中していたものと推察されます。以下、補足事項をまとめます。

一　父の存在

三首目に詠われた父（四郎）は、一九一五年（大正四）九月一九日に脳溢血のため急死しています。それから四年が経過した後になお、このような空虚感が詠われるのは、父がいかに大きな存在であったかを示すものでしょう。「自筆年譜」の冒頭には、次のような記載があります。

一九〇三年（明治三六）〇歳
父は二代目（三代目ともいう）の医師であった。（中略）出生当時の家は僅かな田畑を残すのみの中産家庭で、作男が三人ほど絶えず出入りしていた半農半医ともいうべき家であった。父は土地の進歩主義者とでもいうのか、なんでも新しいものを先んじて取入れていた。

瀧口家があった大塚近辺の村人への最近の聞き取りによれば、四郎は、往診の際、初めの頃は、白い馬、次に人力車、やがてニッケル製の自転車に乗っていたそうで、「新しいものを先んじて取入れていた」様子の一端がわかります。また、短歌・俳句をたしなむ人だったとの証言もあります。少年修造の文学志望や短歌への親しみは、このような父の存在を抜きには考えられないと思われます。

二　零落への不安

四首目には、その父を喪った後の零落への不安が、かなり率直に詠われています。「自筆年譜」一九二〇年の項には、短歌とともに上田敏の訳詩や蒲原有明の作品に親しんで象徴詩の世界に憧れたことや、美術雑誌、美術書を乱読したことが記載され、続く二一年の項には、進学を断念しようとして母親と言い争ったことや、医者を継ぐよう毎日のように母親から説得哀願されたこと、毎夜遅くまで文学書や美術書を読み耽ったことなどが記述されています。そのような未だ進路が定まらない時期の基調となっていた、（将来への不安というよりもさらに緊迫した）没落への恐怖が率直に詠われた一首といえるでしょう。

三　ふるさとの光

六首目に「あめぐものうすさけ光る」と、光・光線が詠われている点も注目されます。後年、富山を出た後に執筆・発表された「六月の日記から」や「冬」にも、光に関わる記述がありますが、この短歌にふるさと特有の空の光が詠われていることから、後年の光は、このふるさとの光が源となっているとも考えられましょう。富山在住の者にとっては、意義深い一首です。

四　父の蔵書

七首目の「のこぎりばな」すなわち鋸草は全国どこにでも見られる地味な植物ですが、この草を題材とする詩歌はかなり珍しいのではないでしょうか。ここで想い起こされるのは、生家が医家であった事実でしょう。というのも、古来この草は、東洋でも西洋でも薬草として用いられてきたからです。先に引用した「自筆年譜」一九〇三年の項は次のような記述もあります。

> 書庫代りの二階の一室にはおびただしい漢法医《（ママ）》書と近代医書が並んでいて、家財整理のとき実績をあげたのは古い漢法医《（ママ）》書であった。明治の文芸書や雑誌も揃っていて、少年時代はこの室にひとり閉じこもることが多く、井上円了や中江兆民の著書などが妙に記憶に残る。

父の蔵書を通じて、鋸草を薬として使用することは当然知っていたはずで、そこからこの地味な草が少年修造の注意を引いたものと思われる。

五　発見の経緯

終わりに、この短歌七首の発見の経緯に若干触れておきます。富山県では県にゆかりのある文学についての資料を体系的に収集整理する「ふるさと文学館」（仮称）の建設を決定し、二〇一二年（平成二四）夏の開館に向けて準備しております。昨年（二〇〇九年）私は、その作業を担う「ふるさと文学発掘チーム」の「活動推進員」に任命され、三〇年ほどの公立図書館への勤務経験を活かして、県下の図書館や高等学校の蔵書の調査をすることにしました。まず瀧口修造の資料を対象として、母校である県立富山高等学校（旧制富山中学校）の校友会雑誌などを調査したところ、今回の発見に至ったものです。「瀧口修造の墓守」を自任し、永年にわたり拘ってきた私としては、まことに感慨深いものがあります。

なお、調査中に「後に超現実派の詩人として、有名になった瀧口修造君が世話をして、廻覧雑誌を作り、詩歌や随筆、小説などを書きなぐって、わづかに鬱をはらしたりしたが、やがて金を出し合って謄写版を買いこみ、原稿を集めて友人の下宿でプリントにして、クラスに配布した」（『富中回顧録』第一集。同級生の密田良二による）との記述にも出合ったことも付記しておきます。

瀧口修造の世界は魅力的であるばかりでなく、今なお多くの謎に包まれています。今後さらに、文献資料だけでなく、地元の古老たちへの聞き取りなども進めていきたいと思っております。

［追記］

本文執筆後、一九二一年（大正一〇）一月一日付「富山日報」（「北日本新聞」の前身）が募集した懸賞読者文芸（若山牧水選。課題「雪」「社頭暁」）において、瀧口修造の次の一首が、天・地・人（各一作）・秀逸（一七作）の中の、「秀逸」に選ばれているのを発見しました。

背戸口《せとくち》の栗《くり》の大木《おおき》に吹《ふき》あつる雪《ゆき》まばらかにさやけくもあるか

富山市梅澤町　瀧口修造

また一九二〇年（大正九）八月九日付「富山日報」の短歌投稿欄「日報歌壇」にも、「瀧口おさむ」作の四首が掲載されています（選者は若山牧水）。この「おさむ」とは「修造」の別名とも考えられます。

富山　瀧口おさむ

すつきりと単衣《ひとい》に着更《きか》へ寺町《てらまち》の杉《すぎ》の並木《なみき》をあろきけるかな

初夏《はつなつ》のすがしき日影街《ひかげまち》をゆく真白《ましろ》き犬《いぬ》を照《て》らしけるかな

青《あお》き背《せ》のとかげ一匹《ひき》冷々《ひやひや》ときらめき光《ひかり》逃《に》げ去《さ》らんとす

ごうぐ〵と近《ちか》づき来《き》つる夜行車《やこうしや》の灯《ひか》りさびしく思《おも》ほゆるかな

付け加えて、「自筆年譜」（本文参照）の「K教師」と高崎正秀について、若干記しておきたいと思います。

一、「K教師」。瀧口の在学期間に在任していたK姓の漢文の教師は二人います。一人は川出麻須美（在任期間は一九一八年（大正七）四月～一九年（大正八）八月）。東京大学国文科出身で後に旧制第七高等学校教授。戦後は郷里の愛知大学教授を務めています。もう一人は川那部修（同一九一八年（大正七）六月～二〇年（大正九）四月）。京都大学国文科出身で後に奈良県立五條中学校、大阪府立高津中学校等で教壇に立ち、相馬御風と互いに歌を評論し合ったと言うことです。

二、高崎正秀。高崎正秀は富山中学校を卒業後、國學院大学国文科に進学して折口信夫の高弟となりました。戦後まもなく同大学教授に、晩年には名誉教授になっています。歌人としても大成し、宮中歌会始の儀の召人を務めています。高崎の回想では、短歌の手ほどきを前出の川出麻須美から受けたとされています。

【追悼】

金子先生と演劇、映画

巣組　惠理

金子先生の演劇に対する関心の高さは、ご自身の鷗外研究から始まっているのだろうと思う。先生の鷗外研究の中でも、『鷗外と近代劇』（大東出版社、二〇一一年三月）は、二〇一一年度やまなし文学賞を受賞されている先生を代表するご著書である。『鷗外と近代劇』は、日本近代劇の黎明期における森鷗外の果たした重要な役割について証明したものであるが、ドイツ留学における観劇体験について調査研究し、未開拓分野であった鷗外の観た劇名や役者名、当時の劇評などの詳細について、先生自らがドイツに赴き明らかにされている。

また、『森鷗外の西洋百科事典　『椋鳥通信』研究』（鷗出版、二〇一九年五月）では、『椋鳥通信』の中で、演劇に関する記事が文学など他分野以上に多くを占めており、統計的にも鷗外の演劇に対する関心の高さを証明している。そして「鷗外のドイツ留学こそが日本の近代劇の紀元でもあった」と述べられている。

私は、富山大学で二〇〇二年から二〇〇八年にわたる約七年間、金子先生の元で学ばせていただいた教え子である。先生が富山大学でご活躍されていた時の演劇、映画に関わる活動について、当時学生であった私の知る限りで紹介させていただきたい。

劇団比較文学　学内からまちなかへ

金子先生は、学生に対しても観劇体験を重んじていた。それは、『鷗外と近代劇』のあとがきからも分かるが、金子先生自身がドイツで観劇した時の感動がそうさせていたのだと思う。私は大学の授業で、利賀フェスティバル（於利賀芸術公園）に連れて行ってもらったことがある。二〇〇四年から二〇〇五年頃のことだったと記憶している。あいまいな記憶でしかないのが悔やまれるが、それまで文化ホールのような所でしか演劇をみたことがなかったのだが、演者と観客に境界がないような舞台装置や、舞台芸術というものに触れさせてもらった貴重な機会だった。

先生は、鷗外研究がご自身の研究の大きな柱ではありながら、大学の授業では鷗外以外にも、女性作家や明治大正期の雑誌など、幅広い分野から授業をしてくださった。二〇〇六年の大学の授業（「比較文学演習」）では、明治四十年創刊の「演芸画報」という総合演劇雑誌をテキストにし、雑誌研究を行った。雑誌の中に出てくる戯曲、役者、劇評、役者評、作家評など、雑誌の中身すべてが研究対象であった。学生は、雑誌の内容をまとめながら自身が興味のある作家や劇を取り上げ、掘り下げていった。

そして「演芸画報」の研究発表が中盤に差し掛かる頃、金子先生の発案によって雑誌に掲載されていた脚本を、学生が演じ、朗読劇という形で披露することになった。金子先生が「文学を学ぶ学生の感性を高めるきっかけにしたい(1)」と始めた授業の中の一つの試みであった。

しかし、それは二〇〇六年から始まり、先生がご退官されるまで毎年続く恒例行事となっていった。そしていつしか比較文学コースは、劇団比較文学と、自ら名乗るようになっていった。

第一回　二〇〇六年二月二日　福田琴月『虚栄心』
第二回　二〇〇七年二月八日　森鷗外『生田川』
第三回　二〇〇八年二月十五日　ビョルンソン作、鷗外訳『手袋』
第四回　二〇〇九年二月十一日　イプセン作『人形の家』（第一幕・島村抱月訳、第二、三幕・鷗外訳）
第五回　二〇一〇年二月十一日　木下杢太郎『医師ドオバンの首』
第六回　二〇一一年二月十一日　オスカー・ワイルド、鷗外訳『サロメ』
第七回　二〇一二年二月十日　森鷗外『なのりそ』
第八回　二〇一二年十二月二十二日　森鷗外『静』(2)
第九回　二〇一四年二月十一日　森鷗外『仮面』
第十回　二〇一五年二月十一日　萱野二十一『父と母』

これらの劇の上演は、地元紙「北日本新聞」や「富山新聞」で取り上げられ、学外からも富山大学（人文学部講義室）へ観に来る方達がいた。また第六回以降では、学外へ飛び出しフォルツァ総曲輪（富山市総曲輪にあった公設民営の映画館）で上演するようになっていき、より多くの人が観に来る演劇活動になった。以下にその反響を示したく、掲載紙名と見出しを挙げたい。

第一回目の劇は、準備期間も三週間程度と短く、台本を持ちながらの朗読劇であったが、その取り組みは四度にわたって記事になっている。私は、その時演出を担当したのだが、その時のインタビューが四つ目の記事である。

・二〇〇六年二月二日「富山新聞」
「きょう富大人文学部の学生ら　福田琴月脚本の『虚栄心』迷う女心学生が表現」
・二〇〇六年二月三日「北日本新聞」
「喜劇『虚栄心』を上演　富山大比較文学コース　演じて研究のヒント探る」
・二〇〇六年二月十七日「北日本新聞」
「演劇が文学動かした　富山大人文学部比較文学コース　明治期の関係探る　朗読劇上演し実践学習」
・二〇〇六年二月二十五日「北日本新聞」夕刊
「素顔でこんにち話　富山大大学院人文科学研究科1年　伊藤恵理さん　文学と演劇を研究」

第二回以降からも以下に挙げる通り、学内の一つの授業にとどまらない活動となっていったことがわかる。

・二〇〇七年一月二十九日「北日本新聞」
「キャンパスTODAY　おじゃましま〜す研究・ゼミ室　富山大人文学部比較文学コース(金子幸代教授)文学と演劇の関係学ぶ」

・二〇〇七年二月三日「富山新聞」
「森鷗外の『生田川』に挑戦　富大人文学部生　比較文学の視点で脚色　8日上演、衣装や道具手作り」
・二〇〇八年二月一日「富山新聞」
「96年ぶり、富大で舞台化　12日・森鷗外訳の喜劇『手袋』上演　衣装、道具を手作り　結婚めぐる混乱面白く　人文学部」
・二〇〇八年二月十六日「北日本新聞」
「学生が名作喜劇熱演　富山大人文学部」
・二〇〇九年二月八日「富山新聞」
「森鷗外と島村抱月訳を比較　Wキャストで『人形の家』　富大11日、人文学部生が上演」
・二〇一〇年二月六日「富山新聞」
「鷗外の弟子の戯曲『医師ドオバンの首』富大生が舞台化　11日上演、練習に熱　風刺利かせ、人間模様」
・二〇一〇年二月十二日「富山新聞」
「学生迫真の演技　富大人文学部『医師ドオバンの首』上演」
・二〇一一年一月二十八日「富山新聞」
「富大人文学部比較文学コースの学生　フォルツァ総曲輪で11日　まちなか公演『サロメ』見て　初の学外、練習に熱」
・二〇一二年二月三日「富山新聞」
「鷗外の戯曲を初上演　富大生『手作り』で10日　人文学部　明治期の新女性像描く」

・二〇一三年十二月二十一日「富山新聞」
「文学で街なかに活気　総曲輪であす　森鷗外の劇上演　富大人文学部生　強い女性の内面表現」
・二〇一四年二月七日「富山新聞」
「富大生街に活気　11日富山・フォルツァ総曲輪　鷗外の戯曲上演　練習、飲食　波及効果生む」
・二〇一四年二月十二日「富山新聞」
「鷗外の戯曲　富大生熱演　富山・フォルツァ総曲輪」

中でも、二〇〇九年、第四回『人形の家』でなされた演出は、学術的にも素晴らしいのではないかと思う。この回も、大学の授業で行われた『人形の家』の比較研究が上演に繋がっている。英訳から翻訳した島村抱月訳と、ドイツ語訳から翻訳した森鷗外訳との比較研究である。上演に当たり、第一幕は、抱月訳で佐藤真衣さんがノラを演じ、第二、三幕は、鷗外訳で山元渚さんがノラを演じるという大胆な演出方法をとっている。これにより、抱月の描いたノラと鷗外のノラとの対比が鮮やかになったであろうと思う。ノラをどのように演じるかという新聞の取材に対し、一幕の佐藤さんは「世間知らずで子供っぽく、周りからもそう思われているが、夫への秘密を隠している」ノラを演じたいと答えているし、二、三幕の山元さんは「子供っぽいノラが現実をみていこうとする姿を伝えたい」と答えている。[3] 内に秘めたものをもつ天真爛漫な女性像から一転、子どもを残して家を出る決断をするに至るノラの変化が際立つ演出だと思う。

金子先生は、演じることを通じて、「言葉が生きていることを感じてほしい。古典から今に通じる新しい生き方を学んでもらえたらうれしい」と話していた。[4] 私は、実際に演じるためには、人物の心情、行動を理解することが必要だが、それには戯曲の細部まで分析することが必要だと学んだ。時代背景はもちろん、ト書き、照明、衣装などすべてが人物の心情、人生につながっている。そして、演じたことによって、当時の人々の心が今を生きる私の心につながり、自分の人生につながっていくことを知った。それは、私以外にも演じた学生は全て、同様に感じ学んだことであったと思う。

先述したが、第六回、第八回、第九回、第十回は、富山市総曲輪にあるフォルツァ総曲輪にて、上演がおこなわれている。これらは、富山大学が主催する「学生が企画した魅力的・独創的なプロジェクト」に採択され、大学から補助金を得て上演した一大プロジェクトであった。

その中でも、第八回鷗外の『静』は、富山大学だけではなく、富山市のＴＭＯ、株式会社まちづくりとやま主催の「学生まちづくりコンペティション2012」からも助成を受けている。この『静』は、私は一般客として観たのだが、自分が学生であった頃の演劇と比べると、相当の練習を積んだとすぐに想像がつく完成度の高さであった。さらに演劇の上演に合わせて、鷗外研究の紹介、富山にゆかりのある作家紹介など、まちなかに比較文学研究室を作るまでに発展させた。(5) こうした活動は、先生の教育が学内のみに留まらず広く市民に開かれており、また、そうあらねばならないという先生の志の表れであったと思う。

金子先生と映画

金子先生は、映画を年間百本観るとおっしゃっていたくらい映画には詳しい方である。大学の研究室にも映画やアニメのＤＶＤやビデオが約三百あったそうである。(6) 大学の講義の中でも、映画を上映し、文学表現とは違う映像表現についてなどの講義もあった。しかし、その研究業績となるとあまり知られていないのではないだろうか。ここでは先生の数少ない映画に関する論文、桐野夏生『魂萌え！』と、黒澤明『夢』の論文について紹介したい。

桐野夏生『魂萌え！』

『魂萌え！』については、「フェミニズムと現代女性文学――映像から考える桐野夏生の『魂萌え！』」（「富山大学人文学部紀要」50号、二〇〇九年二月）の中で、原作とＮＨＫドラマと映画の三つの形態について論じられている。

『魂萌え！』は、五十九歳の平凡な主婦、敏子が主人公で、夫が急死、その後夫に愛人がいたことが分かり動揺し、息子とも遺産相続をめぐって争い、ついに家出するという物語である。五十九歳の女性を主人公にしている原作を、金子先生は「美や若さが称揚される現代日本社会における固定したヒロイン像の型を壊す新しい女性像が造詣されている」と評価している。

ドラマ版について先生は、夫をめぐって愛人と争っていた主人公敏子の最後の心の変容に主眼があり、夫へのこだわりを捨て、自らの生き方を模索しようとする敏子が描かれていると述べている。一方、映画版では、原作では描かれなかった敏子の旅立ちに力点がおかれていると指摘する。映画のラストシーンでは、映画技師として働き始め『ひまわり』を上映する満ち足りた顔の主人公がクローズアップされている点を評価している。そしてこれを「いわば家を出た『人形の家』のノラのその後を描き、作品解釈の新たな方向性を示したもの」と位置付けた。そして二つの異なる映像化が成功しているのは、原作の作品のもつ豊かさ故と評価している。

そして金子先生は、論文の最後をこう締めくくっている。

『魂萌え！』はまさに自立しようとする多くの女性たちへの応援歌になっている。気づくのに遅すぎることはない。世間のしがらみに縛られずに自由に羽ばたきなさい、あなた自身のかけがえのない人生だから。

私は、この最後の部分を読んで、「あなた」＝私に向けられたメッセージなのではないかと錯覚してしまうほどであった。原作『魂萌え！』は、「毎日新聞」に連載された新聞小説であった。多くの人の目に触れる事を意識したであろう作者桐野。金子先生も同じく論文を書きながら、多くの人に読んで知ってもらいたいと思って書き上げた論文であったろうと思う。

先生は、この他二〇〇八年十一月には立命館大学で「格差社会と文学」という講座も担当され、高齢者格差問題から『魂萌え！』についてもアプローチされている。(7) 先生にとって特別思い入れのある作品だと思われる。

黒澤明『夢』

金子先生と黒澤明で、私が一番に思い出すのは芥川龍之介『藪の中』原作の黒澤明の『羅生門』である。

毎年、主に一年生が受講する「比較文学概論」の講義中で取り上げられる映画で、これが定番になっていたと思う。先生は学生のうちに「本物」に触れておかなければならないとよくおっしゃっていたが、その「本物」の中でも特に先生がお気に入りだったと思われるのが黒澤明なのである。

しかし、論文として形に残されているものは一つ「黒澤明の映画『夢』と3・11――フクシマを告発する『夢』」（新・フェミニズム批評の会編『〈3・11フクシマ〉以後のフェミニズム――脱原発と新しい世界へ』御茶の水書房、二〇一二年七月）だけである。

黒澤明の映画『夢』（一九九〇年製作）は、夏目漱石の『夢十夜』の導入部分を借りた形式「こんな夢をみた」で始まる、八話からなるオムニバス映画である。八話全てに共通するテーマは、「自然に対する畏怖の念を忘れ、支配欲にかられ自然の領域を侵犯する人間の傲慢さに対する警鐘である」と先生は述べており、特に、原発に関わる六話と八話を取り上げ論じられている。『夢』は、経済効率のみを求めた人間の愚かさが焦点化されており、黒澤の予言とも思えるほど現在の日本の危機を照射した傑作であると、先生は評価している。

六話目の「赤富士」は、富士山が大爆発を起こし、六基の原子力発電所が同時に爆発し、人間はほろぼされるという話であるが、福島の原発事故を予言する内容となっており、黒澤の原発に対する危機感が濃厚に反映されているとしている。

さらに二人の幼児を連れて避難する母親の「原発そのものに危険はない。絶対ミス犯さないから問題はない、とぬかしたヤツラは、許せない！　あいつらみんな縛り首にしなくちゃ、死んだって死にきれないよ！」という台詞を取り上げ、最も放射能被害を受けやすいといわれている子どもや母親（妊婦）からの、原発を推進してきた科学者、官僚、政治家、原発利権企業に向けられた痛烈な告発になっている映画だと、述べている。

八話目の「水車のある村」は、緩やかに流れる川にたくさんの水車が回る、電力のない村が舞台である。先生は、「水」は、「生命を生む創造の源であり、環境破壊に立ち向かう人間の暮らしの基盤となることを示唆している」と述べている。そして「水車」は、「再生可能なエネルギーを象徴し、原発から再生可能なエネルギーへの転換を図る未来への希望が託されている」としている。

また、原発など自然への侵犯を警告するのが、一話の母親、二話の少女、六話の子連れの母親など、女性が警告者であることを指摘している。それは、現実社会においても原発の再稼働に反対する割合が女性の方がきわめて多いこととつながっているとしている。

そして金子先生自身、震災を機に、大学の講義で『夢』を上映し、学生達に現代のエネルギー問題を考える契機を与えている。学生の『夢』を観た後の感想を読んで、先生は黒澤のメッセージが確かに届いた実感があると述べている。

映画館・フォルツァ総曲輪との関わり

演劇の中でも触れたが、金子先生は公設民営の映画館フォルツァ総曲輪と関わりが深かった。フォルツァ総曲輪とは、二〇〇七年二月に富山市総曲輪商店街の中のビルで開館した富山市の第三セクター「まちづくりとやま」と市民が手を組んで運営していた映画館である。二〇〇六年からフォルツァ総曲輪は試験上映を始めているが、その頃から金子先生の映画館への支援は始まっており(8)、私を含め先生の教え子達で、映画館の受付などのアルバイトを勤めていた。アルバイトをしながら映画好きの人と映画について話したり、試写会に呼んでもらえたり、貴重な経験をさせてもらった。

金子先生自身は、映画館を運営する第三セクター「まちづくりとやま」の方たちと交流を持っていた。運営におけるアドバイスなどを行っていたと思われる。(9) そして、たびたび映画や文学に関する講演を頼まれて、フォルツァ総曲輪へ出向いていた。現在判明している限りになるが、その活動を以下に紹介したい。

・二〇〇八年二月九日　トークライブ「黒澤映画の魅力」
（フォルツァ総曲輪サポーターの若森靖彦氏との対談）

・二〇〇九年六月二十七日　トークライブ「ロシア映画特集　ソクーロフからロシア文学映画まで」
（トルストイ、ドストエフスキー原作の文芸映画、アニメ映画「雪の女王」、ロシア映画が宮崎駿に与えた影響など）

・二〇一〇年三月十四日　三周年記念講演「先達に学べ――映像作家・成瀬巳喜男のまなざし」

・二〇一〇年十一月三日　トークイベント「山中貞雄」
（黒澤明など後世の監督に与えた影響など）

・二〇一一年三月十日　文学講座「志賀直哉の長編小説『暗夜行路』同小説を原作とする映画も交え、作品の魅力にせまる」

金子先生の豊富な知識量を物語っているラインナップである。中でも二〇一〇年のフォルツァ総曲輪の三周年記念講演は、「朝日新聞」が予告記事を出し、「富山新聞」「北日本新聞」では、講演後の反響が報じられた[10]。当日は、「俳優のちょっとした身ぶりや視線でも、作品のメッセージが読み取れることに驚いた[11]」など、年代の異なる参加者たちからの質問や感想が相次ぎ、大盛況だったことが伝えられている。参加者達は先生の講演を聞いて、映像の読み取り方を新たに学び、そして成瀬巳喜男の魅力を再発見した。

また、先生は大学の授業でもフォルツァ総曲輪と連携していきたいと事あるごとに話していたようである[12]。フォルツァ総曲輪は二〇一六年に閉館してしまったが、今後があったとしたら、私は黒澤明の公開講座や、先生お気に入りの監督新藤兼人[13]の学外特別講習などが、フォルツァ総曲輪で催されたのではないかと想像してしまう。

先生は、演劇や映画を通して、学生には明治期から現代につながる思想や生き方、市民の方との交流の場、就労の場、さらに原発など社会への批判精神を養うきっかけを与えて下さった。そして、市民の方々にも演劇、映画の魅力を伝え、富山の文化を豊かにするための支援を惜しまなかった。そして富山のまちなかにも活気を与えて下さった。富山の地に、また教え子達の心中には、金子先生から与えてもらった数々のものが、今もなお息づいていることと私は思う。

［注］

（1）「北日本新聞」二〇〇六年二月十七日。

（2）演劇は、毎年年度末の二月に上演していたが、第八回は十二月に上演しているため、二〇一二年となっている。そのため二〇一三年の上演はない。

（3）「富山新聞」二〇〇九年二月八日。

（4）「北日本新聞」二〇〇七年一月二十九日。

(5)「演劇におけるまちなかと大学をつなぐプロジェクト　パンフレット報告書　『学生が企画した魅力的・独創的なプロジェクト'14』萱野二十一作『父と母』」（二〇一五年二月十一日、富山大学人文学部比較文化・比較文学研究室）参照。
(6)今村郁夫「金子幸代氏の講義と富山関係の業績」（「群峰5」二〇一九年四月）より。
(7)金子幸代「家族の解体と個の再生の物語――高齢者格差問題と桐野夏生『魂萌え！』」（「立命館言語文化研究」21巻第1号）。
(8)「社会文学」第79号（二〇〇六年十月）の「私のおすすめの一冊」の中で、金子先生は、「現在、ゼミの学生とともに廃業した映画館を再生する試み」にかかわっていると自己紹介している。
(9)「富山新聞」二〇〇六年七月八日「若者の就労支援、富大と連携　とやまＷＩＺシネマ倶楽部　プレ上映会始まる」参照。
(10)「朝日新聞」（東京地方版・富山）二〇一〇年三月三日、「富山新聞」二〇一〇年三月十五日、「北日本新聞」二〇一〇年三月二十六日。
(11)「北日本新聞」二〇一〇年三月二十六日より。
(12)注（9）（11）に同じ。
(13)注（8）に同じ。「私のおすすめの一冊」で、金子先生は、新藤兼人の『四二年間の映画人生』という本を紹介している。

【追悼】

学生思いの金子幸代先生

今村　郁夫

金子幸代先生がお亡くなりになってから、はや三年が経ちました。私は大学の学部二年生から修士二年生までの五年間、先生から教えを受け、その後も先生が創設した富山文学の会で長らくお世話になっていました。先生の大学での教育や人柄について振り返って、先生を偲びたいと思います。

先生は二〇〇二年に富山大学に赴任され、当時の人文学部国際文化学科比較文学コースの教授に就きました。まずは先生が担当した大学の授業について簡単に紹介したいと思います。（二〇〇五年の富山県内三国立大学統合による改組で、比較文学から比較文化など名称が一部変更になったため、かっこ書きで併記しています。）

主に担当していたのは比較文学（文化）概論、比較文学（文化）講読、比較文学（文化）演習、比較文化実習です。概論では、森鷗外や夏目漱石ら作家をはじめ、映画、アニメなどを取り上げ、比較文学の視点からどのような研究ができるか概説しました。講読は主に鷗外の作品を取り上げ、受講生が調査・研究し、成果を発表する形式で進みました。二〇〇七年からは、鷗外が海外新聞記事を紹介した『椋鳥通信』を当時の時代背景とも絡めながら読み解くことが中心になりました。演習は受講生が文学理論を学び、それを実際の作品で実践するほか、主に鷗外の戯曲や翻訳戯曲を題材に演劇の上演にも取り組みました。実習は富山の女性作家、小寺菊子を取り上げ、作品の解題作りや掲載雑誌の調査を進め、読みを深める形で行われました。そのほか、一年生向けに複数教員が交代で講義する国際文化入門、所属講座のリレー形式の演習である文化環境論（社会文化）演習、教養教育の日本文学なども担当していました。文化環境論（社会文化）演習は米騒動を扱い、当時の新聞記事や文学作品での描かれ方などを受講生が調査して発表する形式でした。また、学外実習として、美術館や文学館の見学のほか、卒業論文に向けた資料収集を兼ねての実習旅行も実施してくれました。国立国会図書館や神保町の古書店、森鷗外住居跡（水月ホテル）などを訪れました。

さて、私は学部一年生（二〇〇四年）前期の国際文化入門で先生の研究内容に初めて触れ、後期の比較文学概論で先生の専門分野に強く引かれました。富山大学人文学部では二年生になると各コース（いわゆるゼミ）に所属するため、一年生の冬に希望を出すことになります。私の年は、比較文学コースは選考となり、面接を受けた覚えがあります。定員を超える希望者がいたということからも、先生には学生を引き付ける魅力があったのだと思います。私もその魅力に引き付けられた一人なのですが、その魅力の一つが親しみやすさなのではないかと考えています。私が親しみやすさを感じたエピソードとしていくつか挙げたいと思います。

まずは私が先生のゼミである比較文学コースを選んだ決め手となった比較文学概論の授業でのことです。この授業では、先生から学生への一方通行にならないように受講生がおすすめの本を発表する時間が設けられていました。確か私は恩田陸の『夜のピクニック』を紹介したのですが、授業終了後、先生から「面白そうだから貸して」と声をかけられました。当時の私にとって大学の教授はとても遠い存在だったのですが、声をかけられたことで、とても親しみを感じた記憶があります。

実際コースに所属した二年生以降も親しみやすさを感じることが数多くありました。ゼミ形式の講読や演習では、発表者に対して「良かったこと」や「こうしたらもっと良くなる点」などを記す通称コメントシートを授業の終わりに書くことになっていました。私は授業の終わりの時間だけでは書けず、その日の授業が全部終わった後、先生の研究室に持っていくことが何度かありました。研究室では、先生と院生の方が仕事をしているのですが、温かく迎え入れてくれ、コメントシートのやり取りだけで終わらず、映画の話などもしてくださり、ついつい長居することもありました。

そのほかにも、学期末の打ち上げを一緒に楽しんでくれたり、先生のご自宅でクリスマス会を開いてくれたりなど、先生というよりも年の離れた先輩学生なのでは、と錯覚することもあったかもしれません。

このように先生に魅力を感じていたのは私だけではありません。それが分かるのが、先生が創設した富山文学の会の機関誌『群峰』七号（二〇二二年四月発行）の追悼特集です。先生の教えを受けた卒業生（巣組恵理さん、錦織なな子さん、長江弘一さん）から寄せられた文章には、先生へのあふれる思いがしたためられています。

まず、私と同じように先生の講義がきっかけで比較文学コース所属を決めたのが長江さんです。「穏やかな語り口や幅広そうな研究テーマに触れ、この先生のもとで二年生以降学んでみたいと思い、転学科を決意し」たそうです。また、巣組さんは初めの講義で先生が森鷗外との出会いについて話したのを聞いて、「金子先生を「森鷗外の研究者」という立派で近寄り難い肩書を通して見ていましたが、その時、森鷗外をバッサリ「嫌いだった」という先生を、友達のように身近に感じてしまいました」と述懐しています。これらのことからも、先生には立場関係なく人を引き付ける魅力があったのだと改めて思いました。

卒業生からの寄稿文では、学生思いの先生というのも共通しています。自分と違う専門家の先生を外部から呼んで、夏休みなどの期間に集中講義を開いてくれたり、研究室を訪ねると、いつでも嫌な顔一つせず、温かく迎え、とっておきのコーヒーを振る舞いながら、雑談にも、悩み事相談にも付き合ってくれたりしたと言います。ほかにも、学生の研究のために必要だと思われる事典などの文献や資料は次々と購入してくれ、学生の研究の場となっている比較文学演習室がどんどん充実していきました。また、学生のために実施してくれている東京への実習旅行については私も含め四人とも得難い経験と声をそろえています。

学生思いは指導法にも表れています。授業で本の発表や感想シートの提出を課すのは、自分の感想や思想を大事にし、自身で考えることの大切さを教えていたのだと、巣組さんは振り返っていました。手取り足取り教えることはせず、自由にやらせ、その結果出した結論については、良いところをほめるなど、自主性を重んじ、学生主体で研究は進めるべきだとの姿勢を貫かれていたと、巣組さんと長江さんは記しています。さらに、長江さんは先生との交流を通して、本物に触れる大切さを教わり、人間として成長してほしいという気持ちも伝わったと言います。

先生は発する言葉も印象的でした。巣組さんが記している「想像力が大事なのですよ」はとても印象的な言葉だと私は思っています。巣組さんは続けて、

先生がおっしゃった「想像力」は、自分と違う他人を思う力と言い換えられるかもしれません。そして、先生はこの「想像力」というのは、「文学」によって磨かれていくものだ、ということもおっしゃっ

ていました。先生は、「文学」には人の「想像力」を育む力があり、また批判精神を養うものだと教えて下さいました。それは、万人が生きていくうえで必要なものであり、それは後世に大切に受け継がれていくべきものなのです。

この「想像力」に、文学を学び、研究することの大切さが詰まっているのだと私は感じました。

そして、錦織さんが寄せてくれた文章にある「比較文学は芋掘りよ！」もインパクトの強い言葉だと思います。「考察を深めるべき作品は、読むだけでは見えてこない根が土の下に埋まっていて、縦にも横にも拡がっている。根を辿って掘っていくと、文学を読み解く養分を蓄えた芋が現れる」とあります。錦織さんは「こんな比較文学研究の寛容で奥深い芋掘り的面白さにハマ」ったと言っていますが、私もその一人です。先生は言葉でも人を引き付けていたということを改めて認識しました。私は四十年近く生きてきましたが、言葉で引き付けられた人は先生以外にはいないと言っても過言ではありません。やはり私にとって、先生は一番の恩師です。

話は少しそれますが、本年二〇二四年五月二十五日㈯に、先生の教えを受けた比較文学コースの卒業生六名が集まり、同窓会を行いました。昼は富山大学五福キャンパスの散策や、富山市ガラス美術館で美術鑑賞を行い、夜は富山市西町の居酒屋「佐久良」で料理を楽しみながら旧交を温めました。当日は近況を報告し合ったのはもちろんですが、先生の話も自然と出てきました。特に、居酒屋「佐久良」では、先生に誘われて富山文学の会に入会したという店主も交えて、先生のことを語り合いました。

中でも印象的だったのは、先生のゼミの指導方法で、グループに分けて研究・発表を行うということでした。私がコースに入った当初は一人一人に課題の作品などが振り分けられ、先行研究の調査や作品のまとめ、考察といったことを全て一人で行っていましたが、途中からペアや三～四人のグループを作って進める方法に変わりました。一人でやるとその分鍛えられるし、自分のペースでできるので良いといった意見があった一方、グループでは上級生が必ず一人は入るので、初めての人にとっては心強いことがメリットだと振り返っていました。そして何より学年を超えて交流を深めることができたのが良かったと、みんながうなずいていました。この同窓会の参加者は三学年にまたがっており、これがその証拠だねと話がまとまりました。卒業してから約十五年たってもこのように集まれるのは、先生のおかげでもあるのだと感じた夜でした。

最後に、先生は生前、富山における近代文学研究を盛んにしたいという夢を語っておいででした。この『富山文学論集　群れ立つ峰々』で、その夢に一歩近づけたのではないかと私は考えているのですが、いかがでしょうか。この本を読んで、天国から我々富山の近代文学研究者たちを叱咤激励していただけると幸いです。

あとがき

平山令二さんから「妻の富山での研究成果をまとめたい」とご連絡をいただいたのは、二〇二一年一月のことである。できれば年内に、そうでなければ翌年には刊行したいというご希望だった。闘病中の妻の励みになればとの思いに心を打たれ、ぜひ協力したいとお伝えし、準備に動き始めたところだった。けれども、私たちの願いも空しく、同じ年の五月一三日に金子さんはご逝去されてしまった。

金子幸代さんの富山での活動は、小寺菊子研究や演劇研究、映画論、富山の文学普及が主なものである。本論集にはこれら多岐にわたる活動成果を漏らさぬように盛り込んだので、量感のある一冊になった。特に小寺菊子研究は、基盤を金子幸代さんが築き、その後の研究に繋がっている。富山の文学研究は金子幸代さんが二〇〇九年に創設した「富山文学の会」をきっかけに、盛り上がりと広がりをみせ、様々な作家・作品研究に結びついている。富山の文学の振興を図りたいという金子幸代さんの思いは、残された研究者に着実に引き継がれ、未来の研究者にも繋がっていくと信じている。

演劇・映画についての調査は、金子幸代研究室に在籍した巣組恵理さんにご尽力いただいた。演劇や映画研究の資料があまり残っていないなかでご苦労をお掛けした。また、金子幸代さんと文学研究を共にしてきた多くの方々が快く執筆をお引き受けくださった。そして、金子幸代さんの教え子でもあり、今も一緒に文学研究をおこなっている今村郁夫さんは編集にも携わってくださり、諸々の相談相手になっていただいた。

『富山文学論集』編纂にあたって様々な形でご助力くださった方々に、心より感謝申し上げる。

『富山文学論集』を作りたいと願ってから完成するまでに、三年もの月日が経ってしまった。少しでも早く刊行したいとの思いを抱きながらも、諸般の事情によりたいへん遅くなってしまったが、ようやく『富山文学論集』を編むことができた。

刊行までに時間がかかってしまったのに、平山令二さんは私たちを辛抱強く支えてくださり、信頼して任せてくださった。心より感謝申し上げる。

最後に、出版にあたって鷗出版の小川義一氏には、丁寧に様々の疑問や要望に応えていただいたり的確な助言をいただいたりした。心より御礼申し上げる。

本書が金子幸代さんの追悼の書となることを願う。

二〇二四年八月

黒﨑　真美

初出一覧（掲載順）

金子幸代「小寺菊子と「女子文壇」「青踏」――埋もれた女性職業作家の復権に向けて」（原題「小寺（尾島）菊子と「女子文壇」・「青踏」――埋れた女性職業作家の復権に向けて」『社会文学』第二九号、日本社会文学会、二〇〇九年二月）

金子幸代「小寺菊子の人と作品」（原題「富山の女性文学の先駆者・小寺（尾島）菊子研究(2)――人と作品」『富山大学人文学部紀要』第五二号、富山大学人文学部、二〇一〇年二月）

金子幸代「富山の女性文学の先駆者・小寺菊子」（原題「富山の女性文学の先駆者・小寺（尾島）菊子研究(1)――作品執筆年譜を中心に」『富山大学人文学部紀要』第五一号、富山大学人文学部、二〇〇九年八月）

金子幸代「小寺菊子とメディアとの攻防・「ふるさと」観の変遷」（原題「富山の女性文学の先駆者・小寺（尾島）菊子研究(3)――メディアとの攻防・「ふるさと」観の変遷」『富山大学人文学部紀要』第五三号、富山大学人文学部、二〇一〇年八月）

金子幸代「小寺菊子の少女雑誌戦略――家出少女小説『綾子』の「冒険」」（原題「小寺（尾島）菊子の少女雑誌戦略――家出少女小説『綾子』の「冒険」」『大正女性文学論』新・フェミニズム批評の会編、翰林書房、二〇一〇年一二月）

金子幸代「小寺菊子と鏡花――「屋敷田甫」と『蛇くひ』」（原題「小寺菊子と泉鏡花――「屋敷田甫」と『蛇くひ』」『第五回ふるさと文学を語るシンポジウム報告書』、富山文学の会、二〇一四年三月）

金子幸代「小寺菊子と同時代の作家――秋声・霜川・秋江と雑誌「あらくれ」」（原題「富山の女性文学の先駆者・小寺（尾島）菊子研究(4)――徳田秋声・三島霜川・近松秋江と「あらくれ」のこと」『富山大学人文学部紀要』第五五号、富山大学人文学部、二〇一一年八月）

金子幸代「講演要旨「秋聲から菊子へ」」（原題「講演要旨「秋聲から菊子へ」」『徳田秋聲記念館館報　夢香山』第二号、徳田秋聲記念館、二〇一〇年三月）

西田谷　洋「小寺菊子の折衷性」（『富山大学日本文学研究』第一二号、富山大学人間発達科学部日本文学会、二〇二四年二月）
水野　真理子「小寺菊子の死生観――「逝く者」より」（『群峰』第五号、富山文学の会、二〇一九年四月）
久保　陽子「小寺菊子の労働観と小説「赤坂」における揺らぎの諸相」（『群峰』第八号、富山文学の会、二〇二三年四月）
山本　正敏「小寺菊子の小学校教師時代」（書下ろし）
丸山　珪一「堀田善衞「鶴のいた庭」諸相」（書下ろし）
黒﨑　真美「「貧しき小学生徒」論――横山源之助の文学的出発点」（書下ろし）
今村　郁夫「原典の書き込みから見る小泉八雲「常識」――ヘルン文庫調査から」（『群峰』第三号、富山文学の会、二〇一七年三月）
高熊　哲也「幸田文「木」「崩れ」をめぐって」（『第二回ふるさと文学を語るシンポジウム報告書』、富山文学の会、二〇一一年三月）
金山　克哉「富山ゆかりの詩人を研究すること――宮崎健三小論」（書下ろし）
野村　剛「本郷旧六丁目「奥長屋」の三島霜川」（書下ろし）
萩野　恭一「新発見資料　瀧口修造の短歌」（『洪水　詩と音楽のための』第七号、洪水企画、二〇一一年一月）

※単行本化にあたり、適宜、題名の変更ならびに内容の加筆・修正を行いました。

西田谷 洋（にしたや ひろし）
富山大学教育学部教授。博士（文学）。『学びのエクササイズ文学理論』（ひつじ書房、2014）、『ファンタジーのイデオロギー 現代日本アニメ研究』（ひつじ書房、2014）、『テクストの修辞学　文学理論、教科書教材、石川・愛知の近代文学の研究』（翰林書房、2014）、『村上春樹のフィクション』（ひつじ書房、2017）、『女性作家は捉え返す　女性たちの物語』（ひつじ書房、2020）、『物語の共同体』(能登印刷出版部、2021)、『文学教育の思想』（渓水社、2022) など。

野村 剛（のむら つよし）
地域文化誌研究。堀田善衞の会事務局、イタイイタイ病研究会研究幹事。全国自由民権研究顕彰連絡協議会会員。共著『イタイイタイ病学　自主講座第Ⅰ期講義録　問いかける人間から人間へ』（2024）、共編『堀田善衞研究論集：世界を見据えた文学と思想』（2024）など。

萩野 恭一（はぎの きょういち）
三十年間、公共図書館に勤務。2005 年から 08 年まで射水市中央図書館長。元富山短期大学図書館学非常勤講師。「瀧口修造の墓守」（特集　高・修造・冬二の世界『とやま文学』4、1986. 3)、「幻想発生装置――瀧口修造のふるさと」（『瀧口修造研究会会報　橄欖』1、2009. 7）など。

丸山 珪一（まるやま けいいち）
金沢大学名誉教授。「堀田善衞の会」代表。共編著『中野重治・堀田善衞往復書簡 1953 ～ 1979』（影書房、2018)、『堀田善衞研究論集』（桂書房、2024)、「詩『潟の風景』――堀田善衞戦後文学の出発」『群峰』8、2023. 4)、「堀田善衞『広場の孤独』と朝鮮戦争」（『世界文学』139、2024. 7）など。

水野 真理子（みずの まりこ）
富山大学学術研究部教養教育学系准教授。博士（人間・環境学）。単著『日系アメリカ人の文学活動の歴史的変遷――1880 年代から 1980 年代にかけて』（風間書房、2012)、「小寺菊子と翁久允――文学を通じた交流」（『とやま文学』36、2018. 3)、共著『アジア系トランスボーダー文学――アジア系アメリカ文学研究の新地平』（小鳥遊書房、2021)、共編『翁久允叢書Ⅰ　悪の日影』（桂書房、2023）など。

山本 正敏（やまもと まさとし）
富山考古学会会長、富山県朝日町文化財審議会委員長。棟方志功装画本蒐集家。『北陸自動車道遺跡調査報告朝日町編 5――境Ａ遺跡石器編』（富山県教育委員会、1990)、『棟方志功　装画本の世界』（編著、桂書房、2023)、「小寺（尾島）菊子資料 1~11」（『千尋』2 ～ 12、2013. 10 ～ 2023. 10）など。

今村　郁夫（いまむら　いくお）
富山大学大学院人文科学研究科文化構造研究専攻比較文学分野修士課程修了。専攻は比較文学。主に小泉八雲を研究。「小泉八雲のヘルン文庫――『狂歌百物語』への書き込みの考察」（『社会文学』29、2009）、「ヘルン文庫の和漢書――蔵書傾向と書き込み調査」（『富大比較文学』３、2010）。

金山　克哉（かなやま　かつや）
富山商業高等学校教諭。富山文学の会代表、中原中也の会会員、井上靖研究会会員。「北方の冬　高島高論」（「群峰３」2017.3）、「高島高詩集『山脈地帯』における「戦争の詩」」（『群峰』5、2019.4）、「『久遠の自像』についての調査報告――詩人・高島高の多面性」（『群峰』7、2022.4）、「『人生記銘』についての調査報告――詩人・高島高の多面性２」（『群峰』8、2023.4）など。

久保　陽子（くぼ　ようこ）
富山高等専門学校准教授。博士（人文科学）。専門は日本近現代文学（演劇）。共著『つかこうへいの世界　消された〈知〉』（社会評論社、2019）、論文「観客の身体の拘束・挑発――寺山修司「観客席」論」（『昭和文学研究』87、2023.9）、「山内マリコ『あのこは貴族』における女同士のつながり」（『群峰』7、2022.4）、「寺山修司『毛皮のマリー論』」（『演劇学論集』62、2016.5）など。

黒﨑　真美（くろさき　まみ）
富山県立大学他非常勤講師。『室生犀星論　童子と笛の音と富山と』（龍書房、2018）、監修『横山源之助――魚津で生れた近代最初のジャーナリスト』（特定医療法人社団七徳会、2024）、「尾崎恒子「拗ねた水仙」論――横山源之助との出会いとその裏切り」（『星稜論苑』52、2023.12）、「室生犀星『人魚使ひ』考」（『室生犀星研究』45、2022.11）、「富本一枝「貧しき隣人」を読む」（『群峰』7、2022.4）など。

巣組　惠理（すぐみ　えり）
富山大学大学院人文科学研究科文化構造研究専攻比較文学分野修士課程修了。金子幸代先生に師事。「女性雑誌と職業　一九一〇～一九一三年における「女子文壇」の文化史的研究Ⅱ」（金子幸代共著『富山大学人文学部紀要』49、2008.8）など。

高熊　哲也（たかくま　てつや）
富山県立高等学校を経て富山高等専門学校に勤務し、現在退職し名誉教授。居酒屋「佐久良」店主。「「桜の樹の下には」における詩的表象としての〈桜〉」（『金沢大学国語国文』34、2009.3）、「黒部ダムをめぐる作品群：吉村昭「水の葬列」と「高熱隧道」、そして木本正次「黒部の太陽」」（『群峰』5、2019.4）など。

執筆者一覧

金子 幸代（かねこ さちよ）

お茶の水女子大学大学院修士課程修了、一橋大学大学院博士後期課程満期退学、富山大学名誉教授。専攻は日本近代文学・比較文学。主に森鷗外（特にドイツ留学時代、および日独の女性解放運動との関係）、女性雑誌の研究、映画と文学の文化史的研究。

2002年、富山大学人文学部国際文化学科比較文学コース教授に着任。比較文学コースの授業では、主に森鷗外作品や雑誌、演劇を扱った。鷗外関係では『舞姫』などの作品研究のほか、2006年からは『椋鳥通信』を取り上げ、記事の分類分けや時代背景との関連を調べるなどの方法で読みを深めていった。雑誌関係では2005年に『演芸画報』をテキストとし、掲載されていた脚本の朗読劇を行った。以後、鷗外の戯曲を中心に学期のまとめとして演劇を上演するようになった。演劇に関しては、南砺市の富山県利賀芸術公園での観劇も学外実習として実施している。2007年からは大正の三閨秀の一人である富山の小寺菊子を取り上げた授業も展開した。この授業の成果として、『小寺（尾島）菊子選集』（全6巻）（富山大学人文学部比較文学・比較文化研究室、2010. 3）を制作している。また、米騒動や横浜事件など富山の近代史にも関心を持ち、授業で扱った。

学外では、文学に親しむ会の講師を務めたほか、2007年に開館したフォルツァ総曲輪でトークイベントなどの講演を数多く行った。各種学会の富山県での開催にも尽力し、2007年に日本社会文学会、2008年に比較文学会関西支部の大会を富山大学で開催した。さらに、富山文学の振興にも力を入れ、2009年に富山文学の会を創設した。初代代表に就き、2010年から14年にかけ、シンポジウムを5回開催した。

［主要著書］『鷗外と〈女性〉――森鷗外論究』（大東出版社、1992）、『鷗外と神奈川』（神奈川新聞社、2004）、『鷗外女性論集』（編・解説、不二出版、2006）、『鷗外と近代劇』（大東出版社、2011）、『『女子文壇』執筆者名・記事名データベース』（監修・解説、不二出版、2011）、『小寺菊子作品集』（編集・解説、桂書房、2014）、『森鷗外の西洋百科事典――『椋鳥通信』研究』（鷗出版、2019）、『鷗外　わが青春のドイツ』（鷗出版、2020）など。

富山文学論集　群れ立つ峰々

金子幸代名誉教授と共に歩んだ軌跡

2024年 12 月25日　初版第 1 刷発行

編者◉黒﨑真美・今村郁夫

発行者◉小川義一
発行所◉有限会社鷗出版
〒270-0014 千葉県松戸市小金 447-1-102
電話：047-340-2745／FAX：047-340-2746
https://www.kamome-shuppan.co.jp

装幀◉鷗出版編集室
印刷製本◉株式会社シナノパブリッシングプレス

ISBN978-4-903251-22-6 C3095

徳田秋声研究（1）

一冊ったほろ苦さ

わだよしゑ

僕のごく懇意の徳田秋声氏に紹介して上げようといって、私と同郷人の創作家故三島霜川氏が、ある日私を本郷のお宅へ案内した。明治晩年のころである。当時私は、一風変ったものとていふので、三文雑誌でも一円台だった